MAHOH

LIBRO III

Gabriel Capitán

GC
BOOKS

MAHOH

LIBRO III

Gabriel Capitán

LIBRO III

Agradecimientos:

Por su ejemplo en generosidad que trasciende lo humano, en que con trabajo y disciplina se consiguen los propósitos y por su amistad: a Ana Fernández Viña, mi querida y respetada amiga.

A María del Mar López Ruiz por su colaboración en la portada del libro.

Gabriel Capitán

España, Madrid, 1978.

Estudié reporterismo gráfico y realización de documentales. Desarrollé mis primeros trabajos en productoras de televisión, como *freelance*. Con la intención de llegar a ser reportero de guerra, realicé el servicio militar, continué como soldado de Infantería de Marina y Operaciones Especiales (UOE), desde donde fui reclutado para formar parte del CNI, dedicando así mi vida a la seguridad del ciudadano. Tras más de veinte años en activo, me vi retirado al sufrir un grave daño medular durante el desempeño de mis funciones. Mi ocupación, desde ese momento y hasta la actualidad, ha sido tratar de no sucumbir a las duras secuelas, realizar una intensa auto-rehabilitación física y mental, evadiéndome de los problemas gracias a la escritura, la naturaleza y la música, para dar un nuevo sentido a mi vida.

Autor de la controvertida novela *El mal menor*, con varios proyectos literarios iniciados y otros terminados en fase de publicación —como esta saga *MAHOH*, integrada por cuatro volúmenes—, además de cartas, cuentos, relatos cortos y reflexiones en mis redes sociales.

Gracias por confiar y un dulce abrazo.

Web: gabrielcapitan.com
Facebook: Gabriel Capitán
Instagram: @capitandepalabra

Índice

XVI
Lanzarote

«Y después salieron del puerto de Cádiz y entraron en alta mar, y pasaron tres días de bonanza casi sin adelantar en su camino; luego mejoró el tiempo y llegaron en cinco días al puerto de la isla Graciosa y bajaron en la isla de Lancerotte. Y entró Gadifer en el país y puso gran diligencia en buscar canarios...»

Extracto del original de la obra *Le Canarien*, atribuida a los frailes Jean Boutier y Jean Le Verrier (siglo XV)

Año de nuestro Señor de 1402. Isla de Lanzarote, Titerogakaet para sus pobladores.

Las sandalias de fray Pierre Boutier se hundían como si ese escenario salvaje lo quisiera engullir por completo al rechazar su presencia. Se apoyó en el cayado en forma de cruz, hundiéndose de la misma manera un palmo en el arenal. Lo absorbía por sus tobillos tras saltar de un torpe brinco del bote sintiendo la arena virgen, atemperada, cuan masa fermentando bajo él. Acompañaba a su señor y capitán de la expedición Gadifer de La Salle, y a un puñado de hombres de armas, en esa inicial exploración de la isla de Lanzarote.

La natural torpeza de su carácter acrecentada por el pavor a lo desconocido, lo hizo mirar inconscientemente a la carabela *Sans Nom,* conforme a buscar en ella una protección imposible por lo lejana en varas de distancia en caso de un ataque. Allí quedaba fondeada, calmosa. La confiable nave los arribó hasta esas islas salvajes con buena ventura. Permanecía callada, observante como noble madre que veía a sus hijos partir, quizá para no volver. Suspendida e imponente —a la zaga de la *Sans Nom*—, quedaba esa isla de La Graciosa como fondo de un escenario de aspecto ficticio muy alejado de esos días de Normandía. En cubierta identificaba aún la silueta del señor de Betancourt, flanqueado por varios de sus lugartenientes sin perderse ni un detalle de esa maniobra de desembarco de la que no participarían. Él era el representante de la Iglesia en ese momento, de la verdadera fe, se recalcó suspirando para sus adentros, dejando atrás aquel fondo marcial de llamativos gallardetes. Diferentes estandartes de armas de los caballeros participantes de esa singladura ondeaban sobre las siluetas de ellos mismos, que observaban desde la cubierta; era incapaz de apreciarlo tan castrense conforme debiese, aquel impetuoso paraje en el que se adentraban en tan profunda afonía humana secaba gargantas y restaba cualquier valor a lo superfluo.

Dirigía inseguro la mirada atrás y adelante. Ni tan siquiera el reparar en uno de esos pendones, el de la Virgen María —soportando aquella navegación con la misma entereza que los demás—, lo sosegó. En aquel inesperado destello de su existencia permanecía sin voluntad, tan distanciado de él mismo tal como de sus piernas. Le costaba moverlas de pavor ante lo inhóspito de aquel país inexplorado. Sus miedos estaban superando cualquier concepto de fe a mano para agarrarse en ese trance, una dura certeza recapacitó. Fray Pierre Boutier sentía que podría llegar a quedar a lo sumo congelada allí su razón para la eternidad.

Conocedor de su falta de valentía, la intentaba despertar con homilías aprendidas amartillándolas lento, sílaba a sílaba, en cada palabra susurrada. Mas sonaban vacías de cualquier significado comprensible para la cognición de un mortal. Su vida pendía de un hilo tan invisible a sus ojos que era incapaz de apreciarlo. Se observó el temblor de sus manos percatándose al instante de que todo él se estremecía. En esa playa del norte de Lanzarote cabía la posibilidad de morir a manos de infieles, quién sabía, y en ese mismo instante tal vez. La dura certeza de vivir una situación que ponía a juicio su fe, en la que no sentía reconfortada su alma ni con La Palabra de Dios, lo tenía herido de muerte antes de poder ser atacado. Sin nadie reparar en ello salvo él mismo, se lesionaba con una de las peores ponzoñas para ungir flechas: la del veneno del propio pensamiento. Fray Boutier se hundía en esa playa por dentro y fuera mientras su capitán, cercano a él en ese silencio roto por gaviotas y siseos, concebía a la perfección lo que todo aquello significaba.

El capitán Gadifer actuaba llevado por sus militares maneras: intuición, veteranía... Mantenía sus sentidos de zorro experimentado templados de otras peores ya vividas. Agudizados y tan alerta, que con tan solo mirarlo se mostraba como perro de caza oliendo presa. Conjeturaba el capitán en destemplada intimidad, que se hubiese sentido más confiado trayendo con él a ese esclavo de lenguas llamado Alfonso y que terminaron por llamarlo Amuley, por haber dos esclavos con la misma identidad. Si en algún aspecto confiaba en *ese*, especulaba, era en su cautelosa calma. El otro Alfonso —que desembarcó con ellos—, era de formas demasiado amilanadas para él. Pero el primero pese a su rudeza no era de Lanzarote, y era menester, al hallar salvajes, entenderse bien en un primer encuentro que podría ser crucial.

Sudaba abundante bajo la resplandeciente coraza y yelmo férreos recalentados por el sol pese a estar forrado de trapos. Había transcurrido el tiempo prudencial en un soldado sin envolverse en esos pertrechos de guerra, para no molestarle en absoluto. No se había desacostumbrado a ellos, eran una segunda piel sellando arrojos, tal que Sansón con sus cabellos. Él era un curtido militar hecho al combate acompañado por Dios y un pasado; empujado siempre por instintivas agallas en momentos de sacrificio, bajo esa heroica audacia reconocida por los sabedores del precio del riesgo: los verdaderos héroes que siempre encabezan asaltos, que permanecen en pie en la batalla cayendo hombres alrededor. Cruel pero honroso. En esa particular visión del mundo se apoyaba su gloria en los momentos de cautela previos al combate, como podía ser ese: paso a paso hacia lo incierto y guiado por su espada de doble filo recién vaciada en piedra con la misma exquisitez que al acariciar el cuerpo de una mujer. Desenvainada, dirigía a sus hombres en silencio, rematando ese atuendo de combate con el escudo de armas cual fragmento de un tablero de ajedrez en aquella representación suya. Gadifer intentaba guardar el equilibrio en esas arenas anegadas, a duras penas podía avanzar hundiéndose también o más por el peso en aquella sobrecogedora playa: un paraíso tan asombroso en belleza como en mutismo bajo una sobrenatural muralla de acantilados.

—Maldita sea, el terreno no puede ser peor para lo que nos ha traído aquí —espetó Gadifer al caballero Haníbal, en una justa modulación que solo se pudo escuchar entre ellos dos.

En él confiaba su vida de pleno y la protegería con la suya, sin duda.

—Cierto, capitán. Las alturas inquietan. Somos blanco fácil —atestiguó así su observación.

Pese a ser hijo suyo lo trataba siempre por el cargo, en una relación de respeto llevada a los límites de la admiración; imitando inconscientemente incluso gestos imperceptibles o maneras de mandar propias de su antecesor, que tan solo los demás apreciaban.

Las informaciones disponibles del potencial enemigo por parte de cristianos consultados y sus esclavos canarios, eran que no sabían de la existencia del metal, ni del funcionamiento de arcos y mucho menos de ballestas. Con todo, el desconocimiento en la fiereza de esos salvajes al capitán le hacía poner en duda cualquier información sin haberla observado por él mismo. Aún mantenía la modesta virtud de no subestimar al enemigo, fuese de la naturaleza que fuese, experimentado en ver morir en las condiciones más desgarradoras y, del mismo modo, en la más absurdas, por pura arrogancia de otros. Quizá no fuesen diestros con flechas o dardos, pero sí con algún tipo de mortal ingenio arrojadizo, a saber... conjeturaba.

—¿Veis algo?

—Nada por ahora, capitán, ni un alma —remarcó su hijo.

—¡Caballeros!, ¡si veis salvaje alguno: dad el alto sin violencia más que otra acción! —ordenó forzado y grave Gadifer a sus hombres en esa ocasión.

Distanciado en emociones de todo quehacer militar, hipaba conmovido tras saltar de ese bote al igual que los demás, postrándose de rodillas cuando alcanzó una arena seca atemperando sus pies desnudos. Tomó un buen puñado de ella a dos manos y, cerrando sus ojos e inspirando, disfrutó de un intenso olor familiar. El esclavo Alfonso, pese a haber sido comprado en Cádiz, había nacido en esa isla y se impregnaba increíblemente y como nunca lo había hecho de la esencia de su tierra; una que jamás había pensado volver a sentir ni ver en esa vida de completa sumisión. Al abrir los ojos lo confirmó, así era: estaba allí, en su isla, nuevamente. Esa mezcla de emoción e incertidumbre lo acariciaba de una extraña seguridad, del abrazo del hogar tras una forzada separación. Se encontraba a salvo y en casa, recapacitó. Disfrutaba de la sensación más cercana a la libertad que pensaba que podría llegar a experimentar siendo esclavo, rememorando aquellos días de vida pasada vividos en esas tierras suyas que de nuevo pisaban sus pies. Una llama incandescente de ilusión colmó de pronto su ser, las consecuencias que pudiesen conllevar al volver con cristianos quedaban empequeñecidas como sus miedos. En ese instante de dicha susurró con gran sentimiento el nombre de su isla: *Titerogakaet.*

—¡Desplegaos!, ¡ascenderemos hasta la cima de esos riscos de a uno con distancia entre hombres! —mandó de nuevo el capitán, preocupado por aquel muro natural tan escarpado frente a ellos, que debían coronar a su pesar para poder avanzar en esa misión.

Progresaron siguiendo sus órdenes, despacio y con reserva hasta la falda de aquellas alturas que parecían echárseles encima al mirarlas desde abajo.

Fray Boutier, escoltado por esos soldados que podrían garantizar su seguridad, se mantenía fuera de sí, sus manos continuaban temblando inmerso en fútiles rezos para sus adentros. Nunca se había visto en una situación semejante acompañando a su señor de Gadifer. Algún mal encuentro o pugnas de poder palaciegas, mas nunca en una campaña de ese calibre, semejante a las atendidas en banquetes o corrillos de jardín.

El perturbador silencio posterior al desembarco se quebraba con turbadores envites de un viento en enérgicas rachas, ensordeciendo posibles peligros acechantes. Esas olas… malditas olas, se decía el fraile. Rompían como lejanos impactos de máquinas militares de batallas imaginadas y nunca vividas, gracias a Dios. Se sentía alterado por lo que el eco de una naturaleza molesta con su presencia pudiese ocultar. Pávido con la sospecha de que, en cualquier momento, cientos de salvajes enemigos pudiesen salir de sus escondrijos para darles caza, matarlos y después… Quién sabría después lo que harían con sus cuerpos aquellos salvajes, especulaba santiguándose ante la posibilidad de no recibir vigilia, liturgia ni oración cristiana, ni tan siquiera ser enterrado si moría. Ese tipo de pensamientos vertiginosos en esa tensa calma lo atenazaban por completo. Intentaba recuperar un control, una sensatez por encima de la rigidez de sus extremidades. Unas inoportunas ganas de orinar le provocaron aún más ansia en ese instante. El fraile no se despegaba de la espalda del esclavo de lenguas, a quien él mismo eligió para su compra y con el que tenía una relación especialmente cercana. Mostrando una sonrisa apacible en esos momentos tan insólitos —desprotegidos a miles de leguas de su patria o cualquier otra civilizada—, Alfonso mostraba al fraile prudente compasión a sabiendas del temor que lo oprimía; con ese gesto pretendía calmar en algo a ese religioso temblón, al que en ese día ya le profesaba especial afecto.

—Alfonso, ¿qué es *Tyterogak...*?, ¿eso que habéis pronunciado? —inquirió Boutier, por si ese dato aliviaba algún desconocimiento suyo que pudiese traerle sosiego.

Alfonso amplió su sonrisa, lo habría escuchado al susurrarlo momentos antes al desembarcar.

—Titerogakaet: Tierra Quemada. Es el nombre de mi isla, esta tierra, Lancerotte, Padre.

—¿Tierra Quemada?, no entiendo... —respondió con aquella duda el fraile normando, quizá con más temor que antes de preguntarlo. Por alguna oscura razón de su mente, lo quemado lo relacionaba con el Infierno.

No podía cesar de rascarse, le picaba todo su cuerpo. Por si no le fueran pocos hastíos, había cometido la torpeza de vestir con el hábito de lana gruesa, mal elegido para ese día.

—Alfonso —se refirió otra vez al esclavo musitando, y este lo atendió— ¿crees que nos atacarán?

—¡Guarde silencio, Boutier! —la imperativa voz del capitán Gadifer, sentenciaba así cualquier distracción que restase sigilo a ese avance.

El tomar la posición más elevada en la cima de aquellos riscos no fue tarea fácil. Desistieron y retomaron camino en algunos tramos difíciles de atravesar en vías apenas dibujadas sobre el terreno, confiándose sobre un estrecho sendero que aparecía y se desvanecía al antojo del mismo entorno que afortunadamente ya habían dejado atrás. Una senda que, por sus características, habría sido transitada por hombres o animales, tal vez. Y hacía poco, según la pericia de algún avezado cazador, el genovés Guglielmo Di Giute.

Tomaron un breve descanso al haber superado esa ascensión de notable peligro en caso de emboscada. Zona de muerte segura. Un terreno de una roca tan liviana como peligrosa que se desprendía con la mirada, provocando tropiezos sin llegar a malograrse ninguno de ellos. Fue la única opción para el capitán, atado a esos hombres a cargo y a las firmes órdenes por parte de Betancourt: desembarcar en esa zona en concreto. Gadifer quedó con las manos atadas pese a ponerlo en cuestión, ofreciendo uno más seguro para iniciar ese primer reconocimiento de la isla. Sin embargo, el señor no quiso dar su brazo a torcer en un pulso por consolidar el mando, en la primera de las importantes órdenes operativas a las que se enfrentaba en esa empresa. Betancourt prefirió no mover la nave de ese fondeadero en el que permanecían desde su arribada. La tensión surgida entre ellos se dejó entrever por primera vez en ese asunto de importancia, en el que los dos podrían llegar a tener sus razones. Con todo, aquella era una cuestión táctica, supuesta y pactada en manos del capitán desde su planificación en tierras normadas, y no se había respetado.

Por entero, desde aquellas alturas se alcanzaban sublimes vistas de aquel extraordinario entorno. Como si de una elaborada miniatura se tratase, se mostraba aquella isla de La Graciosa bajo ellos, sus roques e islotes completaban el efímero archipiélago al norte de Lanzarote, moteando bonito el azul insondable de un océano, aumentando si cabía la sensación de vulnerabilidad del hombre ante los elementos. Una fragilidad compartida ante la infinita distancia de cualquier ayuda del mundo civilizado. La falta de esmero en atender la futilidad de cualquier detalle podría traerlos la muerte.

Callados, más bien enmudecidos por el vendaval con el que se encontraron en aquella cresta, varios hombres guardaban los flancos mientras los demás, sin descalzarse ni apartar sus armas, permanecían recostados en miradas exhaustas masticando cecina o salazones a pequeños sorbos de pellejos de agua.

Ahí estás, donairosa *Sans Nom*, experta ya en travesías hasta estas partes del Mediodía, meditaba agudizando su vista el caballero Haníbal sobre el diminuto objeto pardo en el que se había convertido la carabela en aquel colosal horizonte; un trozo de madera, único nexo con la cristiandad, descansando serena y fondeada en el estrecho paso entre las dos islas. Qué tan lejos queda mi patria, Señor, protegednos, lamentó con cierto temor, pero orgulloso de estar ahí, en ese lugar; satisfecho de que, si le tocaba en ese instante, le cabría una muerte honrosa para un caballero como él.

Sin quitarse los pertrechos, Guglielmo Di Giute, con la ballesta apoyada sin cargar sobre el regazo, aprovechó para humedecerse sus cabellos rubios con algo de agua salobre ofrecida por Expósito Entero de un enorme pellejo de cerdo colgado a su espalda, junto al tambor. Di Giute era hombre de pocas palabras, pese a ser un tullido mostraba aptitudes para el combate sobradamente superiores a las de cualquier otro soldado que allí anduviese. Por ello, sumado a sus apropiados juicios cuando era requerido, se había convertido en uno de los más respetados tanto por la soldadesca como por los caballeros de la expedición. Confiaban en sus capacidades y criterios independientes de cualquier intención particular.

Mientras el capitán departía con sus subalternos la táctica para continuar, los demás, acorazados con gambesones, cotas de malla y otros pertrechos que se ventilaban en aspavientos, tomaban nota del genovés, sibilinos, con el rabillo del ojo: Di Giute solo llevaba la coraza protegiendo el torso por si se daba el caso de encajar jabalinas, palos, pedradas o lo que fuese con lo que atacasen en caso de hacerlo. Esos salvajes no conocían el metal y por ese motivo lógico para sí, prefería estar ligero de piernas y arrancar raudo en caso de tener que hacerlo. El exceso de pertrechos para el combate —error de muchos alardeando de veteranos—, eran más propios para un campo de batalla, no para una sufrida marcha a pie como aquella y a pleno sol. Esa ascensión había puesto a prueba el estado físico de todos llevando semanas embarcados. No obstante, una pequeña pero gran ayuda al destacamento expedicionario de Gadifer, vino de la mano de esa naturaleza que parecía estar soplándolos fuerte para hacerlos marchar de sus dominios: los alisios soplaban frescos y extremos en esa cresta y una espesa niebla semejante a la de Normandía los envolvió, empapándolos al instante con su relente. Un pormenor en lo operativo si el frío apretase o cayese la noche que, por el contrario, refrescó cuerpos y ánimos en ese momento.

Di Giute reparó en el fraile Boutier, que suspiraba dando gracias a Dios en susurros latinos por aquel fenómeno. El genovés sonrió indulgente, el rechoncho religioso estaba completamente desfallecido con su cayado tirado junto él.

Gadifer y Haníbal observaban verdes praderas como las de su tierra, extendidas sobre aquel altiplano, que se perdían bajo la neblina hacia el sur.

—¿A qué cota estaremos? —inquirió Haníbal.

—Unas quinientas varas de altura, diría…

—Buena altura… —a punto de terminar su afirmación llamándolo *padre*—. No se aprecian gentes, extraño —matizó.

—No seáis iluso, hijo mío. —dijo posándole con afecto el brazo sobre los hombros y palmeándolo.

Él sí se permitió citarlo mediante ese vínculo a solas y en ese momento cuasi marcial, no menospreciaba su merecido espacio. Le recordaba con esa particular cercanía un correspondido lugar. Pese a ser socialmente un bastardo, Gadifer estaba profundamente orgulloso de su hijo predilecto con el paso del tiempo. Haníbal, así lo quiso bautizar —Gadifer tenía un fondo romántico en lo militar—, en honor a ese admirado comandante en jefe cartaginés que cruzó Europa desde África con cien mil soldados.

El tono utilizado en ese instante con su hijo, incluso para sí mismo, era inusual. Tal vez la edad, el momento, quizá apenado por contar con ochenta, en lugar de ochenta mil bajo su mando; o tal vez por una huella de insatisfacción por lo logrado en la vida, el caso era que cierta ternura cargada de respeto le afloraba, una propia de los ancianos, en ese intento de mostrar cariño sin llegar a parecer hacerlo.

—Nos han visto llegar, estoy seguro de ello —interrumpió así su padre y capitán el momento, prosiguiendo con sequedad—: No los toméis por inferiores, están en su tierra. Odio y temor rondará en ellos para con nos a buen seguro. Otros como nosotros se los llevaron al cautiverio en tiempos no muy lejanos para el olvido. Para estas gentes somos raza bellaca. Manteneos alerta, hijo mío.

Haníbal estimó de manera especial aquella afirmación viniendo de su padre, pero más por el respetado veterano que era.

—Avanzaremos media legua hacia el sur por este collado. Observaremos no más, para desandar después nuestro camino. Volveremos antes del anochecer a la protección de la *Sans Nom*. —Esa última reflexión táctica alejó a Gadifer de lo emocional— ¡Sea...! ¡En marcha! —exclamó al destacamento.

Su orden provocó que los expedicionarios tomasen vida de nuevo entre la espesura del paisaje, surgiendo de ella siluetas de chasquidos metálicos.

Siguiendo el camino ordenado por entre verdes lomas alfombradas en follaje, la lucidez de pupilas se perdía entre neblinas veloces arrastradas por húmedos vientos, postrándose irremediablemente ante ellos pequeños claros de un cielo cegadoramente argentino con trazas de zinc, provocando el constreñir de sus ojos de vez en cuando.

Transcurrida con cautela la distancia sugerida para ese avance, se toparon con satisfacción con un pequeño manantial de agua gorda. Alrededor, varias cabras dispersas y confiadas pese a parecer salvajes, que posiblemente merodeasen esa fuente de agua para saciar su sed. Aquel hallazgo otorgó motivo suficiente a Gadifer para considerar cumplida satisfactoriamente esa incursión inicial.

Con un simple pero claro gesto de su capitán, Di Giute y otro más alcanzaron a un par de ellas con certeros disparos de sus ballestas. Armas que ya estaban dirigidas hacia esos objetivos, en la curtida sensatez de soldados siempre antepuestos a lo que se les pudiese ordenar.

El agua era vivir un día más en esas partes. El disponer de agua dulce era un seguro de ello, la almacena en la *Sans Nom* tenía los días contados. Una dicha para el capitán sin la necesidad de compartir con sus hombres para no dar pie a confianzas innecesarias. Mientras viera en sus rostros la misma expresión de regocijo de él, le era suficiente. Bebieron e hicieron aguada en sus pellejos de ese pequeño caño del que brotaba limpia y sin greñas de verdina. Agua de vida.

Todo rodaba como debía de rodar, la suerte los acompañaba en ese día a Dios gracias, discurría Gadifer en imperturbable quietud observando a sus hombres moverse entre la niebla y el forraje. Buenos hombres de armas, confiables, apostilló recapacitando, en unas reflexiones que le aportaban seguridad en el mando.

Bajo ese sosiego contagiado por el propio capitán, unos triangulaban el lugar con referencias la ubicación de esa fuente para su posterior marcaje en el mapa; otros daban seguridad a los que se afanaban en eviscerar las cabras con la finalidad de portarlas cómodamente de vuelta y otros, de pronto, cantaron alarma.

—¡Capitán! —Reconocible su acento itálico.

—Di Giute… ¡¿Qué ocurre?! —Gadifer lo nombró por el apellido, respetaba a ese soldado por encima de otros.

Guglielmo Di Giute señaló con el muñón su sector vigilado difuso de bruma. Lo que en un principio solo él veía, le costó instantes más a su capitán: entre ese celaje que se corría y descorría, una figura humana parecía observarles impertérrito reposada sobre una roca.

—¿Creéis que nos ha visto?

—Me extrañaría que no fuese así, a no ser que sea ciego y sordo —refutó el genovés.

—¡Haníbal! —gritó a viva voz, pues ya no era necesaria la discreción—. ¡Varios hombres, flanco izquierdo! «Esto no huele bien». —Con el peso de eso último que no verbalizó, iba tomando decisiones—. ¡Di Giute y ustedes dos!, ¡al flanco derecho! —ordenaba—. Los demás —bajando su tono para no infundir nervio ni pérdida de prudencia en sus hombres—, avanzad con cautela tras de mí. ¡Alfonso, conmigo!, ¡Conmigo aquí, Padre! —refiriéndose a Boutier—. Pegaos a mí espalda conforme una liendre, no os separéis.

Boutier afirmó desencajado, apretando con fuerza el báculo con sus manos viscosas.

Avanzaban sorteando piedras y matojos, podían distinguirlo: era un hombre completamente desnudo. Gadifer caminaba en extrema vanguardia conforme a su cargo. Se detuvo. El pequeño destacamento quedó atento a cualquier detalle de su alrededor. Realizó señales tan firmes al esclavo Alfonso, que el trazado de su cota de malla en el aire se llegó a escuchar en la distancia. Junto al esclavo, Gadifer avanzó en binomio hasta una prudente distancia de ese salvaje. No arriesgaban en caso de ser una emboscada. Frente a ellos, a pocas varas, ese misterioso hombre los observaba sin haberse movido un ápice, ni siquiera su expresión que ya se apreciaba. Dejándose ver del todo tras el paso de otro vertiginoso velo de neblina. Se trataba de un anciano —a simple vista— con apariencia de guerrero. Ese cuerpo fibroso sostenía una jabalina con la que podría llegar a herirlos en un arrebato. Gadifer se fue aproximando espada en mano lentamente, midiendo el trecho de acierto ante esa vara mantenida en descanso. Haníbal lo observaba con reserva desde la distancia. Era la situación más tensa vivida hasta el momento, podía pasar cualquier cosa: desde ser un señuelo para una celada en tropel o simplemente un perturbado solitario por su extraña actitud.

Gadifer estudiaba a ese salvaje de músculos finos pétreamente matizados, recubiertos de una sufrida piel semejante a un odre desecado al sol, tan solo con esa vara y una tira de cuero sobre su frente como únicos signos que lo diferenciaban de un animal. Y allí, los dos, persistieron del mismo modo queriendo adivinar mutuas intenciones, más bien Gadifer. Alejado de cualquier relato casi siempre aliñado que tuviese guardado en su memoria, en ese instante creía verse ante algo originario, en paradigmático encuentro con una civilización tan contrapuesta a la suya, a ninguna conocida, ni tan siquiera la sarracena. Era incapaz de comprenderse en ese frente por frente, su imaginación le asemejó a aquellos antiguos romanos en Tierra Santa —de los que leyó en Sagradas Escrituras—, topándose con naturales que llegaron a profetas.

¿Quién sabría el resultado, el devenir de aquel cruce de miradas con ese primer nativo con el que se encontraba en su forma salvaje? ¿Qué expresiones o loas utilizarían los cultos para completar tan legendario relato?, llegó a especular con lo que estaba por suceder.

Con la mirada posada en el anciano sin apenas pestañear, hizo señas al esclavo para tenerlo cerca. Alfonso, llevado por la situación, medía cada paso. No por precaución ni miedo, sino por incertidumbre. Por el pellizco en sus entrañas mordisqueándolo ante lo que podría suceder durante ese dialogo a iniciar, en aquel primer encuentro con uno de los suyos allí, en su isla natal y tantos años después.

—Dile que somos hombres de paz —prácticamente le musitó sin apartar la mirada del anciano.

De pronto, por medio de una mezcla de emoción e ilusión, ligada por otro a la ineludible responsabilidad en aportar esperanza para todos los de su tierra, esas pinceladas amaneradas de Alfonso tenían aspecto de haberse evaporado con la bruma. Cortinas de un funesto humo sin olor, que los envolvía y desenvolvía corridas por el pulso de los vientos. Tras el claro de una de ellas, apreciándose nítidos esos dos rostros del mismo origen, fue entonces cuando Alfonso, en su misma lengua desconocida para Gadifer, comenzó a parlamentar.

—Respetable anciano, aquí me presento con gran deferencia y respeto. Estos hombres me llaman *Alfonso* en su lengua, aunque yo nací en Tierra Quemada, soy del clan de los Ajaches del Sur. —Marcó la dirección con uno de sus brazos—. Por ello no me conoce, ni yo tengo el gusto. Me llevaron a la fuerza al igual que muchos otros que cayeron como víctimas de insana codicia, a sus lejanas tierras del norte, más allá del mar salado… Ciclos atrás —volvió a señalar, pero esta vez en la dirección contraria, gesticulando lo justo y sin aspavientos.

»Tierras mucho más allá de lo imaginable. Fue allí donde aprendí su lengua y costumbres. Por eso puede decirme lo que desee y yo se lo expresaré a ellos en su lengua. —Dirigió una mirada de soslayo a Gadifer—. Me indica este jefe que le diga, que no quieren violencia con nuestro pueblo, que son hombres que traen paz con ellos, no como otros que llegaron aquí en el pasado. No quieren matar, tampoco desean hombres que llevarse. —El anciano seguía sin gesticular, pero movió su vara de una mano a otra—. Quieren ver a nuestro rey. Sabría decirme respetable, ¿dónde encontrarlo?

El nervudo anciano —inmerso en un silencio que contrariaba al capitán—, al fin habló en una voz cargada de una de las frecuencias más turbadoras para el ánimo de cualquier cristiano. Gadifer casi pudo entender lo dicho por pura intuición. Penetraba el alma con cada vocablo.

—¡Tú!, hombre que dices ser del clan de los Ajaches… Ya no eres de Tierra Quemada, de la suya tampoco. No tengo miedo a morir hoy; tampoco temo a estos demonios que vienen del norte, que tanto daño han hecho a mi pueblo en días del ayer. Mi pueblo ya no es el tuyo. Nada bueno traen. Quieren todo. Solo ofrecen maldad. —Su mirada penetrante por lo vacía de expresión permanecía quieta, de igual manera todo él, salvo sus facciones al hablar—. Respiran codicia en alma sucia. No tienen sangre sino crueldad. En sus venas podridas moran gusanos. Viven muertos. Tú ya no perteneces… No estás aquí conmigo. Tú moriste con ellos.

Alfonso tragó seco, ese mensaje iba directo a su persona, le penetraba directamente el corazón. El haber pasado tanto tiempo sin conversar en su lengua natal —se impuso eso a modo de excusa—, podría ser el justo motivo de no haberlo entendido del todo bien. Pese al daño de la decepción, mantuvo el talante diestro en contener sus lágrimas. Ese primer encuentro con uno de su tierra —que identificó conforme a un sabio anciano—, dilapidó toda esperanza albergada de respeto de su raza para con él.

—Respetable, me rindo ante sus palabras; con todo le diré que yo no elegí estar de este lado. Soy como el ganado para ellos. Con gusto hubiese continuado aquí los tiempos de penurias que he vivido en tierras lejanas separado de los míos. Pero eso no lo trataré ahora con un hombre sabio, pues queda para mí lo que me han hecho. Decirle que su falta de compasión ha derrotado mi alegría por haber vuelto a mi tierra, quedando vacío mi espíritu por su crueldad conmigo. Esta que dice que ya no es mía, lo es, respetable, lo es… Es mi tierra.

—¡Esclavo!, ¿qué dice? —requirió una rápida respuesta el capitán, interrumpiendo impaciente una conversación demasiado larga sin saber de ella.

Alfonso ladeó el rostro palpablemente turbado y apaciguó prisas en un movimiento de su mano con suavidad: de arriba abajo. Solicitando con ese gesto unos instantes más de conversación con el anciano. En esas tierras, la vida pasaba más lenta, a otro ritmo; reflexión que no llegó a comentar a su dueño, no lo entendería hasta vivirlo por él mismo. Alfonso decidió finalizar el encuentro con una apuesta tan arriesgada como su vida, si se enteraba el capitán.

Giute hacía lo ordenado, sin embargo, por iniciativa particular y aprovechando las tupidas intermitencias de las brumas, se enmascaraba con sigilo entre ellas para reconocer el terreno más allá de su flanco —por el bien de todos—, descartando el entretenimiento previo a una celada.

—Sepa sabio respetable —retomó Alfonso—, que a estos hombres de rostro sonrosado podría haberlos llevado hasta la morada del rey: en la Gran Aldea de Zonzamas. Con gusto lo haría delatando el poblado si mi vida corriese peligro tras las duras palabras de bienvenida concedidas. Pero he sido fiel a mi pueblo y lo seguiré siendo, por ahora.

»Solo quieren dialogar con el rey. Solo quieren parlamentar con él, nada más. Ayúdeme. Podrían avisarlo antes de nuestra llegada. El rey dispondrá de tiempo para decidir. Si calla, quizás lo capturen hoy y el rey no se entere a tiempo. Sea sabio también en eso que propongo; por el bien de Tierra Quemada.

El anciano manifestó encajar un pequeño golpe a sus sentencias frente a ese joven trasojado, parecía sopesar concienzudamente su propuesta. En esa ocasión, sí movió algo más que sus labios: cambió la posición incorporándose de esa roca dando un paso hacia ellos alzando el brazo que no sostenía el arma al cielo.

Haníbal desde su puesto continuaba en alerta observando. De repente —perdiendo el enfoque entre las cortinas de bruma—, el salvaje realizaba a alguien una señal y avanzaba hacia su padre. Su lanza permanecía a modo de bastón por el momento, con ese pensamiento calmó algo la amenaza. Ese incómodo tiempo ya estaba resultando demasiado largo.

—Guadarfia es el nombre del rey, joven entre dos tierras —se refirió así a Alfonso—. ¿Y el suyo? ¿Su rey? ¿Dónde está? —preguntó el anciano indígena.

Alfonso miró a Gadifer y respondió sin temor.

—Betancourt, es su nombre. Mi rey y señor se llama Betancourt.

—Pues di a tu rey, joven entre dos tierras, que se espere en su casa que flota como tronco a la deriva, sin pisar Tierra Quemada. Avisaré de su interés a mi rey.

Alfonso relató en pocas palabras la respuesta del anciano a Gadifer. Este, desconfiado y molesto con la indicación del salvaje, apuntó al esclavo de lenguas con la espada.

—Tu parlamento ha durado demasiado para darme tan mísera réplica. Esclavo, te estás jugando el pellejo.

Fray Boutier, a unos pasos de Gadifer —pegado como una liendre, le había ordenado—, observaba la escena con pavor: Gadifer podía hacer daño a Alfonso.

—Dile a ese viejo que así haremos, le doy mi palabra de caballero. Por ello, le advierto que, si su rey no acude a nosotros, en poco volveremos a buscarlo a él, a su rey y a todos los suyos; y habrá castigo por faltar a su palabra. —Levantó el índice enguantado al cielo—. ¡Una oportunidad, dile! ¡Una!

Tras escuchar el relato vivido en tierra firme de sus camaradas en esa primera correría por Lanzarote, la tripulación maldecía hastiada por prolongar su estancia por más tiempo entre los maderos de la *Sans Nom*. Demasiado tiempo desde su partida de Francia, en pos arrestados en Cádiz, y esa navegación tan incierta hasta esas islas remotas. Era demasiado tiempo y suficientes penurias para aguardar una decisión dejada en manos de un potencial enemigo. Razón no les faltaba. La desocupación con incertidumbre en un barco traía problemas. Al mismo tiempo, no había que ser experto estratega para pensar que a esos nativos les estaba dando tiempo suficiente para organizarse y de la misma forma, estarían observándolos desde lo alto de esos riscos frente al estrecho donde andaban fondeados; un accidente marítimo de una anchura pareja a la de un caudaloso río europeo. Por esa razón se comenzó a nombrar «El Río».

El cansancio arrastrado al doblar guardias diurnas y nocturnas, por si eran duchos navegando en canoas con las que les pudiesen sorprenderlos, y el lento paso de los días, aumentó la irritación. Comenzaron a aflorar rencillas contenidas entre la tripulación, pero sobre todo con ese esclavo al haber tenido contacto directo con el salvaje. Unos acusaban a Alfonso de traidor insultándolo sin reservas. Los más reaccionarios llegaron a asirlo de la pechera, seguros de haber confabulado en secreto con ese salvaje. Traidor, bizco sarnoso, sodomita, amujerado, eran los adjetivos más suaves dedicados a su persona en esos días, seguidos de codazos o arrumacos violentos al cruzarse con él. Los hermanos Boutier y Le Verrier intercedieron las veces por salvaguardar la seguridad física de ese esclavo a sazón, tanto en cubierta como en la bodega. Incluso Amuley —esclavo, pero más respetado que el otro Alfonso—, procuró no despegarse de él, encarándose con su mirada fiera a muchos, en posible inicio de un mal augurio si se la desafiaba. Un arma contundente para medir corajes en comprometidos silencios, con posibles consecuencias graves.

Los dos frailes aguardaban en el acceso del camarote de Betancourt en cubierta, a la expectativa de la conversación que se estaba desarrollando en su interior.

—¿Qué opináis, hermano Boutier, creéis que ha sido así? —preguntó Le Verrier confidente, a sabiendas de la relación personal que este mantenía con ese esclavo de Lanzarote.

—Confío en Alfonso, hermano Le Verrier, confío en él. Por el amor de Dios hermano… —intentó aclarar—. Les han diezmado tanto en tantas razias que su pueblo no se creerá nuestras pacíficas intenciones. Esos nativos no creerán que queramos parlamentar con ellos sin más. Pensadlo, los de esta isla tienen motivos suficientes para discernir que pueda ser una fullería. Una nueva trampa del cristiano para llevárselos de nuevo como esclavos.

—Entiendo, hermano Boutier. Dios no lo quiera y así comencemos consumando en paz su misión divina —comentó entre livianos vaivenes de la nave por un mar de fondo residual de alta mar, sin más argumentos de peso a exponer en ese momento. Cualquier cosa sería posible.

Por el efecto de esas oscilaciones el capitán Gadifer se afirmaba a un fuste del techo. El señor de Betancourt permanecía sentado. Discutían en esa improvisada cámara, guardando un equilibrio al mismo tiempo de fondo y forma en sus discursos, jugando sus cartas, manteniéndose en sus papeles.

—Ya han pasado tres días desde que ese condenado salvaje dijo que el bastardo de su rey vendría a visitarme.

—Sí, barón, era el primer contacto, su señoría mismo demandó que lo deseaba sin violencia y así se hizo, cumplí manifiestamente vuestras órdenes.

Betancourt meditó unos instantes, Gadifer llevaba razón en sus palabras, apreciando en ellas por otra parte esa sumisión para con él que tanto le interesaba.

—La tripulación anda nerviosa. Tienen ansia por desembarcar en tierra firme al igual que yo, y de hoy no va a pasar. Vamos a buscar a ese rey *Gudafia* o como se llame ese diablo… Ya le pondremos el nombre cristiano que nos plazca.

Gadifer recapacitó, no le fallaba el juicio a Betancourt, tres jornadas aguardando respuesta de ese rey eran suficientes.

—¿Creéis que se están agrupando?, ¿que en estos días nos pretenden dar batalla? —indagó una vez se hubo calmado.

—Es posible mi señor, no sé cómo funcionan en la guerra estos canarios, los esclavos aseguran que no. Por lo pronto disponéis de buenos hombres de armas ávidos y con arrestos; pocos, empero bien adiestrados por lo que he podido comprobar.

Unos golpes sonaron en la portezuela interrumpiendo la conversación con la misma sequedad de la madera de donde provenían.

—¡Mi señor…! Permiso. —Era el caballero Bertín de Benerval—. Hay un salvaje en la orilla llamando nuestra atención.

Extremando la vigilancia, el capitán Gadifer, fray Boutier, el esclavo de lenguas Alfonso y varios remeros armados alcanzaban la orilla donde permanecía ese nativo. Se trataba de otro diferente al anciano que se encontraron por primera vez. Alfonso indicó que, en apariencia, ese sí era un guerrero. Se presentaba igualmente desnudo, pintado con símbolos extraños por su piel y portando un largo garrote ligeramente hundido en la arena.

Desde la cubierta de la *Sans Nom*, Betancourt observaba cómo Gadifer conversaba con el indígena, y acto seguido y sin su permiso, cómo lo subían al bote y volvían con él remando rumbo a la nave.

La tripulación quedó en silencio viendo embarcar con orgullosa seguridad a ese hombre sin vergüenza cristiana, mostrando la verga colgando al desnudo sobresaliendo entre una mata de bellos pardos. Un miembro diferente al de otros infieles que lucía sin el pellejo habitual, circuncidado a lo sarraceno. Betancourt ordenó bajar a la bodega a varias de las esposas de los tripulantes por decoro. Retiraron la vara de sus manos con deferencia, entendiendo el nativo ese gesto sin resistencia. En esos instantes de sigilo, un natural amago de pérdida de equilibrio ante su primera vez sobre algo flotante, provocó a uno de los cristianos un respingo de temor apartándose de él intimidado. Lo observaban por entre la cubierta susurrándose indicaciones sobre la fuerza aparentada y la media sonrisa mostrada —demasiado desafiante por su impertinencia— y de las diferentes maneras de quitársela del rostro. Mas una frase sobresalió de entre el cuchicheo sentenciando: Dios mediante que no sean todos conforme a este.

—¿A qué se debe su embarque?, ¿es el rey de los salvajes? —examinó Betancourt insolente frente a su capitán.

—No, mi señor, nos va a dirigir a una zona de costa para desembarcar con facilidad. Aquel arenal —Señaló—. Lo ha nombrado como Famara —tituló con el fin de marcarlo en el mapa que se estaba confeccionando—. Allí dice que tendremos tan solo un tercio de distancia que recorrer a pie hasta encontrarnos con el poblado donde está su rey. Por los riscos indica que es más tedioso y largo.

Con eso último Gadifer de La Salle apuntilló en referencia a la desastrosa ruta por dónde les ordenó ascender en el primer desembarco.

—Ese rey os espera con deseo de recibiros tal que un igual, así le traslada.

Betancourt maduró durante unos instantes lo que le pareció ser una recriminación en público a su mando y lo dejó pasar. Pero así era: Gadifer sintió redimirse al haber encontrado la oportunidad de hacerlo. Obligarlos a ascender por aquellos peligrosos riscos días atrás, fue una orgullosa temeridad y podía haber costado vidas.

—¡Alfonso…! ¡Isabel! —el barón llamó a los esclavos.

Los dos intérpretes de lengua se mostraron precipitándose ante él en un semblante temeroso; guardando ese mismo equilibrio en la combada cubierta.

—Decidme… —Se lo resumió—: ¿qué opinión tenéis sobre este asunto? Os aseguro que para mí sois sabandijas, morralla, os haré mucho daño si este salvaje miente.

Isabel miró a Alfonso: este no respondía. Ella no había nacido allí y ese detalle parecía no recordarlo Betancourt. Sin embargo, en sus conocimientos adquiridos de mano de su madre, podría llegar a responder. Tenía miedo de errar en su respuesta y de esa manera sentirse traidora ante un pueblo al que pertenecía su sangre pese a no conocer nada sobre él, salvo por relatos. Alfonso continuaba sin articular palabra. Finalmente, ella se expresó ante la dura mirada de su señor; este esperaba respuesta inmediata bajo aquella mirada irritada.

—Mi señor, cierto: navegando allí quitamos buena distancia si querer ir a centro de isla.

Isabel se refirió al centro de la isla y no a ningún lugar en concreto por un secreto pacto con Alfonso: el de no delatar lugares transcendentales —al menos en un inicio—, hasta no valorar cómo iba desarrollándose esa expedición. Alfonso compartió con ella toda la información necesaria sobre su isla desde que se conocieron, además de la relativa a ese primer encuentro con el anciano de su sangre. Pero el dato más importante de ese pacto de silencio era la ubicación de la Gran Aldea de Zonzamas, con aspecto de ser a la que los dirigía afortunadamente ese guerrero de su raza ahí embarcado. Quitándose por el momento el peso de esa responsabilidad de su espalda y de poder ser acusada de traición, Isabel continuó sin titubear, era valiente.

—Caminar por montañas será duro y más largo —terminó orgullosa el alegato, quedando en firme postura de mentón elevado.

Uno de los problemas para Isabel —que no eran pocos por su condición— era que, si a Betancourt ya de por sí le molestaba cualquier signo de inteligencia en una mujer, el hecho de ser esclava y que le hablase con esa soltura —insolente a su parecer—, lo incomodaba hasta el punto de no poder aguantar su presencia. De hecho, eran comunes las bromas entre sus acólitos Bertín de Benerval y Le Courtois, con las diferentes formas de su ejecución u otros asuntos depravados. Isabel lo notaba, advertía el rechazo y las tentaciones de muchos de esa expedición, de las que por ahora se había librado. Las europeas embarcadas no le dirigían la palabra por diferentes motivos, pero sí la respetaban en un equilibrio de códigos femeninos. Su dueño por suerte era Gadifer de La Salle y en aspecto de carecer complejos que lo distrajesen —a diferencia de Betancourt—, tenía asuntos más importantes para ocupar el tiempo. Isabel, para aclarar aún más la situación —sin indicárselo nadie—, realizó una consulta a ese guerrero desnudo en lengua nativa. Aquello importunó del todo a Betancourt.

—¡¿Qué pasa?!, ¡¿qué le dices?!, ¿de qué demonios le estás hablado, esclava? —inquirió.

—Repite dónde mejor dejar la nave tranquila y entrar con bote sin que hunda con golpes de mar —contestó apocada. Por su bien, debía ir callándose.

Betancourt miró alrededor dubitativo, realizó un lánguido gesto con la mano para alejar a los intérpretes, exclamando: ¡*Piloto*!, a viva voz.

—¡Juan! —remarcó.

—¡Presente! —berreó de súbito y aposta lo más brusco que pudo a su espalda.

Con ello sobresaltó adrede al barón, sacudiéndose en el sitio involuntariamente al encontrarse al Isleño tras él y tan cerca. Después de reponerse de la vergonzante convulsión de la que todos fueron testigos, le ordenó rumbo hacia donde ese salvaje recomendaba.

—Claro, *à votre service, monsieur* —expresó sarcástico, continuando a regañadientes en su lengua castellana—: Me cago en el diablo que parió al gabacho, al salvaje este y todo lo que se menea.

Tras anclar frente a la ensenada señalada por el indígena —conforme a lo prometido—, el nativo dirigió después el bote a salvo hasta una caleta. Tal y como indicó, las largas y constantes olas de aquella playa llamada Famara no lo hicieron trabucar. Esta vez sí tocó tierra el señor de Betancourt, además de Le Courtois, el capitán Gadifer, su hijo Haníbal, el esclavo Alfonso bisojo, fray Boutier y una veintena de hombres más en varias tandas. Un puñado de hombres para lo que podría llegar a sucederles; sin disponer de caballería. Animales que no pudieron traer con ellos hasta allí y sin los que se encontraban verdaderamente en desventaja. Pese a ello, Betancourt decidió arriesgarse e ir con ese destacamento elegido de entre los más selectos. Bertín de Benerval —hombre de confianza para él—, quedó a cargo de la nave fondeada en esa bahía, tal y como ya había sucedido en Castilla. Tenía órdenes de retirarse a la despoblada isla de La Graciosa en caso de mala mar o ir en su búsqueda con cautela, en caso de no obtener noticias de ellos en unos días. Algo que Bertín de Benerval se pensó dos veces en una íntima reflexión: si quedaba al mando ante la desaparición del capitán y del barón. Ya él vería.

El destacamento caminó durante horas sin realizar ninguna parada siguiendo a ese guerrero nativo, sacándoles cierta distancia en vanguardia, girándose constantemente para observar la torpeza en el avance de esos extranjeros cargados de vestimentas de reflejos sorprendentes que no seguían su paso.

Gadifer comenzó a preocuparse por las consecuencias de ese rápido avance hacia el interior, sin tener bien asegurada una retaguardia. Todos, incluso él mismo, andaban extenuados cargando con sus cotas de malla, armaduras, escudos, alabardas, ballestas, espadas, mandobles, etc., más los víveres necesarios.

Solamente el fraile Boutier iba tan solo con su cayado y con una prenda más cómoda en ese día. El joven Expósito Entero los acompañaba de nuevo, ofreciendo agua del pellejo cargado a sus espaldas.

Entretanto, el capitán especulaba que los nativos irían ligeros de peso y, por lo aparentaba ese frente a él, entrenados y ágiles. Si sufrían un ataque en esas condiciones sería una jornada dura, quizá una de las más duras de sus vidas, tan alejados de tierras cristianas. Nadie sabía a ciencia cierta con cuántos guerreros contaba ese rey, cuáles eran sus formas de combate ni si disponían del sentido del honor en él. Detrás de cualquier montaña podrían verse rodeados de cientos o miles de enemigos con ansias de venganza por familiares capturados en antiguas expediciones. En esos tres días de espera les habría dado tiempo de organizarse bien, especulaba a su vez.

Una bandada de perdices emprendió violentamente el vuelo a ras de tierra sobresaltando a Gadifer que, en un santiamén, comprobó los flancos instintivamente, encomendándose discretamente a la Virgen de la Asunción de la que era devoto.

El sol pegaba enérgico y una ligera brisa ayudaba a sobrellevarlo. Desde lo más alto de una interminable loma apareció una aldea de tamaño considerable, con numerosas chozas organizadas en arterias en torno a una plaza central, tal que una aldea campesina cristiana, pero sin parcelas de cultivo rodeándola. Nada ni nadie aparentemente alteraba el pulso del momento al descrestar aquel collado.

—¡Esclavo!, ¿cómo se llama esa villa? —preguntó Betancourt a Alfonso.

—Es el valle del rey Zonzamas, creo que es la llamada la Gran Aldea… Creo, mi señor —contestó cauto.

—¿Creo?, ¿creo dices, esclavo? —replicó el barón insatisfecho y bastante desconfiado con esa respuesta.

Alfonso lo sabía, se hacía el tonto, anteponiéndose a no querer desvelar ciertos sitios claves. Se la jugaba, tenía valor. De ese modo, intentaba proteger *su estrategia*, en la medida de cómo fuese sucediéndose todo. Por su parte, Gadifer creía recordar haber visto en el mapa de ese tal Juan —orientado a la navegación más que a la exploración—, un punto destacado sin determinar por aquella dirección en la que iban y que podría ser ese.

Varios perros salieron al paso al llegar al poblado, ladrando sin más. Tras ellos, una comitiva de guerreros los esperaba con grandes reservas reflejadas en sus semblantes. Betancourt, descolocado con aquello, se ajustó la reluciente coraza y el vistoso yelmo emplumado que portaba, mandando a continuación al Expósito tocar redoble de marcha con el tambor. Los guerreros nativos los envolvieron callados, encaminándolos hacia el interior de su villa con lentitud. El señor mantenía la mano derecha agarrando la empuñadura de la espada que permanecía envainada procurando no perder la verticalidad. Erguido y tembloroso, no tenía más remedio que dejarse llevar por entre esas correderas en forma de calles. Flanqueado por gallardetes ondeando al viento, iba seguido por la veintena de hombres que completaban ese destacamento expedicionario. El resto de cristianos, sin dejarse llevar por la fantasía que vivían por primera vez en sus vidas, tragaban miedo.

Los nativos, desnudos o con atuendos tomados del entorno natural, los observaban sin demostrar temor. Ni los perros ni las mujeres, ni los niños siquiera, se les acercaban, como podría ser lo habitual por curiosidad en otras tierras. Los hombres se mostraban en complexiones fuertes, duros, incluso los adolescentes lo eran más que sus soldados más fornidos. Algunas mujeres eran verdaderamente exóticas en su naturaleza y duras como los hombres en físico y en sus miradas, bronceadas bajo pieles de animal hasta rodillas o enfundadas en juncos majados, con sus pechos al aire.

—¡Atentos y en guardia!

Se escuchó esa orden del capitán Gadifer. Era una situación extraña y delicada para ellos: un tumulto violento en esas calles estrechas podría llegar a ser desastroso. Una ratonera. El silencio, entre el lento compás de marcha del tambor, se llenaba con nativos gritando con rabia sin más. La arena que pisaban estaba limpia y seca, no como en las calles de las ciudades cristianas, destacó el capitán. Las casas de esas gentes estaban construidas semienterradas, sus paredes se mostraban aisladas con barro, algunas; bajo techos de piedra, arcilla o incluso de hojas de palma. Por cada una de las calles en la que se adentraban, aparecían más y más de esas gentes matándolos con miradas de odio, de curiosidad o asombro. Aquella multitud los había engullido para digerirlos hasta una plaza repleta de más gentes del lugar recibiéndolos con más y más voces, y cánticos que comenzaron a realizar. Los soldados cristianos, nerviosos, esperaban indicaciones y no llegaban. El temor se vislumbraba en sus rostros a cada paso.

Estaban rodeados, inmersos en una situación con aspecto de trémula fábula. Pese a haber parado todos en su caminar ajustados al pulso de esa masa humana, Expósito continuaba tocando. Sin ninguno esperarlo, los nativos comenzaron a entonar una misma balada simultáneamente, semejante a una especie de ritual pagano, contoneándose al compás.

—¡Tranquilos! —recomendaba el capitán haciéndose oír a media voz— ¿Cargadas las ballestas? —intentaba averiguar.

—¡Prestas, mi capitán! —se escuchó a Di Giute.

—¡Bien!… ¡Ningún movimiento brusco! ¡Seriedad, señores, seriedad…! Borrad miedos de vuestros rostros —arengó mientras su señor permanecía abducido, sin reaccionar.

A Betancourt le estaba costando mantener la gallardía, intentaba disimular el incontrolable temblor de la mano sobre la empuñadura. Algo que Gadifer valoró. Esas caras de odio, desmedida curiosidad, muchas de ellas pintadas con extraños motivos, lo estaban perturbando seriamente. Cantaban y bailaban, algunos sonreían, otros les escupían bajo sus pies. En el centro destacaba un hombre fuerte de brazos cruzados en pie sobre una losa elevada. Manifestaba ser un líder, pensó el capitán; rodeado de guerreros nativos doblando en tamaño al más fuerte de los cristianos.

Gadifer le frunció el ceño y Betancourt al fin reaccionó; se acercó hasta ese líder escoltado por varios hombres. Los nativos enmudecieron de repente y Expósito paró de tocar por propia iniciativa. Todo quedó en silencio. Cada uno de los cristianos se escuchaba el corazón en el pecho. Fray Boutier —sin cesar de rezar desde el desembarco—, en susurros entonaba incontroladamente el Ave María. Se observaban entre sí tensos hasta que un pequeño grupo de sonrientes jóvenes relajó la rigidez. Se les acercaron e impusieron collares de caparazones de moluscos y pequeñas flores alrededor de sus cuellos, salvando cotas de malla, yelmos y bacinetes. Señal interpretada por Gadifer como un gesto de bienvenida, pidiendo calma a sus hombres.

—¡*Sansofé Titerogakaet*! —expresó enfático el hombre sobre la roca, siguiendo su parlamento solemne y en su lengua.

—Dice que son bienvenidos a Tierra Quemada, a Lancerotte —aclaró—, que estáis presente ante el rey Guadarfia, de la estirpe del gran Zonzamas —tradujo Alfonso pegado a la oreja de Betancourt.

—Dile que él está ante el señor Jean IV de Betancourt, el rey de esta expedición. Que quedo honrado con este encuentro. Que agradezco su bienvenida y que hemos venido en son de paz, para protegerlos de los que se los llevan sin remedio.

Alfonso tradujo y escuchó de nuevo al rey Guadarfia.

—Mi señor, pregunta el rey que a cambio de qué.

Betancourt sacó de su coraza un trozo de tela y se la ofreció al rey indígena disimulando aun el temblor en sus manos.

—A cambio de esto.

Guadarfia la tomó agachándose a su altura con expresión extraña, sin saber de qué podría tratarse. Volvió a erguirse en lo alto de la roca y, al abrir la tela, pudo comprobar que se trataba de un trozo de orchilla, la misma que crecía en las rocas quemadas. Algo de lo que estaba repleta su isla y ellos no daban utilidad.

—¿Por esto van a proteger a mi pueblo? —exclamó en su lengua rompiendo a reír en sonoras carcajadas.

Alzó en la mano la orchilla y toda su gente carcajeó en conjunto agraviando a Betancourt; a su vez mostraban resplandecientes unas dentaduras al completo, sorprendiendo ese otro detalle corporal a muchos de los cristianos poco acostumbrados a dentaduras sanas. Otra muestra de su fuerza y salud.

El verse protegidos por algo sin valor les parecía extraño, incluso gracioso. Betancourt pasó por alto sus risas pese a haberle incomodado y prosiguió guardando la compostura.

—Dile que para nosotros tiene el valor que ellos no le dan y que, si recogen esa orchilla para mí, no deben temer por otros como nosotros que vengan hasta aquí a hacerles daño.

Por el momento el normando se reservaba indicar que al mismo tiempo debían de abrazar la fe cristiana, la fe correcta, la verdadera fe, y que él sería su rey. Pinceladas que prefirió que descubrieran por ellos mismos más adelante.

Tras unos momentos de reflexión, Guadarfia aceptó el trato con una frase traducida al instante.

—Así será. Mi pueblo recogerá la planta y continuará viviendo de acuerdo con sus costumbres.

De ese modo el rey Guadarfia presentaba implícita su exigencia ante ese extranjero. El normando contestó apoyándose en el mismo enunciado que había expresado ese rey de Lanzarote.

—Así será. —Sabiendo perfectamente Betancourt, que así no se haría, al menos del todo. Ese no era el momento de mostrar todas las cartas. Poco a poco se les iría conquistando y tendrían que aceptar a Dios mediante el bautismo y a él como rey, motivado más por lo segundo. A ese Guadarfia, en tal caso y por orden de Castilla, se le permitiría ser un líder emérito de aquellos nativos, pero nada más.

Guadarfia ejecutó un enérgico silbido sin mano y todos los suyos parecieron reconocer su significado. Ante atropelladas miradas de los normandos, los nativos emprendían tareas propias de una ceremonia abriéndose un gran círculo orbitando entono a los cristianos en esa plaza.

Caía la tarde y acomodados alrededor de una hoguera mujeres ofrecían leche, quesos, pescados en salazón y carne de cabra asada, que degustaron desconfiados aun, pero como el mejor de los manjares.

Abatido irremediablemente el sol, disfrutaban de una temperatura agradable azocados del viento en esa plaza junto a aquella lumbre. Alfonso —entre Guadarfia y Betancourt—, traducía lo que podía a la lengua francesa, mezclándola inconsciente por su nerviosismo y falta de destreza, con palabras del castellano. El barón —algo más distendido—, se retiró al fin el yelmo de la cabeza, gesto en el que lo acompañaron todos los demás tras la orden de su capitán.

Conociendo al barón, sabían que estaba realizando un esfuerzo por no tomarse a mal algunos gestos naturales que el rey Guadarfia estaba teniendo con él: de esa forma golpeaba con los nudillos y en discreta curiosidad la coraza y el yelmo emplumado que había tomado en sus manos.

La noche cayó del todo, los líderes iban pasando el tiempo entre muecas relajadas y comentarios banales. Mero método de medir intenciones. A pesar de ello, Betancourt aprovechó para verter unas palabras a Alfonso con cierto disimulo en su oído.

—Por tu bien, antes del amanecer quiero que me des el dato de cuántos guerreros disponen.

Los cristianos de la expedición eran agasajados con canciones y bailes que realizaban orgullosos los nativos en honor a esos recién llegados. Se entremezclaban igual que espíritus de la noche por entre medias del celaje de fina arena levantada por tantos humanos danzando a la luz de la hoguera.

Expósito Entero se hacía respetar con otros niños de su edad que querían jugar con él, pero más por hacer sonar su tambor. Gadifer y los demás hombres de armas tuvieron la oportunidad de comprobar la soltura con la que se movían los guerreros de ese lugar. Además de exhibiciones de diferentes tipos de ejercicios, tanto salto de altura y longitud con unas varas largas en forma de picas al son de sus danzas, fueron testigos de tenaces luchas cuerpo a cuerpo entre ellos.

Guerreros nativos y soldados cristianos, se observaban en miradas vacías cargadas de intenciones, de luces y sombras a la manera que las proyectaba aquella hoguera. Se observaban frente por frente, con la misma curiosidad por ambos bandos. Con la análoga incertidumbre de no saber cómo terminarían el día de mañana. Quién sabía… Ni siquiera en los relatos pueriles los finales eran felices. Cualquier malentendido, gesto o acto entre esas dos facciones tan contrapuestas condenadas a entenderse, podría desatar un derramamiento de sangre. Los cristianos tenían experiencia en esas lides, muchos ya eran veteranos en matar al que la noche anterior su señor sonreía. Conscientes de que, las batallas, independientemente de quién las ganase, las perdían siempre los soldados; y que lo más importante era no morir si la gesta no merecía la pena, y esa, tenía aspecto de no merecerlo. Que las guerras no eran ellos, sino lo que les sobrevenía por una profesión elegida las veces para poder llevarse algo al estómago.

La noche terminó tarde y el poblado comenzaba a despertar pronto. Con la plomiza claridad del crepúsculo anterior a los primeros resplandores, el capitán Gadifer —decente en estado de revista bajo unos párpados hinchados en rostro de veterano—, inspeccionaba los diferentes puntos de centinelas que colocó para la noche. Habían descansado a la intemperie, pese a que el dicho rey Guadarfia les había ofrecido una de las chozas para refugiarse —en esa solo se alojaron Betancourt, Le Courtois y Boutier—. Gadifer prefirió permanecer al raso junto a sus hombres. Él era militar curtido y aquel territorio era hostil mientras no se consolidase.

Siluetas de niños partían con sus cabras a pastar en la lejanía de las praderas bordeando la aldea. Los guerreros nativos, de guardia entorno a la casa del rey, se relevaban con el mismo método cristiano. Algunas mujeres ofrecían agua o leche atemperada recién ordeñada junto a sabrosos quesos y dátiles para que llenasen los estómagos sus guerreros y esos extranjeros con atuendos insólitos resplandecientes al recibir sobre ellos los primeros reflejos en ámbar de un sol naciente.

Betancourt, entumecido por falta de descanso, mandó al fraile Boutier realizar un sencillo culto mismo donde habían tenido lugar las pasadas celebraciones. El sitio se encontraba despejado e impecable de restos, en una tensa calma para los cristianos que no hacía pensar en nada extraño. Expósito Entero mantenía en esa pequeña misa que se iniciaba el cayado en cruz a la vera de fray Boutier. Con sus ojos abultados de sueño, lo expresó en forma de un bostezo seguido de un rugido sin cortesía y el cachete propinado por el padre Boutier lo dejó en suspenso.

Con el sol ya despuntando a sus espaldas, el fraile iniciaba el oficio dirigiendo una bendición al señor de Betancourt y a Le Courtois rodilla en tierra en primera fila y en pos, al grueso del destacamento atendiendo y dispuestos ya en orden de revista. Varios niños nativos, imitándolos a modo de juego, se sentaron tras de ellos. Se rezaba un solemne y sentido Padrenuestro en voces graves.

Imperceptiblemente, esa celebración tan exótica para los indígenas fue causando una innegable curiosidad entre ellos. Deducían en suma que esos hombres saludaban de igual manera a Magec —su dios del Sol—, mas en ritos diferentes a los de su raza canaria.

Guadarfia surgió entre ellos, le abrían paso, le sorprendió aquel ritual extravagante que algunos de sus súbditos comenzaban a imitar en su tradicional rito matutino al astro solar. En un acto de respeto espiritual hacia sus invitados, el rey arengó con guiños y ademanes cordiales a los suyos para que orasen juntos, con la finalidad de participar en comunión de ese ceremonioso acto iniciado por sus invitados. Otra muestra de confraternización con ellos. El rey de Lanzarote se acomodó junto a Betancourt, comenzando a imitar una postura similar a la cristiana orando en su propia lengua.

Fray Boutier asistía incrédulo ante lo que él mismo estaba obrando en ese instante. Tuvo que realizar un esfuerzo por no perderse o comerse frases durante esa primera homilía en tierras canarias. Su emoción aumentaba conforme se iba sucediendo. Comenzó a sentir la llama de una convicción olvidada desde que llegó, secuestrada por el miedo. Era el responsable, el protagonista, e intentaba que su dicha continuase sin trabarle la lengua. La estampa era gloriosa, rozando lo celestial, memorable para un religioso como él. Una muestra palpable para lo que había venido hasta a los confines del mundo allende el mar Océano. Tan solo por una vivencia semejante a aquella reposando en el orgullo de su recuerdo, le merecía la pena haber encomendado en su día la vida a Dios. No podía haber esperado, de ninguna de las maneras imaginables, lo que estaba sucediendo frente a él en ese lugar. Estaba azorado, gozoso con esa semilla religiosa plantándose originariamente en esa isla castigada por hombres de la misma raza a la que él pertenecía. Emocionado, asistía a cómo la ceremonia iniciada con un puñado de cristianos pasaba a contener, en el corazón de esa aldea, a un centenar de almas sin entender lo que se decía, mas sí lo que se hacía por razones del espíritu. Entusiasmado por pecar de vanidad, recreándose en sano orgullo alejado de arrogancia, portaría feliz ese pecado. Deseaba encontrarse con el hermano Le Verrier, para contarle lo sucedido: lo que Dios había unido en esa homilía. Muchos de sus miedos se desvanecían a cada palabra en latín, a cada segundo que pasaba, apreciando para sus adentros puntadas firmes de confianza en su remendado corazón de fraile. Pudiera ser, interpretaba, que todo fuese a resultar mucho más fácil en esa misión.

Betancourt batió miradas a los presentes hasta dar con la del esclavo de lenguas, invitándolo a aproximarse junto a él en esa ceremonia.

—Y bien, esclavo, anoche te hice un encargo.

—Sí, mi señor, y tengo la respuesta para vos. Siendo guerreros, no más de tres centurias —contestó balbuciente, avergonzado de participar en ese acto.

El señor lo sonrió posándole el brazo sobre el hombro en frugal zarandeo magnánimo.

—Bien, Alfonso, bien… —enfatizó el tono en su nombre— ¡bien!

Campante de conocer ese dato tan importante para sus fines, se lo guardó para tratarlo más adelante, introduciéndose nuevamente en la oración. Alfonso, atendiendo al posterior requerimiento del rey Guadarfia, explicaba los detalles de la naturaleza de ese acto bajo el influjo de la intensa mirada de Le Courtois —como daga desnuda posada en su cogote—. Con aquella simple mirada le recordaba lo que era, que anduviese con ojo, que cualquier observación desacertada en asuntos de esa expedición podría pasarle factura. Temía a ese hombre como al que más.

En la despedida a los normandos se les brindó un ritual parecido al de su bienvenida, más distendido si cabía. Los rostros de odio habían desaparecido de los nativos, si bien no por completo. Guadarfia estrechaba el brazo de Betancourt y este contestaba de igual forma satisfecho por la ausencia de acontecimientos extraños y malas interpretaciones.

Aquella visita había sido un hecho histórico y preocupante. Guadarfia y sus consejeros quedaron contrariados al marcharse los cristianos. Se habló mucho de ello en el Consejo de Ancianos. El rey de esa isla no era un ingenuo, pretendía mantener el liderazgo e intereses de su pueblo por encima de todo. Realizaron ritos especiales, augurios y oraciones profundas en ese día y posteriores. Con sensatez determinaron la certeza de que esa visita era el preludio de la llegada de muchas más hasta transformar su forma de vida con el paso del tiempo. Pudieron comunicarse pensamientos en palabras y no tan solo en gestos en aquella pacifica jornada de confraternización, no obstante, su rudeza no les restaba sabiduría: pese a haber conocido algo mejor a esos extranjeros y sus intenciones, fueron conscientes de que en días venideros sus ojos verían incómodos el inicio de una triste mutación hacia algo ya ineludible. Les quedaba el anhelo de que sus dioses los guiasen con acierto a saber interpretar sus designios.

El capitán Gadifer partió con órdenes: la mitad del destacamento continuaría explorando esa isla a pie hasta dar con la costa en sus partes meridionales. Betancourt junto al resto, volvería a la nave y reconociendo la costa por el este, se reunirían en un arenal en concreto donde presumiblemente había pozos de agua; además de ser un lugar desde donde se divisaría en el lejano horizonte la isla de Fuerteventura: su siguiente destino.

En ese día despejado, la fuerza de esos vientos del noreste era la necesaria para estimular la nave con soltura. La *Sans Nom* navegaba viento en popa algo ceñida cercana a la costa, dejando una discreta estela sinuosa de espuma lechosa tras de sí, que indicaba el camino de vuelta a una Castilla que se desvanecía en la distancia cuanto más avanzaban. Paradigma, metáfora… Palabras de las que no sabía su significado, pero no más que la más pura realidad para Juan el Isleño, que disfrutaba juicioso de esa tranquila navegación de cabotaje. El haber tomado la decisión de embarcarse de nuevo y las esperanzadoras informaciones sobre ese primer encuentro con nativos, ayudaban.

A pocos codos sobre él, en el castillo de popa, a Le Verrier todo le daba vueltas por dentro y fuera, indispuesto ante los vaivenes de esa carabela. La mareante cubierta abombada —con el fin de vaciar los golpes de mar con soltura—, la apreciaba como si no hubiesen colocado en ella ni una sola tabla recta adrede. Y no se equivocaba. El fraile buscaba mantener algo de dignidad en ese momento frente a Isabel —zalamera con él por entre la cubierta principal—, comunicándose los dos con gráciles sonrisas. En ese impás reparó en el esclavo Amuley.

La relación con ese canario fructificaba cada día más, por la claridad en compartir sus particulares maneras de entender la vida pese a venir de tan diferentes procedencias y coincidir en valores afines. Una relación de respeto a la persona del fraile por parte de Amuley y, en el caso de Le Verrier, de admiración a la valentía de un ser humano con grandes sufrimientos en su mirada marcando su carácter. Aún mantenía un interior inquebrantable, reflexionaba. Ese hombre era esclavo, pero libre de miedos. Aquellas mismas cadenas amarrando al soportador entre los de su condición, a él —luchador—, no lo engrilletaban. La fe depositada en él y en esa dignidad increíblemente mantenida, eran sus fieles guardianes custodiando las fronteras de su honra. Llegaba erguido frente a él tras haberse tragado una arcada más y rompió su silencio con lo sucedido en ese poblado de Lanzarote —en la zona recién distinguida en el mapa con el nombre de Gran Aldea—, y la ya célebre misa de fray Boutier, que quedaría como hito iniciático en la evangelización de esa conquista —esa última palabra, *conquista*, prefirió no utilizarla con el canario por respeto—. Le Verrier se interesó sobre el carácter parejo que pudiesen llegar a tener los habitantes de la cercana isla que Amuley llamaba Erbania y él Forteventura: la próxima a pisar por esa expedición cuando consolidasen el mando en la de Lanzarote.

Sus cabellos se mecían ligeros por la brisa salina. Amuley respondía a sus preguntas algo seco, pero en buen talante apoyado sobre la borda afirmando las piernas sobre las tablas de cubierta. Al poco, otra arcada del fraile provocó un inicio de sonrisa en Amuley. Se mostraba a punto de desfallecer en un rostro pálido y, antes de cualquier otra cosa, Amuley prefirió seguir con los detalles de costumbres, palabras en lengua nativa, sus dioses, etc. Le Verrier intentaba tener puestos los cinco sentidos, pero le era imposible. Permitiéndose la atención propia de un niño al que se le despertaba la imaginación frente a un interesante relato sin pretender retener detalles, esa decisión lo relajó alejándolo ligeramente de su malestar.

—¡Tres nudos, Juan! —se escuchó vociferar a Expósito Entero en castellano, refiriéndose al piloto; riéndose entretanto le hacía una mueca a Medio Expósito contagiado de la risa de su hermano sin compartir sangre. Ayudando a Entero, dejaba el reloj de arena sobre la cubierta para recoger la cuerda de nudos empapada de mar. Terminaba así con la medición de la velocidad a la que iban navegando.

—¡Cuando contestes mis órdenes, te refieres a mí como *señor piloto*! —se quejaba de esto último Juan en su particular humor. Había cogido cariño a esos dos grumetes—: Tienen cojones estos diablos… ¡A la caña del timón!

Al piloto Juan ya llevaban un rato sin escucharlo en esa carabela. Los que pululaban por cubierta realizando diferentes tareas rutinarias, lo agradecían enormemente por lo cansado de dar oídos que era. Le Verrier y Amuley compartieron una sonrisa cómplice por las formas del castellano: perpetuamente malhumorado, soltando votos a *tal*, juramentos a todo lo que se meneaba o tocando esa dichosa flautilla desafinada las mismas melodías una y otra vez; aferrándose a la mente de uno, incluso sin escucharlas.

Quizá por el lugar o el momento, emergió en el canario el recuerdo de la primera vez que se vio embarcado al ser capturado por hombres similares a ese. Introducido a la fuerza y herido en aquel oscuro infierno putrefacto de penuria, muerte, sed y hambre; en una bodega parecida a la de esa nave. Conducido a un destino incierto, del mismo modo que la forma en la que volvía hasta allí de nuevo en ese día, despejado al igual que su conciencia. Inspiró de esa brisa tan real como su orgullo: gozaba de la suerte de estar ahí, suerte que ningún otro había tenido o no buscó con sus agallas, dilucidaba. Cuán extrañas formas de enmendar aquel daño le regalaban sus dioses; saboreándolo bajo quietud de su espíritu como virtud adquirida tras duras vivencias.

Le Verrier asistía a la enfática expresión reflejada en su rostro. Inanimado, semejante a engullir absorto el horizonte o en místico encuentro con el mismísimo Neptuno.

La nave viraba superando aquel pequeño cabo por estribor, habiendo dejado bien atrás la peligrosa zona marcada como Arrecifes.

—Ahí está.

Acertó a escuchar de pronto el fraile. Y era cierto: ahí estaba. Ante ellos se desdibujaba en la lejanía la extensa silueta de otra isla.

—¿Es tu isla, Amuley? —se aclaró.

—Sí, Padre, lo es… Es mi isla.

Con admiración, con amor, y en ese día regalado en ausencia de calima o brumas marinas, reconocía en ella valles, montañas y perspectivas de Erbania nunca vistas desde esa isla de Lanzarote. Podía observar los contornos de la montaña Roja, la de Escanfraga y, por supuesto, la cercana isla de esos perros del mar que los cristianos llamaban lobos marinos. No obstante, de donde Amuley no quitaba el ojo era de la montaña de Arena, donde se hallaba su aldea, donde se había criado, donde había amado por primera vez, donde besó a Atenery aquel día que treparon hasta su cima. Sentía aquel recuerdo áspero y extrañamente nítido y fresco, como si nada de lo ocurrido hasta ese día hubiese sucedido; en un vacío de imágenes de un rostro de mujer que llenaba con salpicaduras de texturas, cabellos, fragancias, lugares íntimos de su cuerpo y el millar de sensaciones enaltecidas con el paso del tiempo de las que quiso soltarse sin poderlo conseguir, sin dejar de llorarlas en noches de dolor y soledad. Todo con el valor de sobrellevar con entereza esa condena en vida, en la desazón de una separación forzosa con la persona jamás amada de tal forma en su vida. Sin embargo, por el contrario, cuánto más las rechazaba, más permanecían en su inconsciente aferradas. Las miraba de reojo, como fino hilo de ilusión con algo de su pasado y solo podía sobrevivir, sobrevivir un día más, y otro, y otro. ¿Seguiría allí Atenery? Amuley la sentía, le palpitaba.

Le Verrier atisbó en ese rostro endurecido una tierna sonrisa, piadosa, colmada de integridad; fue entonces cuando, mediando un tono pausado, necesitó indagar en ella.

—¿Qué os ocurre, Amuley?, ¿que provoca ese regocijo en vuestro rostro?

Intercalaba inconscientemente el voseo entre el tuteo en la relación con él; un trato distinguido hacia su persona que no solía darse a gentiles y menos a esclavos. Se desdibujaba entre ambos esa línea que sellaba sus diferentes condiciones, formándose una novedosa cargada de respeto y confianza. Era insólito si lo razonaba, pero en ese día deseaba ser como ese esclavo de alma libre, salvaje e infiel; victorioso en innumerables intentos de secuestro de su voluntad. Le Verrier, pese a ser hombre de culto y estudio, habiendo dejado su huella como arado por media cristiandad algo de África y la mar Océano en esos días, continuaba huyendo de sí mismo sin llegar a encontrarse. Si era cierto que la paz del espíritu se alcanzaba en el no necesitar, en el ser libre frente a todo y esclavo de nada ni nadie, ese hombre era el vivo ejemplo de ello. Una indiscutible fuente de agua pura para un hombre sediento de terrenales sabidurías como lo era él. Amuley era libre siendo esclavo.

Por supervivencia, Amuley había procurado volverse cauto en expresar sus pensamientos en palabras y, si bien ese fraile tenía buenas intenciones para con él, se guardaba cosas. Todavía no era capaz de ver la verdadera cara de esos invasores a los que acompañaba.

—Sonrío, Padre, sí. Los dioses imponen duros caminos por los que transitar —reflexionó apoyándose en algo que Le Verrier pensó que sabría interpretar.

—Dios, Amuley, Dios… —corrigió el fraile, en un comentario sin ningún valor en ese momento para Amuley. Este lo obvió por completo, al fraile le había podido la mediocridad.

—Hace más de once años, quizás doce, Padre…que no veía mi tierra —indicaba juicioso—. ¡He ahí, ¡mírela! —reafirmó con pasión en el rostro, como si con la fuerza de ello y del mismo modo, arrastrase la mirada de Le Verrier hacia su isla—. Allí era un joven guerrero que estaba en duda entre el corazón de una mujer y las ansias de aventura. Recuerdo atardeceres echando la mirada para esta isla donde estamos —señalando Lanzarote—, prometiéndome que algún día me aventuraría en ella. Por eso sonrío, Padre.

»Hay comedia en el drama —pausando su reflexión unos instantes—. Nunca… jamás pensé que sería de esta manera tan… habiendo tenido que pasar por lo que he pasado. Mucho pasé… —Negó algo agrio apretando el gesto—. Un destino diferente al esperado —se interrumpió llevado por una emoción que igualmente caló en Le Verrier—. El día que elegí entre esa mujer y lo desconocido, los dioses —en esa ocasión el fraile no lo corrigió— eligieron por mí. Yo me decidí con el corazón por aquella joven y, en esa misma mañana me capturaron llevándome a lo desconocido. Ora, por inciertos caminos del destino, me encuentro en Lancerotte y *ma ighira Achamán*, si mi dios Achamán quiere —tradujo esa expresión—, pisaré mi tierra de nuevo.

Calló reflexivo, con la mirada perdida en un infinito mar salado matizado por su isla como sueño en presencia. Ahí estaba, si quisiera podría alcanzarla nadando.

—Hace semanas esto que vivo lo hubiese tomado como un sueño imposible. A nadie cabría en el más falso barrunto del pensamiento que un esclavo canario volviese a su tierra. Sorprendente. Ni en el mayor resquicio de esperanza contaba con esto. Cómo son de inesperados los caminos por los que nos lleva el destino, que en estos días he venido aquí con los de la raza de mis captores para conquistar la propia tierra que me vio nacer.

Le Verrier no supo qué decir, llevaba razón.

—No lo miréis así, amigo mío —acertó.

—¿Amigo? —contestó Amuley extrañado. Esa palabra nunca se la había dicho un cristiano.

—Sí, amigo. No tengo nada contra vos, por lo tanto, no sois mi enemigo.

Amuley escuchó esa reflexión de Le Verrier tomando nota.

—El mundo civilizado avanza, no podéis vivir en la utopía de que vuestro pueblo viva por más tiempo primitivo, tal y como ha vivido cientos de años, o miles. Todo cambia en la historia del mundo, la vida es inconstante. Si no, miraos a vos mismo: hace años os convirtieron en esclavo por la fuerza unos bandidos del mar para venderos en Sevilla. Cristianos eran, sí, daría que hablar el glorioso significado de esa palabra para ellos. Podrían haber sido sarracenos, empero, lo curioso es que os vendieron en el reino de Castilla y a una dama francesa y no en otra casa. Por esas razones y no otras, ahora estáis en este barco.

»Es por alguna razón elevada, Amuley, por lo que Dios os ha traído hasta aquí y ahora. Vuestra misión tras esta espera de años podría ser proteger a vuestro pueblo de sucesos como los que os han hecho a vos, a cambio de esos productos que tenéis en abundancia.

Tras una breve pausa para su comprensión y poner en claro para sí mismo lo próximo, retomó el discurso. Amuley aún perdía su mirada en el horizonte.

—Que estas tierras sean cristianas por la paz y no por la espada. De esta manera vuestro pueblo tendrá mayores posibilidades de sobrevivir. De otra, con el tiempo, tu gente acabaría en los mercados de hombres hasta su extinción. Cada vez serían más y peores capturas, borrándose tu raza de la memoria de la humanidad, igual que ocurrió con otras. El rey de Castilla no quiere eso, os quiere cristianos y castellanos, lo escuché con mis propios oídos, yo estaba allí cuando ese rey lo decretó. No quiere esclavos canarios, quiere tierras, riquezas, empresas y gentes fieles para expandir su reino.

El padre Le Verrier siempre guardaba de manera sorprendente bajo la manga del hábito sentencias para aplacar el espíritu combativo de Amuley, que las meditaba con rabia contenida. No quitaba la razón a la lógica que dejaban entrever las palabras de ese normando.

—¿Qué creéis que le ha podido suceder a esa amada de la que me habláis?

—Atenery era su nombre —contestó hiriéndose el alma al pronunciarlo. —Lo desconozco, Padre, solo deseo que se olvidase de mí y consiguiese formar una familia que le aportase lo que yo le podría haber dado si hubiese tenido oportunidad. Han pasado demasiados años. Su solo pensamiento ha sido martirio y caricia a la vez. Me ahoga su recuerdo dejándome el corazón en carne viva.

Le Verrier no quiso martirizarlo más, posando amistosa la mano sobre su hombro; con ese gesto le hacía ver que comprendía su sufrimiento.

—Algo musita el cielo de tu Forteventura, Amuley. Con lo que habéis pasado, podríais haberos convertido en un ser infame, sin escrúpulos o un despojo derrotado y, a pesar de ello… os admiro. Y Dios nuestro Señor te bendice, te guarda, te mira con agrado y te extiende su compasión. Él sabe que tu honesta moral vale más que la de cualquier otro hipócrita que se precie de cristiano, y doy buena fe de ello.

Amuley volvió a sonreír.

—Eso no vale más que para sufrir.

—Eso vale de mucho en estos tiempos de locura y perdición del hombre, Amuley. Valen su peso en oro los hombres como vos. Sois un ejemplo para muchos, aunque ellos no lo sepan, ni vos tampoco.

Amuley presentó la mano derecha ante Le Verrier y este —tras soltarse de la borda algo menos mareado—, se la estrechó masculina; tomando a continuación una distancia prudencial marcada por el amable silencio que acompañaba esa travesía.

Amuley quedó mirando hacia Fuerteventura forzado por una emoción que arrolladoramente le venía del pecho. Procuró no pestañear para secar sus ojos tornados en acuosos, ayudado por la brisa cargada de salitre cuyo sabor lo envolvía en una característica condición a hogar. Sus pensamientos comenzaron a fluir como prosa poética en ese momento de introspección en el que hablaba con su isla.

«Me rescataste en la infecunda lucha del querer ser, cuando ya lo era. En ti me rencuentro rebuscando entre mis flaquezas en esta serenidad que nunca logré obtener de ti. Tus recuerdos me salvaron durante estos años de la peor de las muertes, la que anduvieron mis pies en vida. Sepultado bajo oscuras batallas de la razón que quise, generoso de mí, librar en soledad, sin furia ante heridas que a cualquier hombre habrían hecho sucumbir su voluntad. Aquí sigo, mírame como yo te miro, pues soy El Libre con Coraje. Gracias por acompañarme siempre a no dejarme nunca. Soy duro como tú me has mostrado con tu ejemplo desde que me viste nacer. Vi tu luz incluso en el destierro. Aprendí esa lección que me querías dar y me resistía a ver: que mi lugar está en mi espíritu y que vaya donde vaya, iré en la mejor de las compañías con él. Que nací solo y moriré solo. Lo sé, porque los dioses ya me lo mostraron en esa serena intimidad previa a la muerte cuando la vi de frente. En los recuerdos de tus tierras hallé mi hogar en la distancia. Único lugar descubierto de entre otros más lejanos, en el que se escucha latir tanto el corazón del guerrero como el siseo de un cuervo en el batir de sus alas. Me llevaste a conocer la inconmensurable sencillez de vivir en ti y de ti. Tan vacía a ojos extraños y tan completa a los que saben valorar tu pureza. A permitirme compartir con las modestas almas de los hombres de la tierra, a haber aprendido de ellas y, con el más bello ángel que podrías haberme regalado: Atenery. Inhóspita, como tú: un reflejo en el agua, un tenue viento o un rayo de sol. Quedo pagado con todo lo que me diste, mi querida Erbania, gracias».

Le Verrier —reposando la mirada sobre la costa de Lanzarote— se reconocía cercano a un hombre auténtico, no por el sexo que Dios le había otorgado, sino por los principios sólidos en los que se asentaban los pilares de una fuerza interior para afrontar desdichas. Esta criatura vuestra, Señor… se decía… hacía honor al significado de su nombre en salvaje lengua de Libre con Coraje, con el que sus padres quisieron marcarle el destino como si hubiesen sacado ese apodo de un presentimiento. La libertad interior que profesaba estimulaba la fortaleza de su semblante; posiblemente como triunfo de un espíritu indomable ante los retos que Dios le había impuesto o quizá por no tomar como merecimientos sino como méritos lo que le sobrevenía para bien. Amuley se había mantenido firme cuando otros habían sido víctimas de sí mismos dejándose perder la partida. Los méritos como galardones al valor, meditaba, otorgados al beber de una vida en estado de abundancia en el alma, en los propósitos. Apostando el ser sin condiciones hasta el buen final, sin la expectativa de lo ilusorio. Cuando se da todo sin esperar nada, Dios otorga esos méritos en formas singulares. En abundancia se da y en abundancia recibes. Das para darte. *Amar* —divagaba— atrae camaraderías, lealtades, hermandades, una vida buena que aporta valor ante lo desconocido y confianza ante lo inesperado.

Por el contrario, el *querer*, no era más que necesitar tener, el creerse merecedor de… Esfuerzo por recompensa en lugar de experiencia. Esperar recibir o propiciarlo, creaba sumisión a esos merecimientos que, sin ser méritos a un esfuerzo personal, eran dulces en carencias, matando el hambre del hombre que no nutre su espíritu. Como lo era esa codicia, envidia y otros pecados que dañaban en no más que una altivez, una presunción en el sentirse merecedor de algo mejor perpetuamente. *Querer* sin saber *amar*.

El amar era dejarse querer y no buscar que a uno lo quisieran repartiendo perlas entre cerdos. Era dejarse reconocer y no buscar el reconocimiento. Era recibir méritos y no buscar merecimientos. Era saber transmitir errores y aciertos sin importar juicios ajenos. Era rendirse ante Dios, pero no ante el Mundo, haciendo un uso decente de ese libre albedrío que Dios disponía para los hombres.

La esforzada *Sans Nom* viraba sorteando el siguiente cabo. Amainaba el viento parapetada por unas montañas no muy lejanas marcadas como Ajaches del Sur —de donde era el clan de Alfonso—. Maniobró Juan para dejarla entre largo y través cuando, ante ella, aparecieron por la amura de estribor dos hermosas ensenadas.

—¡Ese!, ¡ese es el lugar, mi señor! —avisó Alfonso a Betancourt, dando acto seguido este las órdenes a Juan, para que buscarse un buen fondeo.

—¡Mire los pozos! ¡Allí, allí hay agua! —señalaba.

La tripulación que andaba por cubierta comenzó a gritar y silbar descontroladamente. Betancourt se inquietó. Alfonso, sonriéndose, señaló a la segunda de esas playas, en la que varias mujeres nativas salían despavoridas por la aparición de la imponente carabela con la que ni por asomo pensaban encontrarse y que probablemente jamás hubiesen visto.

El destacamento del capitán Gadifer terminaba la marcha de reconocimiento a pie por el interior de la isla. Se les veía llegar, algo torpes por el cansancio y la tensión acumulada, hasta esa misma playa de los pozos donde se encontraba el resto de los hombres arribados por mar. Sonaban picos, mazazos, serruchos, voces.

El barón lo recibió a su encuentro sin pompa ni valor de la proeza realizada. Sin dar tiempo ni siquiera a que el capitán se tomase un respiro, poco menos que le obligó a recorrer con él las lomas de alrededor acompañados de varios caballeros y Le Verrier. Gadifer intentaba hacer escuchar sus impresiones a Betancourt sobre lo observado en su exploración, sin agradecer ni haberle prestado la atención requerida; por el contrario, el barón comenzó a informar de lo que él mismo había pensado hacer en ese lugar —sin consejo de nadie y menos del capitán—, buscando tan solo un propio reconocimiento a su orgullo.

—¡Caballeros!, aquí donde estoy pisando levantaremos unas defensas para protegernos en esta isla. Aquí se instalará el gobierno y organización de Lancerotte a partir de hoy. Estos pozos de agua son vitales para la supervivencia de nos y esta empresa. Gesta que continuaremos con ambición de terminar. Se llamará Fortaleza de Rubicón por el color rojizo de estas montañas. ¡Y allí, padre Le Verrier! —señaló—, construiremos su ermita bajo la protección del San Marcial de Limoges, el santo francés que destruyó ejércitos de enemigos y evangelizó a millares. La primera de muchas en estas islas que haremos cristianas, ¡por la gracia de Dios! —saldó locuaz a voz en grito.

La noche ocultaba el soberbio telón de fondo que había sido la isla de Fuerteventura durante el día, desde la recién bautizada playa de Los Pozos. En el improvisado campamento frente a la quietud de la fondeada *Sans Nom*, Le Verrier andaba refugiado bajo unas velas extendidas a modo de improvisadas tiendas de campaña vapuleadas por el viento del nordeste. Las risas de los que apagaban los rescoldos del asado de lobo marino que habían degustado, sonaban lejanas en comparación a los decididos ronquidos del hermano

Boutier. A su vez, los apagados gruñidos de esos animales parecían llamar por su nombre a ese ejemplar sacrificado a palos para la cena. Una carne grasa y salada de por sí, que le supo con gusto a vísceras de vacuno o algo parecido.

Boutier había cogido el sueño rápido tras llenarse la barriga. Merecido descanso al haber regresado desfallecido de la larga y tensa caminata atravesando Lanzarote. Reposaba ausente como era de costumbre. Había algo diferente en él a parte de una notable bajada de peso. Le Verrier atendía cambios en el hermano, era otro desde que lo vio desembarcar cariacontecido para acudir a aquel primer encuentro con el rey Guadarfia. Sus recientes experiencias podrían haberle hecho mudar aires en su carácter. Ese día le había observado un brillo diferente en sus ojos al llegar; sus andares y expresiones transmitían mucha más seguridad a la habitual y, con la ilusión de un crio, hablaba de dónde venía y de cuál era su misión allí.

A la luz del candil, Le Verrier recordaba las inquietantes impresiones del hermano Boutier, compartiendo la cena, sobre algunas partes de la isla durante el transcurso de esa exploración a pie acompañando a Gadifer. Relató que habían atravesado zonas extensas que bien se asemejaban a las puertas del Infierno y del porqué llamaban los nativos a esa isla Tierra Quemada, con razón: lomas empedradas de rocas abrasadas como escoria petrificada, extensiones donde no se veía nada que estuviese vivo. Paisajes nunca vistos o imaginados si uno había leído el libro del Apocalipsis. «Algo malo hicieron los que habitaban aquí para que el Señor los castigase con tan desoladas tierras de malpaís», recordó esa frase confesada por el hermano.

Cavilaciones con las que manifestaba cierta aprensión, como si aquellas ínsulas estuviesen más cercanas al Infierno que al Paraíso de unas islas Afortunadas. Le echó una última mirada: dormía igual que un lactante.

Mojó entonces la pluma en tinta, persiguiendo con trazos de su caligrafía monástica aquel legajo en hueso lo que las agitaciones del candil le permitían. Continuaba la redacción del relato emprendido días atrás con la misma dedicación con la que procuraba hacer todo. Buscando inspiración, se decidió entremezclar impresiones personales que esa isla de Lanzarote había provocado en el hermano, las excelentes descripciones del capitán Gadifer, la de otros soldados con los que habló y las suyas propias:

La isla de Lancerotte está a cuatro leguas de la isla de Erbania, por el lado Norte Nordeste, y entre las dos está la isla de Lobos, que está despoblada y es casi redonda y no tiene más que una legua de largo y lo mismo de ancho, a un cuarto de legua de la costa de Erbania, y por el otro lado a tres leguas de la isla de Lancerotte. Por el lado hacia Erbania tiene muy buen puerto para galeras. Allí vienen tantos lobos marinos, que parece milagro, y cada año se podría sacar de provecho de las pieles y de las grasas quinientas doblas de oro o más...

La campana de la nave se escuchó a la perfección desde su fondeo: tañía la hora y cambio de guardia. Se hacía tarde, pensó. Sujetaría el cansancio, la tinta estaba tan fresca como su inspiración y prefirió continuar:

La isla de Lancerotte, que se llama en su lengua Titerogakaet es casi del tamaño y de la forma de la isla de Rodas, tiene gran cantidad de aldeas y de buenas casas, y estaba muy poblada de gentes; pero los castellanos y los aragoneses y otros corsarios de mar los han cogido varias veces y llevado en cautiverio, hasta que quedaron pocas gentes...

Un golpe de viento lo sobresaltó de tal manera que alguien hubiese zarandeado el habitáculo desde fuera. Echó una pizca de la arena que pisaba sobre la gota de tinta que se derramó del susto en el propio legajo; la secó y prosiguió:

Y por el lado de la isla Graciosa el país y la entrada son tan fuertes, que nadie podría entrar por fuerza. Y por el otro lado, hacia la Guinea que es tierra firme de sarracenos, hay hermoso país llano y muy buen puerto para invernar cualquier navío, que se llama Arrecife. El país es hermoso y llano. No hay ningún árbol, sino pequeños matorrales para quemar, salvo una clase de leña que se llaman higuieres, de las cuales todo el país está lleno, de un extremo al otro, que produce leche medicinal y no puede arder de ninguna manera, hasta que esté seca y podrida, y tarda muy largo tiempo antes de secar. Hay gran cantidad de fuentes y de cisternas, de pastos y de buenas tierras para cultivos, y crece gran cantidad de cebada. Los habitantes son gentes hermosas. Los hombres van desnudos, a parte de una capa por detrás, que cae hasta las corvas, y no se muestran vergonzosos de sus miembros. Las mujeres son hermosas y andan vestidas decentemente con grandes túnicas de pieles que llegan hasta el suelo...

Extractos del original de la obra *Le Canarien*, atribuida a los frailes Jean Boutier y Jean Le Verrier (siglo XV).

Isla de Lanzarote

XVII
Fuerteventura

Estrecho de La Bocaina, costa norte de Fuerteventura.

La misión se inició al caer el sol. La refulgencia de la luna ayudaba en esos instantes en la oscura navegación de ese retazo de océano amenazador. La nave había zarpado de Rubicón, llevando las provisiones suficientes para un par de semanas con rumbo a las costas de Fuerteventura. Avanzaba sigilosa de empopada con demanda de un buen fondeadero frente a la pequeña isla que otros marinos llamaron de Lobos, donde se la presupondría más azocada de los vientos predominantes. Empujada por uno constante del nordeste, en un sedante y descompasado eco de aparejos, trapío y crujir de cuadernas, acariciaba suave esc profundo desierto de agua que llevaban días observado desde tierra firme. Atentos, como si de un acto religioso se tratase, la avezada tripulación guardaba el solemne mutismo previo a lo desconocido. Todos lo creaban y ningún contumaz, ningún pagano, osaba cometer la herejía de prorrumpir en aquel trance de hombres curtidos.

El señor de Betancourt, asomado por borda del catillo de popa, agudizaba la vista sobre el descrestado horizonte que la noche dejaba entrever. Intentaba orientarse identificando las elevaciones del terreno de aquella isla desconocida y salvaje a la que se acercaban sin apenas poder apreciar distancias en la cerrazón. Los contornos bajo un inescrutable cielo estrellado sobre Fuerteventura destacaban como un lienzo pintado en contraposición de claroscuros, reflejándose en las decenas de pupilas dilatadas y resecas de salitre en calma, conscientes de la situación.

Betancourt dilucidaba en lo incomparable que se había tornado su vida allí, a diferencia de la que disfrutaba en sus dominios. En esas ocasiones de turbadora soledad del mando previa a la toma de decisiones, necesitaba volver a recordarse los motivos por los que había decidido apostar por esa empresa, muy alejados estos de los que quería transmitir a sus hombres. Sus impulsos no eran tan solo empresariales o por la codicia propia de clases conforme a la suya; menos aún por aventura. Todo aquello pasaba a un segundo plano en una parte de su mente que, tal que cofre bajo llave, guardaba íntimas debilidades tales como el peso de no considerarse digno, de avergonzar a su padre allá donde estuviese con el Altísimo o el restaurar el perdido estatus de un apellido que tanto le costaba poner en valor. El buen nombre de un linaje que, en Normandía y buena parte de Francia, había quedado denostado por sus acciones en tiempos pasados; más muchos otros complejos escapándosele a su juicio. La desordenada manera de ostentar la responsabilidad sobre el señorío —alcanzado de manos de su progenitor demasiado pronto—, le había llevado al extremo de poder perderlo. Aborrecía estar allí rodeado de incomodidades y conviviendo de cerca con gentes de tan diferente condición a la suya —algo que los muros del castillo impedían en Normandía—. Se avergonzaba de él ante otros sin saberlo reconocer, y parte de su labor era el no demostrarlo, para llevar a cabo sus fines con mayor acierto. Odiaba aquello y los odiaba a todos, odiándose a él el que más; al tanto de que los demás lo aborrecían del mismo grado. Si esta chusma supiese lo que pienso de todo esto, se decía, mascando por otra parte, lo cretino que se advertía en comparación con el resto de los nobles y caballeros que lo acompañaban. ¿Y si hubiese sido como vos, padre?, escupió al vacío al finalizar ese pensamiento. Él sabía cómo hacer que lo respetasen, recapacitaba. Sin embargo, sus ridículos honores, su digno proceder, interpretaba que lo habían arrastrado a conflictos por honra. Yo no soy vos, sentenció, me orino en la honra.

A su patriarca —el señor Jean III de Betancourt— lo llegaron a acusar de traidor. Por ese estúpido e íntegro honor del que siempre hizo alarde, se refrendaba parafraseando el lema del escudo de armas familiar: *Ensalza siempre la vida, la honra, si no se olvida*. Una lápida impresa bajo león de sable lampasado de gules, clavado a su espalda desde que nació, con la obligación de una pesada losa. ¡Diablos!, hasta casi perdéis nuestro castillo, repasaba en ese impás de rabia contenida. Entretanto, tamborileaba la empuñadura de la espada recordando vagamente a su progenitor, al que no le profesaba claros sentimientos. Se volvía a depositar de nuevo en ese encuentro de sensaciones de odio por falta de amor, del que por ignorancia no sabía resurgir. Tan solo me tengo a mí, justificó así el profundo resentimiento en la huella de un abandono sin digerir, llevándolo siempre por excéntricos caminos que, poco más o menos, arruinaban su reputación y forma de vida. Procuraba evadirse de esos pensamientos que le espinaban la cabeza cuan corona de espinas, imaginando simplezas como verse vitoreado, rico y campando por Francia siendo virrey de las Canarias. Os superé, nadie contaba con mi astucia, reprochó con otra simpleza más cara a la luna, para que esta trasladase esas palabras a oídos de su padre en el mismísimo Reino de los Cielos. Ciertamente eran situaciones viables: verse de esa guisa, con aquellos honores prometidos por ese rey de Castilla. Pero quedaba mucho para ello, o no, evaluó apretando la mano firme en la empuñadura. Surgía en él una rabia propia de la vergüenza, siendo consciente de que no llegaría hasta ese propósito marcado gracias a méritos propios, sino al esfuerzo de quienes lo acompañaban: gentes duras, experimentadas y, por suerte, más fieles a él que él mismo, por razones que se le escapaban, o no: quizá tuviesen su lógica. Conducta moral, vida en honra: significado de palabras en las que él se disfrazaba sin saber su sentido ni puesta en práctica. La compasión es para los débiles, se justificó calmándose el ánimo con ello. Los odiaba a todos, pero los necesitaba.

El capitán Gadifer permanecía expectante, ataviado bajo una lustrada coraza, yelmo y escudo ajedrezado a mano. Presto para desembarcar con sus hombres. Preparado para seguir las cada vez más confusas órdenes de su señor que, lejos de hacerse aconsejar por él como al principio de la empresa, se veía más suelto y confiado en el desastroso mando que ejercía, rodeándose de los más necios aduladores de los que se había hecho acompañar para su desgracia. La actitud del barón lo encrespaba cada vez más, procuraba enfriar sus modales con diplomacia para con él por cautela, pero más con el fin de que esa crispación no fuese apreciada por sus hombres.

Al capitán le ahogaba —a sus casi cincuenta años— la idea de haberse equivocado al tomar ciertas decisiones en su carrera militar y esperaba que esa no fuese otra. Se conocían de hacía tiempo y estaba al tanto de sus buenos contactos. Por esas razones que aportaban seguridad a la empresa decidió unirse a ella, se recordaba; en igual medida a mantener aún una chispa de ansia de aventura propia de valiente caballero. Era con creces el que más tenía que perder. Había abandonado, para embarcarse en esa incierta singladura, un envidiado puesto de senescal en Bigorre, al que le costó llegar, tras llevar varios años pretendiéndolo. Sus ahorros aportaron una buena suma financiando esa misión, incluso la *Sans Nom*. Todo ello en un frágil pacto de caballeros con Betancourt.

Amuley no sentía frío pese a que la camisa que vestía estaba húmeda del relente en esa noche de mar. La sangre le ardía como el fuego, después de tantos años volvería a pisar Erbania. ¿Volveré a verte?, quién sabe… Si los dioses lo quieren, así será, Atenery, maduraba apoyado en el mástil, meciéndose las ropas y cabellos por la brisa. La vuelta a su tierra era algo que de todas las maneras posibles hubiese sido impensable, salvo de esa en concreto, y así ocurría. Una mezcla de incertidumbre y alegría lo agitaban. Lo inquietaban.

En sus pupilas dilatadas por efecto de la noche se reflejaba el perfil oscuro de su hogar, Erbania.

La carabela rompía la calma de la mar por la quilla avanzando hacia su tierra y observaba a los miembros del destacamento que iban a desembarcar junto a él, embutidos en verdugos de cota de malla, corazas, bacinetes y equipamiento ligero para caminar. Los soldados procuraban no cruzarse las miradas, por respeto quizá; eran momentos de impaciencia en los que se optaba por el recogimiento. Para esos cristianos —aun sabiéndose superiores a los canarios—, las exploraciones les eran inseguras en esas tierras. Eran valientes, llegó a pensar de ellos. Podían torcerse los planes y en cualquier instante perder la iniciativa, les escuchó decir.

Amuley se fijaba asimismo en el padre Le Verrier, romántico obsesionado con cumplir su misión cristiana, que iba a participar del mismo modo en esa incursión junto a él. La distancia era la justa para apreciarle una particular expresión compungida por efecto de la tensión frente a lo que estaba por venir. Acunaba sentado el báculo terminado en cruz, luciendo su rasurada tonsura en la coronilla, resaltada por refulgencias de la luna. Permanecía flanqueado por los dos expósitos que los acompañarían en funciones de mochileros, deseando estos en su ingenuidad cumplir su fantasía de convertirse en soldados.

Juan de Dios Navarro, «El Isleño», andaba con su habitual ceño fruncido en semblante circunspecto dirigiendo con tiento al timonel desde proa. Cavilando durante las maniobras, en si sería cierta la promesa del señor de ir en son de paz contra esos indígenas o solamente había sido una treta para convencerlo en pilotar la nave hasta esas islas. Para no rumiar más esos pensamientos inquietantes cantaba en susurros, una y otra vez, uno de los romances de su repertorio, poco acertado para la ocasión, pero que sosegaba las almas de los presentes con su grave rumor, pese a no entender apenas ninguno la letra en aquella lengua castellana:

El hombre corre hacia la tumba.
Y los ríos se precipitan al fondo del mar.
El fin de todo lo vivo es su muerte.
Y el palacio, con el tiempo, en ruinas se convierte.
El hombre corre hacia la tumba...

Por entre la maraña de soldados, intentaba dejar la mente en blanco, sosegada. Desde que la peste lo separase definitivamente de su familia años ha, Di Giute, había dejado de rezar o plantearse si los fines eran buenos o malos. Sin embargo, algo había cambiado en él desde el reencuentro con su amigo Le Verrier en Normandía: lo agradaba contagiarse de la pasión con la que hablaba de Cristo y de los mensajes alentadores que transmitía para todos. Asombroso hasta para él, se persignó la cruz y a la par, con mimo, se la hizo a su inseparable ballesta. Para esa acción de reconocimiento había elegido llevarla junto a él como de costumbre, además de una espada que esperaba no utilizar con semejantes, a diferencia de algunos allí presentes con demasiado apetito de sangre, sin merecer el calificativo de soldados. A esos había que atarlos en corto. No eran más que chusma a la que mejor no dar rienda suelta, opinaba por su experiencia en lances y combates. Por suerte, la mayoría de esos mercenarios eran hombres disciplinados y no les quedaba otra que acatar los códigos castrenses para ganarse la soldada.

A medida que se iban acercando en el bote remando suave, procurando no chapotear las palas y a pocas varas de la playa, Amuley apreciaba un olor familiar y característico: el de algas húmedas en la orilla. Fragancias de su Erbania. Algas depositadas con el reflujo de las mareas en montículos negruzcos entorpeciendo la boga.

Tras saltar del bote como todos los demás, se hincó de rodillas y tomó un puñado de arena mojada apretándola con la fuerza del puño. La besó con un ímpetu especial. Estaba allí de nuevo, era un sueño hecho realidad. En el amparo de la oscuridad de esa noche, se permitían aflorar imágenes difusas y vertiginosas, de cuando fue capturado no muy lejos de allí; de los años en el palacete con doña Caterina, de los demás esclavos y amos conocidos en la cristiandad. Gracias, Jeremías, mentó en la distancia a ese esclavo negro. Volvía gracias a él. Estos le recordaron a su negra, a Adassa y su traición, al rey de Castilla que conoció en persona, a los sufridos años de estibador y del inevitable enfrentamiento con aquel capataz al que liquidó con gusto, sin remordimientos, algo que volvería a hacer. En esa playa, iluminado por una exhalación de luna solitaria entre nubes, quedó unos momentos a pie firme prometiéndose antes la muerte que volver a pasar por todo aquello. He aquí de nuevo. Gracias, Achuguayo, dios de Luna, sentenció susurrante hinchando el pecho con un alivio por dentro del que ninguno en esa noche era capaz de disponer. Todo era posible nuevamente, volvía a nacer en Erbania.

De su cinturón descolgó la cinta para tapar la escarificación de esa *ese* y el *clavo* que resaltaban en la frente y, tensando el nudo, se dijo: adelante. Amuley, adelante.

No encontraron resistencia. Betancourt desde la nave escuchaba satisfecho el silencio, significante de una falta de enfrentamiento, perdiendo de vista las siluetas de sus subordinados en la oscuridad. Las órdenes estaban dadas: él permanecería en la nave durante la operación. Todos sabían de sus cometidos. El capitán Gadifer dirigiría a sus hombres, guiados de mano del esclavo indígena Amuley, hasta un manantial de agua saludable a varias leguas de allí. Esa fuente aseguraría futuras aguadas. La intención era tomar contacto pacíficamente con los nativos, igual que en Lanzarote.

A la cola de la formación, un pequeño grupo la cerraba compuesto por Le Verrier, Di Giute, Isabel la esclava de lenguas y los dos Expósitos. Estos tres últimos cargados con bultos que no paraban de tintinar sonidos de cacharrería. Le Verrier caminaba empujado entre el entusiasmo y el temor. Se palpaba suavemente el rosario colgado del cinto encerado ajustando el hábito y, paso a paso en cautos movimientos, se apoyaba en el báculo para no tropezar en esa noche que tocaba a su fin.

Tras horas caminando hacia el sur por dunas de arena blanca en las que afortunadamente no se les hundían los pies como en las de la costa, continuaron hasta llegar a una zona que comenzaba a cubrirse de una manta de vegetación a ras de tierra, florida y en discretos colores entre rocas de aristas punzantes. Muchas higueras desperdigadas. Árboles desconocidos para ellos cargados de suculentos frutos de los que se aprovechaban al paso en esa fragancia tan atrayente emanada al agitar sus ramas. La visibilidad se reducía con el terreno —a diferencia de las dunas de las que venían—, aumentando el grado de atención y ralentizando con ello el avance. Hicieron numerosas paradas para escuchar el entorno.

Alertado por un movimiento, Gadifer en vanguardia tomó la espada con la mano del escudo y alzó el puño de nuevo —otra parada—. Permanecieron inmóviles, rodilla en tierra y a medio cubrir por una maleza cada vez más alta, tal y como llevaban haciendo desde la amanecida.

El nervio de Amuley se acrecentaba a cada paso, se encontraban muy cerca de su aldea natal. Esperaba que les hubiese dado tiempo a huir. En cada parada que realizaban por las diferentes alertas, oraba para que no se tratase de ninguno de los suyos. Deseaba imaginarse a Atenery recogiendo enseres y víveres asustada por la llegada de aquel barco en el que él había llegado la noche anterior.

La curiosa mirada de una cabra castaña, mimetizada tras un arbusto, restó tensión a esa nueva alarma sobrevenida por ella misma, e hizo que el capitán diera orden de abatirla, despiezarla y avanzar.

—¡Maldito animal del diablo! —exclamó Le Courtois.

Gadifer lo repasó con una mirada excrementicia. El capitán no deparaba ninguna simpatía a ese lugarteniente, más bien desconfianza al sentirse juzgado siempre en sus acciones.

Al poco de emprender la marcha, el capitán comenzó a inquietarse con señales que la actitud de Amuley expresaba sin él poder disimularlas. Cuestión de intuición entre inteligentes hombres tomándose medidas. El olfato veterano de Gadifer —oficial, pero perro viejo—, le avisaba, de alguna u otra manera, de unas veladas intenciones. No le fallaba el instinto.

—¡Esclavo! ¿Qué hay tras esa colina?

Señalaba con el dedo tieso como un hiriente punzón hacia la dirección donde quedaba oculta su aldea, tras una prominencia de vegetación destacando similar a un oasis. Pero un segundo detalle no pasaba desapercibido para el veterano militar.

—¿Hueles eso? —interrogaba y a la vez balanceaba su espada desenvainada.

—No sé a qué se refiere, mi señor —contestó Amuley, sabiendo perfectamente a qué olor se refería el capitán: él también lo estaba apreciando. La decepción se le enroscaba en el pecho.

—Me extraña que un salvaje como tú haya perdido tantas facultades con el paso de los años. Hueles eso al igual que yo, no se te ocurra…

Olía a humo y eso solo podía venir de la mano del hombre. Gadifer arrugaba la expresión por momentos, endureciendo el tono de voz. Sin pensarlo dos veces, arreó un fuerte golpe a Amuley con su escudo cayendo éste de rodillas frente a él. Todos advirtieron esa violenta reacción del capitán sin acertar el motivo. Haníbal permaneció observante a una distancia prudencial. El sereno carácter de Gadifer se había alterado a medida que la expedición avanzaba en el tiempo. La razón posiblemente podría llegar a ser un exceso de responsabilidad y celo en la misión, que se veía obligado a demostrar, comparado con el escaso manifestado por el barón. Gadifer se jugaba mucho en esa carta canaria.

—¿Qué hay detrás de esa colina, esclavo? No lo voy a repetir. Contesta si no quieres que te corte la cabeza ahora mismo —intimidó contundente y claro en su pronunciación, dirigiendo la punta de la espada a su cuello.

—Una aldea, mi señor —contestó sin remedio.

—Nos vamos entendiendo.

El silencio se atiesó, deteniendo la respiración de todos al observar cómo el capitán acariciaba el cuello con la punta de la espada al esclavo, que seguía arrodillado. Parecía decidir qué hacer con él. Reparaba de soslayo en la otra esclava, evaluando las consecuencias de quedarse con un intérprete de lenguas menos, en si merecía la pena terminar con la vida de ese canario por ocultar información.

Amuley, con su respuesta, se delataba en sus particulares intenciones. Pese a ello, apoyó esa decisión de decir la verdad de manera suicida en un semblante igual de intimidante que el de su interrogador. Lo retaba, él no era un delator, era un guerrero y así se lo demostraba a Gadifer.

Le echaba valor ese esclavo. «Maldito seas», se dijo al fin entre dientes. En el fondo lo respetaba incluso más que a cualquier soldado cristiano. La acción del capitán con su espada quedó suspendida en un amasijo de corajes en bruto que le impidieron cualquier acción. Códigos entre hombres.

—¡Es un traidor!, ¡acabe con él! —retó Le Courtois, altanero— ¡Mátelo y sigamos! —sentenciaba llevado por la animadversión que ese normando deparaba a

Amuley por absurdas cuestiones de hombría, esos códigos de los que en concreto carecía.

Su interrupción, ese impertinente consejo sin requerir y viniendo de quien venía, irritó aún más al capitán, distrayendo el foco de atención del esclavo canario al lugarteniente.

—¡Cállese, Le Courtois! —pronunciando lento—: ¿quién se cree vos para decirme lo que tengo que hacer? ¡Retírese de mi vista! —a viva voz, para que lo escuchasen todos. Para avergonzarlo.

En un tono al que no estaba acostumbrado a que lo tratasen, Le Courtois tardaba en reaccionar.

—¡En el acto! ¡Fuera, he dicho! —volvió a amedrentarlo con saña.

Este dio media vuelta con el rabo entre las piernas, escupiendo al capitán una cobarde mirada solapada de revancha.

—¡Una más…! ¡Una más y te sacaré las tripas hasta dejarte morir! ¡No me la va a jugar nadie a estas alturas y menos un mísero esclavo como tú! —clamó dirigiendo la punta de la espada de nuevo a la base de su nuez, sobresaliendo masculina del cuello en esa postura en la que lo observaba arrodillado.

Le Courtois había llegado afortunadamente en forma de regalo del cielo para Amuley. La suya hubiese sido legítima ejecución. Magec, su dios del Sol, brillaba en el cielo esplendoroso, seguía vivo bajo él y le echó una mirada agradecida desgranando un soplo de alivio.

El tufo a rescoldos de las viviendas nativas y el lejano ladrido de varios perros habían revelado la posición de la aldea por sí misma. Errores en los que nin gún lugareño reparó. Indicios de una huida precipitada para esos cristianos acercándose sigilosos al tresbolillo, registrando una choza tras otra, tanteando con sus armas sin encontrar a nadie en su interior. En su huida, abandonados se mostraban la gran mayoría de sus bienes.

—¡Aquí hay un salvaje! —se escuchó.

Gadifer reparó en Amuley, el esclavo mantenía la mirada disoluta, absorto en recuerdos del pasado, ahogado en un torrente de viejas sensaciones que le traían su aldea. Cada rincón le evocaba a su niñez, a lo feliz y despreocupado que vivió en esos años hasta quedar huérfano. Pensaba en lo dura que le había resultado la existencia a partir de esas pérdidas, en la soledad sentida en comparación a los otros jóvenes de su edad. En Atenery. Una época en la que solo se preguntaba la razón que le retenía allí. Y allí de nuevo, pasados los años, ya tenía esas respuestas: él era como era gracias a lo que le había sucedido, a lo bueno y a lo malo. Todo lo vivido le había moldeado el carácter, con sus pérdidas y con sus triunfos, pocos estos últimos. Venir de la oscuridad le hacía apreciar la luz de manera diferente.

—¡Esclavo! —llamó su atención. Con su gesto indicaba que lo acompañase, y a prisa.

Los soldados aguardaban atentos en un semicírculo alrededor de ese salvaje, desaliñado como ningún otro indígena que hubiesen visto hasta ese momento. Lo estudiaban con detenimiento: no daba aspecto amenazante, enfundado en un taparrabos y piel de cabra sobre los hombros, nada más. Era el primer salvaje que veían en esa isla, de la misma raza canaria que conocían. Sentado con la cabeza agachada mirando al suelo, ausente de los soldados que lo rodeaban, repetía la misma frase una y otra vez como si estuviese trastornado.

—Parece no estar en sus cabales —opinó Haníbal, refiriéndose a la extraña actitud de ese nativo.

Hasta yo mismo estoy perdiendo el juicio, pensó en contestar su padre.

Amuley se acercó al grupo de soldados que rodeaban el exterior de la vivienda de piedra en la que estaba ese aldeano sentado. Al abrirse el círculo, pudo ver a un hombre demacrado de extremada delgadez y sucios cabellos bajo un tamarco hecho girones. No lo reconoció. Este continuaba mirando al suelo persistente, repitiendo unas palabras que ni siquiera él era capaz de descifrar. Gadifer motivó a Amuley con aspavientos para que se comunicase en el acto.

—*Ahul amidi*... Hola amigo —intentó llamar su atención en lengua de los mahoh, traduciendo a continuación sus palabras para que los cristianos supiesen qué le había dicho.

El ausente indígena de pronto fijó su atención en Amuley. Una mirada vacía y fuera de sí, gélida al coincidir con la suya, como si hubiese visto un espíritu venido del más allá. En ese instante, Amuley lo reconoció: era del clan de Atenery. Su tío, precisó.

Súbitamente Tenaro se levantó espantado. Aquello sobresaltó a Amuley, que dio un paso atrás. Los soldados se dispusieron en prevengan, el tipo comenzaba a mostrarse fuera de sí. Ido, negaba en un rostro desencajado, como poseído por el Maligno. Con todo y llevado por su instinto, Amuley indagó desesperado en ese crucial instante.

—¿Qué fue de Atenery, Tenaro?, ¡cuéntame!

—¿Qué estás diciendo, esclavo? ¡Pregúntale dónde están todos los de esta villa! —interrumpió el capitán.

Amuley asintió escuchando la orden, no obstante, se acercó y cogiendo por los hombros a Tenaro con el fin de sosegar su ansiedad, intentaba con ese gesto transmitirle cierta sensación de cercanía.

—Atenery… ¡Tu sobrina!, ¿qué pasó?, ¿qué fue de ella?, ¡¿dónde está?!

Gadifer pensaba que Amuley cumplía las órdenes dadas con el ímpetu que se merecía tras su amenaza anterior. Isabel, nerviosa, apretaba el rostro inconsciente sufriendo por la escena: el de Fuerteventura se la estaba jugando al no estar preguntando lo que el capitán requería.

Tenaro temblaba sollozando. Amuley más que tranquilizar lo ponía nervioso. Comenzó a balbucear incoherente y de repente, de manera inesperada para todos, salió corriendo despavorido como un conejo en dirección a uno de los soldados que blandía una espada. Este, al ver cómo se acercaba ese salvaje peligrosamente y llevado por un sentido de supervivencia, se la ensartó en el vientre en un certero movimiento.

Inmóvil de cara a esa escena de la que acababa de ser testigo, Amuley quedó impresionado al distinguir cómo salía ensangrentada la punta férrea por el espinazo de Tenaro. El soldado la sacó en un segundo movimiento tan certero como el primero y cayó al suelo desplomado. El soldado, algo confuso al no saber las consecuencias de esa ejecución cometida, echó unos pasos hacia detrás, mientras Amuley cogía en su regazo la cabeza del tío de Atenery intentado entender lo que mascullaba.

—Perdóname, Amuley… perdóname, Amuley, perdóname, Atenery, yo… Perdóname…

—¿Que perdone qué, Tenaro? ¡Dime!, ¿por qué has
hecho esto? —replicaba Amuley compungido.

—Perdóname… —repitió hasta su último aliento.

—Que te perdone ¡¿qué?!, ¡por Magec! ¡Dime!, ¡dime algo más!, ¡dime! —gritaba en vano, con su cabeza
en peso de ojos inertes colgando de sus brazos.

Gadifer propinó un puntapié a Amuley, apartándo-
lo así del cadáver.

—¡¿Qué ha pasado aquí por todos los diablos?!
—soltó desesperado, al habérsele escapado la situación
de las manos.

—Un loco, mi señor; tan solo era un loco que había
quedado rezagado y nadie se había preocupado de él
—contestó abatido.

Con ese pretexto parecía haber convencido a Gadifer, pero llevado por su indomable carácter, apretó los
puños y continuó con coraje.

—Vaya acostumbrándose a esto, mi señor. Los que
viven en esta isla preferirán la muerte a ser domina-
dos.

Gadifer lo miró con pereza dando media vuelta,
necesitaba andar y despejarse. El silencio continuó
entre densas miradas de todos hacia todos y, al poco,
se escuchó al capitán enérgicamente haciendo sonar
nuevas órdenes.

Los soldados se llevaron con agrado algunos quesos que se habían dejado los aldeanos y, en pos, emprendieron la marcha de nuevo hacia el sur de la isla.
Allí quedaba tendido el cadáver de Tenaro, siendo
bendecido por el fraile y Amuley. Este se lamentaba

por no haber llegado a conocer los ocultos motivos por los que pedía perdón ni porqué nombró a Atenery. Todo sucedió demasiado rápido.

Buscó la muerte ese día redimiendo sus pecados. Apartado de la aldea pagando su antigua pena, fue Tenaro el primero en detectar el avance de los demonios del mar, avisando para que huyeran a los mismos que le habían sentenciado. Y aquel inesperado reencuentro con Amuley lo distinguió como la última de las penas con la que los dioses lo castigaban. Por su culpa, por su culpa, por esa culpa… Y no más, decidió acabar con su miserable vida.

El destacamento continuó hasta llegar a su destino: una montaña llamada del Tao, donde un manantial de grata y deseada agua dulce brotaba de las rocas de un estrecho desfiladero horadado por ese mismo elemento con el paso de los tiempos. Amuley no fue desencaminado en esa ocasión, llevándolos hasta allí directamente, dejándose de rodeos. Se aseguraba de esa manera su supervivencia para con el capitán.

La exploración duró una semana, tiempo en el que no se cruzaron con ningún otro indígena. Volvieron entonces desde aquella fuente sobre sus pasos hacia el norte embarcando a la *Sans Nom*.

Betancourt, sin darles tiempo apenas para descansar, a la mañana siguiente ordenó una nueva incursión sin planificarla con nadie. Esa nueva tarea ordenada era increíblemente temeraria de llevar a cabo por sus distancias, una longitud a recorrer a pie y sin los recursos necesarios que probablemente duplicase aquella de

Lanzarote, en la que además contaban con el beneplácito de Guadarfia. Esta era una idea tan descabellada que solo podía venir de una mente sin experiencia en campaña. A pesar de ello fue asumida por el capitán sin cuestionarla, inhibiendo a su vez cualquier acción del caballero Haníbal frente al señor: ya tendrían tiempo de resarcirse, recomendó a su hijo. Mesura. No obstante, aquel encargo provocó malestar entre muchos de los soldados del destacamento y de algunos caballeros que prefirieron no pronunciarse ni al respecto, ni sobre Betancourt en público.

«…y entraron de noche en la isla, lo más que pudieron, hasta llegar a una montaña donde hay una fuente de agua corriente, que está a unas seis leguas del puerto de la isla de Lobos. E hicieron cuanto pudieron para encontrar gentes; pero aquéllos se habían retirado todos al otro extremo del país, desde que vieron la nave llegar al puerto. Y [Gadifer] permaneció, él y sus compañeros, durante ocho días, hasta que les fue preciso volver, por falta de pan, al dicho puerto de Lobos. Y después tomaron consejo y decidieron que fuesen por tierra a lo largo del país, hasta un río que se llama Río de Palmas, y se establecieran en el extremo de aquel río y que la nave se acercara a ellos lo más que le fuera posible y les bajara a tierra sus víveres, y que allí se fortificaran y no saliesen de allí hasta conquistar el país y ponerlo a la fe cristiana.»

Extracto del original de la obra *Le Canarien*, atribuida a los frailes Jean Boutier y Jean Le Verrier (siglo XV)

XVIII
El aprendiz

Los ojos de Maday se clavaban en el vuelo de aquel sagrado guirre de cabeza blanca y majestuosas alas, deslizándose elegante sobre ellos dibujando perfectos trazados en espiral. Rememoraba viejas historias ilustrando que al ascender a lo más alto del cielo cuando llegaba su fin, se desvanecía en él para luego resurgir del mismo volviendo a nacer. Ojalá fuese ese momento, se decía, y poder ser testigo de esa bella leyenda. El ave continuaba aprovechando las corrientes de aire, el mismo aire fresco que mecía la maleza a ras de tierra.

—Maday, mira lo que he encontrado —Buypano llamó su atención sonriente por el hallazgo—. Esta plantita es la doradilla, recógela anda.

Maday la tomó en sus manos —ya conocía su nombre—, una especie de helecho utilizado desde tiempos inmemoriales en infusiones para depurar el cuerpo y curar pulmonías. Con sus dedos delicadamente la partió desde el inicio del tallo y la guardó en su cesto de palma, junto con más plantas recogidas. Cosco, con la que su maestro hacía una pasta con sus cenizas para sanar heridas aplicando cataplasmas; pajito, en bebedizos templados a los que sufrían de las madres del vientre; y algunas otras más que no recordaba en ese momento.

Amor Profundo ya era un joven adolescente crecido y educado bajo la protección del hechicero quien, poco a poco, le trasmitía todos sus conocimientos. Maday y Buypano llevaban ciclos de vida errantes por Erbania de norte a sur y de este a oeste, aplacando las dolencias de los habitantes de las diferentes aldeas de los mahoh. Pese a que Buypano seguía siendo un hombre sano y fuerte, el tiempo pasaba por él como con todos; sus largos cabellos, que años atrás comenzaban a blanquearse, ya lo estaban por completo y esas largas caminatas por la isla ya le pasaban factura; veía algo borroso, pero se quejaba poco. Era un sabio entre los hombres, pero también muy orgulloso, aunque eso solo lo sabían quienes más trataban con él asuntos vitales: la hechicera Tibiabín, Tamonante, los dos reyes y el propio Maday. Ese orgullo le impedía admitir que estaba cansado tras una vida bien aprovechada ayudando a los demás, olvidándose de sí mismo a veces. Necesitaba un respiro y, de igual forma, liberarse de la energía de muchas personas a las que había tratado, de las que inevitablemente se había impregnado con el paso de los tiempos. Manejaba la fuerza interior de los que trataba en función de sus padecimientos, imponía esa energía a los necesitados y retiraba al que le sobraba. Sin embargo, parte de ella se escapaba a su control. Absorbía algo de sus miedos. Buypano aseveraba que eran esos miedos los que enfermaban a la gente y Maday iba comprobando esa enseñanza por sí mismo.

El joven se había convertido en un chico fuerte y bien hecho, le gustaba llevar el pelo corto y tenía los mismos ojos verdes que su madre. Era noble como la madera de algarrobo e introspectivo cuan lechuza, señalaba Buypano. En sus ratos libres de visitar aldeas y poblados, pasaba el tiempo con los demás chicos de su edad y el resto se distraía solo, observando la naturaleza en todas sus formas: la lentitud o la rapidez de algunos insectos, el sigilo de unos animales y la torpeza de otros. Se encontraba a gusto en soledad, disfrutaba de ella. Los otros chicos lo trataban como a un igual, sin embargo, Maday era respetado por los adultos con el mismo grado de hechicero que Buypano, sabían del don que tenía. Su nombre ya era reverenciado en Erbania a la par que el de los demás hechiceros. Él no le daba importancia a ese hecho, era feliz con la vida que llevaba a pesar de no haber conocido a su padre y vivir separado de su madre. Pese a llevar una juventud diferente al resto, entendía su misión y la aceptaba agradecido.

Venían del poblado de Maharat, donde habían pasado varios días. Días de agitación con la noticia de una nueva incursión de los demonios del mar más allá del inmenso mar salado, que habían saqueado su aldea natal en el norte y matado a sangre fría a su tío abuelo Tenaro. Las noticias en Erbania volaban como ese guirre.

Afortunadamente, a los pocos días, esos demonios volvieron por donde habían venido, les informaron. No sabían de más desaparecidos ni muertos de los de su raza tras esa incursión.

Por aquel aterrador motivo, el poblado de Maharat estaba repleto de aldeanos de otras poblaciones del reino del norte —el de Maxorata— que, víctimas del pánico, habían huido de sus aldeas hasta allí, porque aquel disfrutaba de mayor cantidad de guerreros altahay en caso de tener que defenderlos.

Aun así, consiguieron un lugar tranquilo para descansar en el que Maday se encontró con su madre —tal y como ocurría cada vez que visitaban ese poblado y la corte del rey Guize—. Se recibían con la misma naturalidad que si se viesen a diario. Eso era bueno para los dos. Maday, al ser hijo de la *harimaguada,* era de los pocos que podían entrar en el templo donde ella desarrollaba parte de sus rituales junto a sus *maguadas,* de entre las que su madre, con el paso de ciclos, había destacado hasta convertirse en la suma sacerdotisa de ese templo, el *Tamogante.*

Atenery respetaba y entendía la misión de su hijo sin victimizarse y sin transmitir ningún sentimiento de culpa ni abandono por obligarlos a estar separados. Tampoco culpaba de ello a la sabia hechicera Tibiabín, quien fue la que dictaminó sus circunstancias tiempo atrás. En este sentido, vivía satisfecha de la educación proporcionada por Buypano, única y de especial contemplación con la Madre Tierra y en gran respeto a las creencias y tradiciones de los mahoh.

Continuando en su altruista y obligada labor, Buypano y él, en esos días, habían atendido a varios vecinos de Maharat con los que Maday no dejaba de aprender del maestro. Ese día en concreto había tratado a varios de estos enfermos: uno de ellos era un hombre sufriendo fuertes dolores bajo el vientre y en partes íntimas, apenas podía moverse y orinaba sangre. Buypano recomendó que no parase de beber infusiones de ratonera, de la que llevaba un buen puñado en la bolsa, fresca y recién recogida, luciendo sus particulares cogollos amarillentos y hojas aserradas.

—Tienes arena en tu interior, buen hombre, debes beber mucha agua y andar todo lo que puedas, verás cómo salen solas. Duele, ¿verdad? Es uno de los peores sufrimientos, así valorarás lo que sufrió tu hembra cuando parió tus vástagos —Buypano sonrió mientras guiñaba un ojo en complicidad con la mujer, pendiente de aquella cura.

—Hazme caso y verás resultados pronto en tu salud —refiriéndose al esposo—. Un consejo, buen hombre: si quieres que no vuelvan a venir estos padecimientos, acepta a los demás con agrado, no guardes rencores; estos permanecen en ti en forma de arena —dispuso en su particular sabiduría sobre los efectos físicos de asuntos mundanos.

—¡Eso le digo yo! —sentenció la mujer, enfática.

El esposo la fulminó con la mirada, pero pronto agachó la cabeza.

Maday preparó el brebaje con las cantidades correctas, dejándoles una muestra de la planta para que la supieran encontrar en la montaña.

—Ya que vas a salir a andar bastante, búscala tú mismo; es fácil de encontrar. Queda por ahora tranquilo, que con la cantidad que os dejo, vas a tener para un tiempo.

El hechicero, con esas explicaciones, dio por finalizada la visita. La mujer —agradecida por haber tratado a su esposo—, ofreció a Buypano un queso enterrado en arena bermeja e higos secos que servirían de cena para esa misma noche. Lo agradecieron los dos, maestro y discípulo, con sus respectivas manos sobre el corazón en ese gesto particular de los mahoh.

Al poco volvieron al lugar del poblado donde habitualmente trataban a enfermos que se podían mover por sí mismos, un lugar tranquilo bajo la sombra de un drago, que era la primera vez que Maday veía florido. Según Buypano, aquellas flores eran el presagio de un invierno lluvioso. En ese lugar apareció un viejo conocido que nunca faltaba a una visita cuando sabía que estaban por el poblado. Un hombre delgado como un palo y chupado de cara. Un pastor nervioso que nunca callaba y siempre venía con la misma dolencia: una rigidez en el cuello y unos dolores de cabeza que lo mataban. Buypano permitió que Maday lo tratase presionándole la espalda con los codos hasta ablandársela, finalizando el viejo hechicero con la delicada tarea de crujirle el cuello bruscamente con sonoros chasquidos y soltarle de esa manera las tensiones que le quedasen por soltar.

—Te repito lo de siempre —señalaba Buypano—: hasta que no te escuches y te abraces con cariño, seguirás viniendo a mí con estas tensiones que te incomodan. Buen hombre, los árboles que se doblan aguantan mejor los fuertes vientos. Los rígidos, por el contrario, con más facilidad son partidos de donde están enraizados —le volvía a recomendar, cansado de repetir lo mismo, conforme hacía en todas las ocasiones en las que iba a visitarlos.

Maday, a medida que iba pasando el tiempo, asimilaba con más razón las sabias recomendaciones que su maestro dedicaba a las gentes que trataban. *Abrazarse a uno mismo*, encomendaba a ese hombre como a muchos otros, una de las recomendaciones que más escuchada de Buypano.

Tras cesar las guerras de antaño entre los dos reinos —salvo por temibles y esporádicas incursiones de los demonios del mar—, habían corrido tiempos de paz hasta esa última época. Sin embargo, se arrastraban secuelas en muchos que vivieron de cerca aquel conflicto norte-sur, o habían perdido familiares de manos de esos demonios. Traumas en forma de horribles recuerdos y separaciones forzosas. Esas secuelas no dejaban que hombres y mujeres se diesen el cariño que se merecían y casi ninguno trabajaba para sacar el miedo fuera de ellos con el fin de conseguir algo más de serenidad. Por esas razones llegaban a enfermar. Aquellos males eran comunes en nuestra especie, repetía una y otra vez su maestro, no en los demás animales. El hombre piensa demasiado.

No dejaba de atender ese guirre recordando esos días pasados. Maday había dejado ya de sorprenderse con las diferentes historias en las que se veía involucrado, pero aún había situaciones que lo marcaban de igual manera a sus doce años, como la que sucedió la noche anterior antes de partir del poblado.

El poblado estaba en silencio debido la alerta establecida por aquella incursión de la que se hablaba. Antorchas apagadas, nada de cánticos ni bailes, y otras cautelas tales como más guerreros altahay vigilantes en los alrededores. Aunque lo cierto era que unos exploradores, apostados desde la cumbre de la montaña cercana al manantial del Tao, informaban que esos demonios de cabezas brillantes cubiertos de escamas como los peces volvían al norte sobre sus pasos.

Buypano había hablado con los familiares de la enferma esa misma tarde y esperó a que se ocultase Magec para realizar esa visita en concreto. La vivienda era de las más viejas del lugar. Varios familiares esperaban en la puerta en silencio abrigados con sus tamarcos de piel de cabra a que llegasen. Una vez dentro, lucernas de sebo alumbraban la estancia y los rescoldos del tenique caldeaban el interior. Los murmullos de los que estaban alrededor de la enferma cesaron en gestos solemnes para con ellos. Sobre un regazo de pieles se encontraba tendida una gruesa anciana, inmóvil y con los ojos cerrados. Dos familiares cercanos agarraban sus manos para que esta apreciase su presencia. Se ahogaba al tomar aire como si algún tipo de líquido hubiese en el interior de lo que le hacía respirar. El hechicero pidió permiso y entre ellos confirmaron lo que habían hablado, lo que a continuación debía de suceder. Buypano contestó conciso en piadosa mirada y gesto compasivo. Se fue acercando a la enferma mientras los familiares se apartaban dejándole el espacio suficiente. Se frotó las manos con energía musitando a sus dioses y las impuso atemperadas en el pecho de esa mujer tendida. Hizo que Maday se acercase, tomó una de las suyas y la acercó a ese pecho. El joven sentía el calor irradiante del cuerpo de aquella anciana y pronto su agitación, eso le produjo un fuerte escalofrío tras el que tuvo la necesidad de retirarla. No dejaba de tener doce ciclos de edad, observó acertadamente su mentor, quedando tan solo él imponiéndolas enérgicamente, sin ningún aspaviento ni gesto en especial.

A continuación, el hechicero exhaló aire lentamente y comenzó a acariciar con suavidad su pálida frente, sudaba frío durante ese incómodo gorgoteo de forzada respiración angustioso de escuchar. Jadeaba, como soñando.

Buypano inició un cante ancestral en un tono tan bajo que tan solo él podía entender. Mientras, poco a poco, iba invitando a que se acercasen los familiares colocando sus manos sobre el cuerpo de la enferma simultáneamente. Maday observaba desde un rincón al que se había retirado, confuso. Todos quedaron alrededor tomando contacto con la que sería su madre, tía, abuela... Mientras Buypano se iba situando tras su cabeza persistiendo en su sentida oración. Colocó los dedos gordos en unos puntos blandos de los laterales del cuello de la anciana y comenzó a apretarlos con fuerza.

Pasado un tiempo, el incómodo gorgoteo se dejó de escuchar y en esos instantes Buypano desclavó las manos del cuello y acarició sus mejillas con el mismo afecto que un hijo a su madre.

—Que los dioses te acojan con el más dulce de los recibimientos, buena mujer —terminó solemnemente y de esa manera, tras haber acabado con su vida, dejando ir el alma de esa hembra anciana y enferma hacia el descanso eterno, y su materia allí, en esa vivienda rodeada de familiares que sería devuelta a la Madre Tierra.

—Muy callado te encuentras —se interesó Buypano por el joven sin abrir la boca desde que salieron de esa casa.

Estaban solos en su alojamiento y Buypano preguntó con la seguridad de que únicamente lo escuchaba Maday.

—Hemos evitado un sufrimiento innecesario a esa buena mujer y a su familia. Ya estaba terminando sus días en esta vida —explicaba condescendiente acostado en la oscuridad de la estancia.

—Maestro… —llamó la atención de Buypano con cierta prudencia, ante la pregunta que iba a realizar— ¿No debería de ser decisión de los dioses el terminar con una vida? Nosotros las salvamos, ¿no es así?

—Los dioses siempre están presentes en mayor o menor medida. Créeme, en ese acto de liberación del alma que has presenciado, lo estaban.

—Sí, pero has sido tú, maestro, quien ha terminado con su vida, y no ellos —continuaba examinando el joven aprendiz, sin terminar de entender lo que escuchaba.

—He terminado con su sufrimiento, Maday. Moriría pronto. Ella me lo pidió. Cuando la toqué, su alma me lo suplicó.

—Yo estaba, maestro, y no pidió ni suplicó; no habló.

—Créeme, Maday, me lo intimó al posar mis manos en su pecho; fuiste tú quien retiraste la tuya asustado. No debes temer sensaciones que solo tú puedes sentir. Es tu don. Debes instruir tu corazón para escuchar el de otros —terminaba en el mismo tono pausado.

—Así lo haré maestro —contestó el joven aprendiz, reflexionando.

Debía practicarlo, se dijo, el maestro llevaba razón, era un trabajo diario al cual tenía que prestar más atención y así, poco a poco, integrarlo en su persona de manera natural. Escuchó un sonoro bostezo de Buypano.

—Estoy cansado. Deberías de descansar, Maday, mañana nos espera una larga jornada.

—Así… —Interrumpiéndose con su propio bostezo contagiado— lo haré maestro.

A la mañana siguiente abandonaron el poblado junto al pequeño grupo de maguadas encabezado por Atenery. Buypano quiso coincidir con ellas y que así Maday caminase junto a su madre, arañando un poco más de tiempo juntos. Atenery dirigía el grupo de jóvenes al manantial de la Madre del Agua cercano al río que bajaba de la montaña de Tegú. Iban a realizar una ofrenda a la diosa Madre Tierra Chaxiraxi con el fin de invocar prosperidad para los mahoh. Pudieron caminar largo y tendido juntos, en armonía, con la dicha de un amor imperecedero pese a la separación. Atravesaban su isla desde el lugar donde Magec surge hacia donde se ponía.

—¿Estás bebiendo leche, hijo? —preguntó Atenery interesada por la alimentación del joven.

—Sí, me alimento bien, no debes de preocuparte, madre.

Pese a que en Maday con la edad se le desarrollaba un sentimiento de protección hacia su madre, en cierto modo, al estar aún inmerso en ese complicado inicio de pubertad, le fastidiaba sin poderlo remediar que ejerciese ese rol con él. Simples cuestiones de la edad.

—Son mis tonterías, hijo; se ve que Buypano comparte contigo sus buenos hábitos.

Y no lo decía por decir, saltaba a la vista que Maday era un joven fuerte y sano.

—Mi corazón está tranquilo, te veo bien y eso me hace feliz —disertaba para su calma también.

—Estoy bien, lo sabes —contestó mostrando cierta exasperación, como solía hacer Maday ante los cariños de madre.

Tras sucesiones de agradables silencios durante el caminar por aquellos prados floridos de alhelíes en tonos purpúreos, de amarillas jorjas y turneras, Atenery se interesó nuevamente por esa independencia de su hijo, enmascarándolo de simpatía.

—Y… ¿en alguna aldea habrá alguna joven que…?

—¡Madre…! —objetó incómodo ante aquella pregunta.

Detestaba cuando quería indagar en ese tipo de cosas y lo cierto era que conseguía sofocarlo. Atenery sonrió, persistiendo.

—Es normal a tu edad, no tienes de qué avergonzarte.

—Madre… Por Magec… ¡Ya! —respondió irritado.

—Bueno, bueno ya, camina, camina, ¡mira! ¿Aquello es un halcón?

Pese a saber Atenery que no lo era, distrajo así la conversación para brindar a Maday la oportunidad de manifestar sus conocimientos.

—No, madre, es un milano —contradijo refunfuñando, contrariado todavía por lo anterior.

—Ah, pues se parecen, ¿no?

Ese cambio en el contenido de la conversación había conseguido sus fines. Los años y experiencia como madre, pese a no poder ejercer ese rol a diario con él, manejaban la situación. Maday se centró en explicar a entonces las diferencias entre esas aves.

—Tiene la cola terminada en dos puntas, madre, y es más oscuro. La cola del halcón termina recta, cortada, así… —ilustraba gesticulando algo más templado.

A Atenery le hubiese encantado seguir hablando de los sentimientos de su hijo y poder expresarle los suyos, sin embargo, eso era lo que a ella le apetecía, pero no a Maday. Aún no estaba preparado para ese tipo de conversaciones. Pese a su creciente sabiduría y madura ocupación, no dejaba de tener la ingenuidad de sus doce ciclos. Y continuaron charlando de manera distendida hasta que, un poco más adelante, tuvieron que separarse camino de ese manantial. Maday y Buypano continuaron hacia el sur, hacia el reino de Jandía.

Maday dejó apartados esos pensamientos de días anteriores en Maharat, hasta el momento de separarse de su madre, y se centró de nuevo en el vuelo de aquella majestuosa ave —que no era halcón ni milano sino un guirre—. Buypano continuaba recolectando plantas encorvado entre la maleza. El muchacho se sentía algo culpable en el trato brusco que la deparaba en esas ocasiones, en concreto esa tan reciente. Ojalá hubiese estado, madre, para ver juntos ese guirre y charlar sobre sus leyendas, pensó.

Buypano hizo ademán de llamar al chico —bajo uno de esos arbustos había localizado una borraja—, pero desistió al ver a Maday distraído con la mirada perdida en el horizonte disfrutando de los elegantes movimientos de aquella ave. Se sonrió.

El guirre seguía llamando la atención de Maday: planeaba con sus alas extendidas, mientras se desplazaba con distinción de un lugar a otro aprovechándose de los vientos de ese cielo azul. De pronto planeó en picado. Habrá visto algo para comer, y quiso indagar arrancando varios pasos en la dirección dónde lo había perdido.

El joven se sobresaltó con la estampa con la que se topó: un desconocido altahay de profunda mirada inmóvil estaba frente a él. Sigiloso, lo había sorprendido. Sabía que ese cuerpo cubierto de un fino ungüento de arcilla roja solo se aplicaba en el reino del sur para la guerra u otras celebraciones relacionadas con ella. Empero aquellas eran tierras del norte, le extrañó. Llevaba consigo un largo tezzese sostenido tan recto como su cuerpo. Sin duda era un altahay de los del rey Ayose del reino de Jandía. De repente, se vio disimuladamente rodeado por varios más a una distancia prudencial.

—Valientes altahay de Jandía, ¿qué hacéis por aquí? —intercedió Buypano ante el rostro de extrañeza de Maday.

Los guerreros saludaron al hechicero con sumo respeto, al igual que al joven, al que reconocieron como su discípulo, del que se decía que tenía el don.

—Debéis marcharos cuanto antes, el enemigo está cerca —advirtió uno de ellos.

—¿Enemigo? ¿Qué enemigo? —preguntó Maday ante la expresión de su maestro frunciendo el ceño.

El guerrero agarró el brazo del joven acercándolo hasta unas rocas al borde del acantilado desde donde se tenía una buena visión sobre la costa.

—¡Mira! —dijo parco en palabras señalando a algo que flotaba en la bahía de Ajuy.

Lejos de asustar al joven, aquella visión lo fascinó. Parecía estar hecho de madera, indagaba con el propio espíritu inquieto heredado de su padre; era enorme, como una gran casa que flota sola. ¿Es madera? Seguro, reflexionaba. Árboles secos nacían de su interior. Parece haber gente dentro. Era extraordinario.

El altahay llevó al desconcertado joven junto a Buypano.

—Es un grupo preocupante en número, respetable; avanzan a pie desde el norte por el difícil paso del río y otros han venido en esa casa flotante, parece que tienen intenciones de reunirse. Son demonios de mar. Marchad al sur cuanto antes bajo la protección de nuestro rey.

La gran mayoría de sus descripciones, que no informaciones de situación, eran heredadas de la experiencia de otros, ya que ni ese guerrero ni los demás del sur habían coincidido con cristianos en otras ocasiones, ni visto nunca casas flotantes. Pero sí conocían por siniestras historias lo que pasaba cuando esos hombres de cabezas brillantes aparecían por las costas.

Los guerreros se habían movilizado por orden de su rey, tras las informaciones compartidas amistosamente por embajadas de ambos reinos.

—¡Madre! —exclamó Maday—. Madre está por el río, —concluyó, visiblemente afectado por las informaciones que ese altahay acababa de dar.

Buypano, sabiendo del grave peligro que sería adentrarse en esos momentos hacia el río con la finalidad avisar del inminente peligro al grupo de maguadas, contestó sin discernimiento y a la vez compasivo.

—Tranquilo, estarán de vuelta a Maharat, seguro que sí… Estate tranquilo… Esas mujeres conocen bien el terreno. Tu madre es una mujer de fuertes instintos y presiente el peligro como ninguna.

Maday respiró profundamente y, tras unos instantes —confiando en el criterio del maestro—, cayó en aplicar sus enseñanzas y pensar con el corazón. Dejó a un lado sus miedos e intentó confiar en lo que le murmuraba el espíritu. A pesar de que estos indicaban peligro, la intuición no le respondía nada. No sabía si eso era bueno o malo e intuyó que, si su corazón no intercedía con aspereza, era buena señal por la que guiarse. Comenzaba a confiar en ese don.

Rápidamente emprendieron la marcha hacia el sur, siguiendo el consejo de esos altahay salidos al paso. Por el camino, Buypano iba respetando el silencio de Maday. Silencio que mantenía desde que comenzaron a caminar y quebrado en el momento que consideró.

—Dime, joven, ¿qué encuentras buscando dentro de ti?

—Es raro, maestro. Pienso con el corazón en mi madre, en si le ha podido pasar algo y no me viene nada, no siento nada.

Buypano paró la marcha junto al discípulo.

—Esa es una buena señal. Sí… Una buena señal —terminó elocuente atusándole cariñosamente el cabello.

Tras emprender esa nueva misión de reconocimiento, más larga que la anterior, Gadifer y sus hombres anduvieron varias jornadas hasta dejar atrás la fuente del Tao —a la que habían llegado en esa primera que realizaron—. Después de la obligada y necesaria aguada rellenando cantimploras y pellejos, se encaminaron a buscar el nacimiento de ese río.

Sin haberse cruzado con ningún nativo, reservados y aguerridos, ascendieron hasta la cumbre de la montaña más alta que se atisbaba en el horizonte de la isla, a la que los nativos llamaban Tegú. Una elevación de vistas estratégicas con excelente observación. Desde allí se les revelaba la anchura de la isla al completo, distinguiéndose las dos costas que la bañaban —de este a oeste— y el boscoso valle que comenzaba hacia el sur, donde debería de hallarse el nacimiento del río que buscaban.

La mirada de Amuley se perdía en horizontes jamás vistos por él. Nunca llegó a pisar territorios tan meridionales de su isla. Doce años robados por la cristiandad, repasó entre imágenes apresuradas, siendo nadie para nadie: extenuación, maltratos, torturas, hambre… Nada comparado al agrio sentir de un corazón desconsolado golpeando frío en cada pulso, que en ese instante sublime sentía esperanzado en una desfigurada realidad que se iba creando a su alrededor. Inspiró.

Una vez reconocidos los alrededores, levantado un sencillo croquis y hecha una idea de la geografía del lugar, decidieron no permanecer allí por más tiempo. Las temperaturas eran frías en comparación con las partes de las bajas de la isla y el viento comenzó a azotar con una fuerza tal, que les hacía incluso perder el equilibrio. Arrastraba con ella una bruma concentrada que se les venía encima a sopetones intermitentes, como la sufrida en aquellos altos del norte de Lanzarote, impidiendo la visibilidad a pocas varas de distancia en demasiadas ocasiones. Algunos soldados se vieron descolgados del grueso del destacamento envueltos en ella.

Emprendieron la bajada hacia el sur por ese hermoso valle en busca del río. De extensiones de cardos y crasas, pasaron a un frondoso bosque de pinos que no reconocían y lo que parecían laureles forrados en vellos verdosos. Se asemejaba a Normandía. Atestado de helechos a ras de suelo los atravesaban a tajos de espada con cierta dificultad. Entre el crujir de ramas al romper o pisar, se escuchaban cantos de extraños pájaros y otros reconocibles, como el de tórtolas y cuervos. Insólitos lagartos merodeaban entre la maleza y cerdos salvajes salían huyendo despavoridos a su paso. Un bosque en silencio y misterioso en el que cualquier ruido alertaba de una posible sorpresa.

Más adelante, rodeados de lentiscos, chaparros y acebuches cargados, dieron con una sencilla alberca natural rodeada de brezos que debía de ser el nacimiento de aquel río que buscaban. Hicieron otra aguada, continuando media jornada más hasta el fondo de un amenazador desfiladero de cierto encanto, dotado de cascadas que abatían con elegancia, sin fuerza, abrazadas de malezas de juncos y eneas.

El capitán ordenó una parada para descansar en esa turbadora posición de mal paso, cercados por empinadas paredes de granito en tonos pardos. Algunos soldados aprovecharon para refrescarse los pies en las pozas y comer algo de pan duro, solo o acompañado con trozos de tocineta y queso. Guardaban cautela y el estricto silencio táctico en el que tan solo se escuchaba el fluir de los pequeños saltos de agua. Violentamente, una bandada de palomas inició el vuelo al verse espantadas por uno que se separó a orinar. Aquello produjo una considerable resonancia aumentada por entre las paredes del estrecho barranco, soliviantando al resto por esos ecos peligrosos a tener en cuenta; esa nimiedad mostraba el nivel de tensión en el que se hallaban, tan adentrados en el corazón de la isla, tan solos.

Tras momentos de calma, unos retumbos les pusieron en guardia. Voces humanas. Risas femeninas en concreto. El capitán hizo gesto de silencio alertado con los ojos muy abiertos. Los sonidos resonaban con ecos en las paredes del barranco. Se acercaban a ellos inevitablemente. Venían de un grupo de unas diez mujeres indígenas —según informaba por señas un vigía—. Posiblemente su intención era la de disfrutar de ese hermoso lugar en el que ellos habían decidido descansar, dilucidó el capitán, ejecutando señas a sus hombres para que, ocultos en los flancos, intentaran rodearlas para cogerlas por sorpresa a su llegada. Con esa improvisada acción quedaba conforme, no podía hacer más.

Amuley respiraba profundo agazapado entre aguas y juncos, se temía lo peor. Isabel, a su lado, lo miraba atemorizada por lo que pudiese suceder.

En breve, y como siempre suele ocurrir en ese tipo de situaciones, todo se precipitó: uno de los soldados que las flanqueaba resbaló y cayó a una de las pozas de agua, advirtiendo con el estruendo del costalazo a esas mujeres, que comenzaron a correr en dirección opuesta —tan resueltas o más que la bandada de palomas—, al percatarse de la presencia de aquellos extraños. Las órdenes anteriores dejaron de servir al perder la inactiva y en ese impás, Gadifer ya vociferaba que se las prendiese a la carrera. El destacamento al completo inició la persecución para capturarlas. Ellas eran jóvenes y los soldados torpes por el peso de su equipamiento. Di Giute y Le Verrier quedaron junto al capitán, observando cómo, pasados unos instantes de ese caos inicial, a esos cristianos les comenzó a resultar complicado acortar la distancia con ellas.

Amuley adelantaba corriendo a varios de ellos, quería protegerlas de algún mal mayor o más bien, estar al tanto si entre ellas se encontraba *ella* —ilusión que irremediablemente lo perseguía azotando cada segundo desde que pisó Erbania—. Todo estaba sucediendo demasiado deprisa en ese desconcierto de soldados dispersos corriendo en todas direcciones, hostigando como si de piezas de caza se tratasen a aquellas nativas sin lograr su objetivo. Una en concreto gritaba extasiada incitando a las rezagadas con determinación, manifestaba querer salvaguardar la vida de las demás antes que la suya. Amuley se paró, sonriente, seguro de que no capturarían a ninguna. Valiente eres, mujer… Se decía al verla calcular la distancia con sus perseguidores, tornando la vista hacia ellos, que avanzaban por entre piedras redondas de río que se movían bajo sus pies y los hacían caer. Amuley, tras ese soplo absorto en la persecución, gritó en su lengua riendo a carcajadas.

—¡Corred!, como… ¡Corred!

En el fragor de la persecución, nadie reparó en las palabras gritadas por Amuley. Pero aquella mujer de los mahoh sí creyó escuchar a uno de esos demonios del mar vociferar en su lengua. Los aulló maldiciéndolos ya en la seguridad de la distancia con la excitación propia de una victoria, retomando la carrera sin tregua y perdiéndose en la distancia.

Fue un instante de clarividencia tan frugal que tan solo lo visceral y no lo comprensible era capaz de dar respuesta a la sensación de haber tenido tan de cerca la energía de Atenery; aterrado por si esa idea se le esfumase de la esperanza al pensarla, por ello prefirió observarla con el corazón.

Momentos después, los soldados volvían cabizbajos, jadeantes y con las manos vacías. Han escapado, se dijo Amuley, orgulloso de las fuertes y decididas mujeres de su raza. No obstante, esa alegría le duró poco.

—¡Tenemos a una de ellas! —exclamaba un cristiano acercándose junto con otro, sosteniendo con brusquedad a una joven que arrastraban.

—¡Traedla! —ordenó Gadifer.

La indígena, que aparentaba no más de quince o dieciséis años, venía herida por un dardo de ballesta atravesado malamente en el bajo vientre. Una lesión dolorosa, irremediable y lenta de matar. Se desangraba mientras luchaba con ímpetu por zafarse de los dos soldados que la mantenían retenida por los brazos. Uno de ellos le golpeó por donde manaba sangre con el fin de restarle fuerza y lo consiguió por unos momentos, dejándola sin aliento. Impasibles observaban la blanqueada túnica con la que se cubría empapándose poco a poco del cerco brillante y húmedo de su propia sangre. Como si de un aborto se tratase, se revolvía con la potencia de una jabata herida a punto de atacar. Ciertamente imponía. Tenía el cabello recogido con una tira de piel y era raza similar a las de Lanzarote, según observaban.

—¿Quién ha disparado? ¡Jodidos ineptos seáis todos! ¡Bastardos! —recriminó el capitán.

Uno de los soldados se acercó achantado y asumiendo el tiro. Balbuceó inaudible en su defensa, mirando al suelo, que lo había amenazado con una piedra.

—¿Cuándo carajo os he ordenado que tiraseis a matar?, ¡contestad, animal!

El soldado enmudeció sin pronunciar palabra alguna permaneciendo en la misma posición.

—¡Recibirás duro castigo por no cumplir mis órdenes, malnacido!, veremos si no te ahorco, cabrón. —Terminando la frase le arreó un fuerte derechazo reforzado de guantelete de hierro, que no llegó a tumbarlo, a su pesar. Se tambaleaba y en el momento comenzó a sangrar por el rostro— ¡Que sirva esto de escarmiento a todos! No quiero muertes, a no ser que nuestras vidas corran peligro, ¡¿está claro?!

Contestaron afirmativamente al unísono, salvo alguna voz rezagada.

—¡Esclavo!, informadle de nuestras pacíficas intenciones, que se deje curar la herida y que nos diga dónde podemos encontrarnos con su rey —indicó.

Se rascaba los cabellos plateados tras retirarse el yelmo con desesperación, al tanto de que esa joven no tenía cura posible y menos allí, apostillando entre dientes a continuación: A ver si no se nos muere antes de hablar como el chiflado aquel —refiriéndose a Tenaro—.

En tono cetrino por estar desangrándose, la joven derramaba su energía vital en la misma intensidad al sufrimiento expresado en el rostro.

—Tranquila, mujer, tranquila; nadie te hará más daño, confía en mí.

Amuley, a quien le temblaba el pulso por la situación que estaba viviendo, hablaba despacio en su lengua para calmarla. La joven, al reconocer a uno de los suyos ataviado con ese atuendo tan extraño del enemigo de su tierra, balbuceó con rabia en la mirada.

—Eres un traidor, hedionda alimaña.

Sus ojos se desorbitaban producto del intenso dolor que estaba sufriendo a cada palabra que pronunciaba, en cada inhalación. Pero persistía en insultarlo. Amuley no cesaba en el empeño de tranquilizarla y ella apartaba sus manos cada vez que intentaba tocarla.

—¿Qué dice, esclavo? —requirió el capitán.

Se impacientaba por sacar algo de información útil a la joven. Veía cómo se le iba apagando la lucidez por momentos.

—Aguarde —recomendó Amuley, reservado.

—Sabes su lengua, eres un demonio como ellos, ¿por qué no luchaste, cobarde? —escupió entrecortada borbotones de sangre brotándole de la barbilla al pecho.

Sabiéndose Amuley en la razón de lo que exponía esa joven, la sintió a modo de flecha atravesando su alma. Reaparecía ante él con la fuerza de un ciclón la Tamusni, más que norma entre los mahoh. Ningún guerrero se rendía ante sus enemigos, rezaba. Y ese que le hablaba, vestía como ellos y actuaba tal que

ellos, para ella era peor que un enemigo: era un traidor.

—Es larga historia, honrosa mujer. Soy de esta tierra, de Erbania, soy del norte… —intentó convencerla
inútilmente en el acto de cogerle una mano. Con la
otra se aferraba al dardo clavado como a su vida.

—No hablaré contigo, déjame morir en paz… Perro
sarnoso —su tono perdía fuerza—: No eres hombre…
Escoria ¡Quiero morir, matadme de una vez!

¡*Bakaguare, fore troncquenay*!, escucharon los cristianos
por último de boca de esa joven, con un odio palpable
hacia todos y en especial para Amuley.

—¿Qué dice? —volvía a interrumpir el capitán, tensando la situación.

—Dice que desea morir —contestó con tristeza sin
traducir lo demás.

—Escuchadme: decidle que estos extranjeros no
quieren matar, ni raptar, solo quieren hablar con su
rey. Decidle, ¡vamos!, ¿dónde se le puede encontrar?

Tarde para parlamentos, concibió Amuley.

—Déjame morir —repitió la joven. A la par que
descargaba un ensangrentado salivazo que Amuley
notó atemperado en su rostro.

Este inspiró, contenido en sus emociones, desvian-
do la mirada al suelo para recapacitar unos instantes;
fue entonces, tras limpiarse el rostro del escupitajo,
que aprovechó para interesarse.

—¿Conoces a una mujer de nombre Atenery? tiene
mi edad, vivía en una aldea del norte como yo, es vital
para mí encontrarla.

Escuchar ese nombre cambió el semblante de la joven, un detalle que Amuley percibió.

—Mujer, ¿conoces a Atenery?

La joven burbujeaba a esas alturas ahogándose en su respiración por los espesos fluidos que iban encharcando sus pulmones. La inherente llegada de la muerte se cernía sobre ese bello y pálido rostro cetrino, tornado a mortecino. Sus facciones anunciaban lo inevitable.

—¡Soltadla! —bramó Gadifer.

La joven pareció sosegarse al dejar de forcejear con los dos que la sostenían en el suelo por las axilas. Tenía otra herida mortal en su espalda de la que nadie se había responsabilizado. Asombrosa su fuerza. Esta descargó una última mirada de odio a Amuley, parecía intentar cobrarse el aire que respiraba con el esfuerzo del semblante, en esa última bocanada la joven murió en sus brazos y mirándolo fijamente. La tendió en la tierra y cerró sus ojos lentamente. Amuley gritó.

El capitán decidió pasar allí la noche con cautela, la cerrazón había caído sobre ellos. Esos enemigos sabrían ya de su presencia, estaba seguro. La huida de esas mujeres indígenas horas antes, podía ser motivo de un posible contrataque por parte de los guerreros de su poblado, por ese motivo debían de extremar la seguridad. Se prohibió encender fuego en ese campamento improvisado, doblándose la guardia a dos centinelas en tres turnos que los movimientos de las estrellas repartirían.

Le Verrier se acercó a Amuley y adoptó la misma posición que él, quedando los dos tendidos observando ese cielo apacible con aspecto de ser el último reducto inmarcesible frente a lo efímero de sus vidas. Refrescaba en esa noche despejada, el brillo de los astros se apreciaba con más intensidad sobre ellos y el fluir del agua, continuo, facilitaba el descanso lo que el estado de tensión permitiese a cada uno.

—¿Conocías a esa joven? —preguntó el párroco, sabiendo la respuesta de antemano.

Estaba más interesado en iniciar una conversación con Amuley, que en lo que le contestase en concreto, debía de estar bastante afectado por lo ocurrido.

—No Padre, demasiado joven… Además, provengo de tierras de más al norte.

—Una pena, ¿cierto? Una lástima que la criatura… Que Dios la acoja en su seno —expresó con sentimiento, al venírsele a la mente la imagen de la sencilla tumba donde la habían sepultado en la tarde. Tras esa pausa, prosiguió—: Os tengo aprecio y quería comentaros algo, espero que no os importune.

Le Verrier lo consultaba, no sin cierto reparo y a sabiendas de que hablaba con un hombre de duro carácter. Amuley viró hacia él en gesto de mostrar atención.

—Estáis al tanto de la confianza que tengo con Isabel y, aunque seáis de costumbres diferentes, ella os tiene mucho respeto.

Amuley no comprendía hacia dónde se dirigía el religioso.

—Hemos hablado sobre vos en estos días. Tranquilo —segó con el tono esa última palabra para enfatizarla—, tan solo son comentarios entre nosotros, pero que creo que es importante que lo sepáis.

—¿Y qué comentarios serían esos que me puedan interesar?—. Amuley se incorporó apoyándose sobre sus brazos.

—No estáis siendo del todo fiel en las traducciones. Puedo llegar a entender los motivos, pero…

—Isabel… —musitó interrumpiendo en tono acusatorio.

—No, ella solo ha contestado a lo que yo he preguntado. Tan solo me ha dicho que convendría que os guardarais las intenciones y sepáis jugar bien vuestras cartas. Sé que buscáis encontraros con aquella mujer de la que me hablasteis, la misma a la que entregasteis vuestro corazón el día que os llevaron de aquí a Castilla. Pero sois hombre sensato, no perdáis esa sensatez por desesperación. Os estáis dejando llevar por instintos y estos os están delatando. Os están delatando, amigo mío… Usad la cabeza. Os van a llevar a la perdición, creedme.

Amuley quedó reflexivo mientras Le Verrier le regalaba un par de mansos toques en el hombro.

—Buenas noches, procurad descansar.

—*Ihadan yedelnn*, Padre —contestó cortésmente en su lengua materna, mientras el contorno de Le Verrier desaparecía entre la penumbra.

El religioso anduvo despacio con sumo cuidado para no hacer ruido ni pisar a nadie de los que estaban descansando repartidos por el suelo. Localizó su figura entre las sombras y se tendió junto a ella. Isabel tanteó hasta dar con la mano del religioso, Le Verrier la sintió cálida, el corazón comenzó a latirle con fuerza, era de noche, nadie vería ese gesto. Acarició la de ella con timidez y acabó por agarrarla con fuerza. Quedaron observando las estrellas con la discreción regalada por la oscuridad que los recogía. Era innegable que sus naturalezas se atraían.

—¿Habéis hablado con él? —susurró interesada en su oído.

Le Verrier tuvo que volver a formularse la pregunta, estremecido aún por ese aliento caliente y suave tras su oreja, sentido incluso en partes del cuello. Con su rostro tan cerca del suyo y tomada su mano, necesitó tragar saliva y modular su voz para contestar sin antes besarla.

—Sí, por su bien era necesario. Desde fuera siempre se ven las cosas de otra manera.

El ambiente permanecía enrarecido y la moral baja. Después de esas continuas jornadas de marcha, el cansancio físico, sumado al de la interminable tensión acumulada por advertirse en un lugar hostil, estaban haciendo mella en todos.

Le Verrier tenía los pies hinchados sobresaliendo de sus sandalias, envidiaba la juventud de los dos Expósitos madurados en su niñez y sobrepuestos al trago del que fueron testigos con la lenta muerte de esa joven nativa ante ellos. Andorreaban enérgicos y sonrientes de verse inmiscuidos en esa misión. El fraile agudizaba los sentidos en cada paso que daba en esa tierra salvaje, imitando y atento a los demás miembros de la expedición veteranos en campaña. En ese momento se encontraban en otro valle diferente, plano, menos escarpado que donde venían de pasar la noche. Ancho y henchido de miles de palmeras aleonadas de dátiles hasta donde se perdía la vista. Realmente impresionante y dotado de hermosura, pero en el que tras cada sombra podría llegar a adivinarse cualquier eventualidad. Estaban siguiendo el recién llamado río Palmas hasta su desembocadura en el mar, punto de reunión con la nave y el barón.

Bien podría tratarse del mismísimo Edén de mis pensamientos, repasaba bucólico Le Verrier, ante aquel admirable paisaje que se extendía frente a él, nada parecido a los fríos bosques de Normandía. Aquella comparación lo trasladó a la villa donde era párroco —Grainville-la-Teinturière— y a pensar en cuán lejos estaba de ella y de sus queridos feligreses. La duda de porqué se había aventurado en esta empresa lo atenazaba de vez en cuando, conforme a ese instante, mas se respondía a sí mismo al mirar al alrededor en momentos como en ese. Solo él sabía el porqué de su decisión y estaba tranquilo de haber dejado el destino en manos de Dios y sus pasos firmes en su libre albedrío. En el silencio, caminando, escuchaba a su alrededor el canto de los pájaros disfrutando de esos sabrosos frutos ya casi maduros que pendían de las palmeras, amargos al paladar humano. Continuó distraído siguiendo el vuelo de una gaviota en ese cielo despejado, vivo y turquesa, en el que el sol calentando su rostro serenaba su espíritu. Sobrevolaba curiosa. Andaremos cercanos a la costa, sentenció al verla. Y así era, al momento de bajar la mirada, ante él apareció la *Sans Nom* fondeada en esa pequeña bahía, en la que el río se perdía en un mar de sutil verdoso sobre el que se distinguía un retazo de madera en la línea del horizonte. Su magnífica visión, semejante a catadura de corte celestial, aliviaba el nudo de su garganta. Gracias, Señor, musitó.

—¡Ahí están! —se escuchó la voz de un soldado refiriéndose también a la nave.

Habían llegado sanos y salvos. El peligro había pasado.

La hasta ahora y por mucho tiempo, Dios mediante, insumergible *Sans Nom*, se reafirmó el caballero
Haníbal en sazonada reflexión. Indudablemente era la
única nave, el único modo de volver, única salvación y
único nexo con su lejana civilización.

El bote fue recogiéndolos a pequeños grupos para
embarcar. El día residía soleado y algunos —relajados
a esas alturas— se dejaban disfrutar tumbados sobre la
arena negra sin verdugos de cota malla, bacinetes ni
corazas, mientras iban esperando el turno para subir a
bordo. Otros chapoteaban en la orilla de arenas negras, en la que el viento levantaba inofensivas olas que
espumeaban en esa pequeña rada.

El capitán Gadifer y varios hombres ascendían por
la escala embarcando ante una extraña mirada de Le
Verrier —llegado en la anterior tanda junto a Amuley e
Isabel—. El capitán no deseaba encontrarse con Betancourt, no obstante, debía de hacerlo para darle las
novedades pertinentes sobre esa exploración.

Accediendo por la borda, la intuición y experiencia
le indicaron que aquello tenía aspecto de no ir bien.
Advertía rostros demasiado formales entre la tripulación, miradas desconfiadas, herméticas. Gadifer tragó
saliva y se le erizaron los vellos de la coronilla. Estaba
exhausto de esos días de marcha por el interior de la
isla, en alerta, sin apenas pegar ojo y lo que menos
deseaba en ese momento eran complicaciones.

Reparó en Betancourt erguido al otro lado de la cubierta, el semblante de este lucía extrañamente circunspecto pese a la magnífica noticia de haber llegado
la expedición de una pieza. Gadifer fruncía el ceño
conforme a cada paso y Betancourt no cambiaba la

expresión. Súbitamente notó la fría hoja de un cuchillo en su garganta. Algunos miembros de la tripulación reaccionaron con planificación en el acto, reduciendo rápidamente con hachas y gujas a los soldados que acompañaban a Gadifer.

—Guarde la calma, no hagáis locuras; ha habido un motín —informó Betancourt al que mostraban custodiado los amotinados.

Uno de ellos se encaró con el capitán, Betancourt callaba conforme a consentir con esa actitud lo que estaba sucediendo. Aun con ese cuchillo en el pescuezo, Gadifer cruzó a mano abierta la cara al insolente. Haníbal les hizo frente en defensa de su padre, mientras varios soldados fieles a Gadifer hicieron lo propio.

Se armó una trifulca en la que se esgrimieron espadas, hachas, garfios, bicheros y todo lo que pillaban a mano, agrediéndose violentamente entre ellos. Terminó aquella bulla pronto, en el tiempo justo de conseguir un par de muertos y varios heridos mientras los demás —incluidos Betancourt y Le Courtois—, prefirieron no mover un dedo por ninguno. A continuación, los cabecillas ordenaron encerrar a Gadifer, a Betancourt y a sus fieles hombres de armas en la bodega.

No había un líder caracterizado en ese motín, eran varios los que encabezaban la rebelión a bordo. Entre ellos, los hermanos Colín y Robín Brument, hasta ese momento personas de confianza del barón, que no veían el estar traicionando con esa acción. Más bien, su intención era el persuadirlo para que tomase medidas urgentes para con la empresa. Según alegaba la tripulación sublevada, la expedición era un suicidio desde su inicio y estaba abocada al fracaso. Por ello querían volver a la Península, no esperaban refuerzos y eran pocos en número para defenderse en caso de ataques, ni tan siquiera resistiéndolos en el fortín que se construía en Rubicón —al mando de Benerval en esos días—. El miedo los engullía. Falta de liderazgo para Gadifer.

En esos momentos de contrariedades, de órdenes y contraórdenes, se obligó a punta de espada al piloto Juan el poner el barco a son de mar. Este no puso pegas, cariacontecido por lo que le pudiese suceder. Se comenzaron entonces a largar velas con el crujir de aparejos, levar el ancla y tomar demanda a la costa sur de Lanzarote. Las graves voces habituales de Juan el Isleño se escuchaban vacuas.

Una docena de hombres quedaban abandonados en la orilla de aquella ensenada. De los que los amotinados, sin un líder consolidado, prefirieron prescindir. Estaban llevando el motín a la práctica y una docena más de hombres podrían malograrlo. Se las apañarán, comentó uno de los hermanos Brument, ya volveremos más adelante cuando la cosa se calme.

Con algo de control en esos rostros criminales pululando por entre esa cubierta, sus miradas dejaron de dirigirse a ese mal menor para ellos. Fatalidades al torcerse motines, respiró Juan comiéndose su mala leche.

Le Verrier, atónito, atendía arrebatado y atacado por una enorme frustración, no podía creerse que la nave surgiese del fondeo zarpando de allí sin su amigo Di Giute y las demás almas.

—¡Por Dios Santo!, ¡aún quedan soldados en la playa! —gritaba con desesperación, mas nadie se hacía cargo de aquello, ni siquiera de escucharlo.

Desde el negro arenal de la pequeña caleta, Di Giute y los demás, opinaban sobre las extrañas maniobras que el barco estaba realizando; daba aspecto de estar zarpando. No entraba en ninguna lógica. Los soldados no entendían: la *Sans Nom* levaba el ancla y poco a poco aproaba al norte. Testigos aturdidos por lo que se les mostraba increíble que estuviese sucediendo: parecían estar dejándolos allí, abandonados a su suerte en esa inhóspita isla desconocida y repleta de enemigos. Las voces de algunos aclaraban las maniobras de la nave con suposiciones cuando, de pronto, violentamente un par de ellos exhalaron un hálito enmudecido salpicando con su sangre a los demás —uno de ellos, el que ensartó a la joven nativa—. Jabalinas siseaban desde el cielo e iban alcanzándolos certeramente uno tras otro. Una crecida lluvia de piedras comenzó a su vez a derribarlos en caras achatadas sin forma humana, chas, chas, plonch; cabezas explotando como sandías y huesos sobresaliendo de las carnes. Una de estas impactó con fuerza en la de Di Giute, derrumbándolo sobre la arena fulminado.

El ataque venía del palmeral cercano del que comenzaron a surgir indígenas a la carrera desgañitándose en su lengua, rematando con rudimentarias armas de madera y piedras puntiagudas a los derribados o abatiendo a los cristianos aún en pie.

Los bramidos del ataque se escuchaban desde el barco, bajaban la mirada avergonzados. Pocos observaban el mísero desenlace de sus compañeros de armas, pensando en su favor, que por destino podían ser ellos los que estuviesen allí sufriéndolo. Pero por mucho que les pesase posteriormente en sus conciencias, era esa la escogida vida de mercenario: servían por recompensa o simplemente por salvar el propio pellejo. Mejor ellos —era lo masticado por una mayoría cobarde y sin honor—, que nosotros; testigos de cómo iban cayendo uno tras otro a la arena y que por mucho que quisieran ya no había vuelta atrás. Los amotinados ordenaron un inútil disparo desde un falconete en último recurso, para ver si con el estruendo atemorizaban a esos salvajes de igual manera que si de animales se tratasen. Aquello fue en vano.

Esos nativos cubiertos de un ungüento ocre, como bestias mitológicas, hacían gala de una brutal agilidad al atacarles. Sus agudos chillidos de combate rompían estridentes la valentía a esos cristianos luchando inútilmente por sus vidas.

Le Verrier se arrodilló al fallarle las fuerzas, al ver la silueta de su amigo caído e inerte a manos de aquellos salvajes, mientras se continuaba incomprensiblemente con esas obscenas maniobras marineras. Sentía odio contra todo: nativos, chusma cristiana y contra Dios —al que rezaba urgente—, preguntándolo entrecortado en lágrimas el por qué… Cuán extraña razón cabía en lo que estaba sucediendo tras salvar su vida en aquella remota ciudadela sarracena de África, el cuasi profético reencuentro posterior en Normandía, compartir tanto juntos… Para después… ¿Terminar así? ¿Apagar su existencia tan absurdamente? El religioso no lo concebía. Y juzgó entonces los designios de Dios. Lo injurió y votó áspero contra Él a voz chica, algo inédito para sus formas. Desconsolado, imploraba apretando su rosario y así permaneció hasta perder esa maldita bahía de vista, acurrucado sobre la cubierta principal entre pies descalzos deambulando borrosos por sus lágrimas. Isabel lo consoló.

XIX

La captura

Playa de Los Muertos, Ajuy para los nativos de Fuerteventura.

Repentinamente recobró la visión, consiente de haber perdido el conocimiento e intentó tomar fuerzas de donde de no disponía para incorporarse. A su alrededor yacían desperdigados cuerpos cristianos tendidos sobre la arena negra; una muchedumbre de salvajes los remataba, tomado trofeos de sus pertenencias y alzándolos en alto con temibles aullidos. Di Giute, adobado como carne muerta en condimento de sangre y arena, adolecía mareado en débiles constantes vitales. Entre imágenes difusas —sin querer moverse y con un ojo entreabierto—, era testigo de cómo ensartaban a la tierra misma hombres con sus lanzas, mutilaban y tajaban cuellos muertos con rabia. El genovés se palpó, apreciándose tan solo un enorme bulto sin abrir en la cabeza. No sangraba por él. La sangre con la que estaba recubierto era de otros. Sin que reparasen en él, logró incorporarse torpemente entre aquel desconcierto. Su espada permanecía envainada al cinto y tomó la ballesta. Asiéndola con determinación, disparó instintivamente. Acertó a un salvaje que corría hacia él frenético con un hacha de piedra en sus manos. El dardo lo atravesó con la potencia de herir a otro más tras él, cayendo los dos abatidos conforme al paso de ese trozo de madera por el interior de sus cuerpos.

Estimando que el barco se perdía tras una punta —lejano para llegar a nado—, valoró como única escapatoria correr hacia el palmeral cercano e intentar enmascararse entre su frondosidad. Una huida a la desesperada, un suicidio, pero era su única salida. Era eso o morir luchando allí irremediablemente.

Varios indígenas lo acosaban en una frenética persecución por entre la espesura. No tardaron en darle caza, pues la vegetación no les impidió acertarle con una de sus jabalinas. Le entró por un costado —sintiendo la tracción interior de un objeto ajeno a su naturaleza seguido de un terrible escozor que le restó el aliento—, cayendo al suelo de inmediato. Con la firmeza y el inesperado brío adrenalínico con el que la situación lo emborrachaba, logró sacársela en un afónico tirón que pareció no doler. A ese alivio inicial lo siguió una terrible quemazón, seguida de un aguacero intenso de gritos y golpes con saña. Dejó de intentar zafarse inútilmente de ese tumulto. Sus fuerzas huían de él en esos momentos, estaba gravemente herido. De pronto se encontró evocando a sus hijos, su esposa, su cautiverio en tierras sarracenas y las semanas supurando fluidos y viscosidades con altas fiebres que casi lo matan por un brazo cercenado recuerdo de una liberación. De esos momentos que en el pasado fueron del mismo modo desesperados, sacó de sí un increíble arrojo, una fuerza sobrehumana extraordinaria para la talla que disponía. En un último intento de retener esas sensaciones que lo empujaban, lanzó a la desesperada una patada, barriendo a uno de ellos. Bajo la sorpresa de esa acción tuvo tiempo de levantarse y blandir la espada —mantenida sorprendentemente aún en la mano—. Con varios tajos lanzados al aire, logró partir algún garrote que lo golpeaba. El certero golpe de uno de ellos arrancó el hierro de su mano. Di Giute quedó del todo indefenso. Esos instantes de indefectible quietud previa a la muerte le fueron interminables. Escuchaba tan solo sus propios jadeos. Dejar de sufrir, eso quería. Que terminasen pronto con él, pensaba apenas manteniéndose en pie por el efecto de una enfebrecida adrenalina. El mismo salvaje lo atacó de nuevo esquivando sorprendentemente Di Giute aquel garrote en un arqueo de su espalda, desplazándose hacia detrás. En ese impás y en un arranque fraguado a base de todas las energías disponibles —recuperando el movimiento natural de la anterior esquiva—, lanzó un golpe directo con el endurecido muñón al mentón del oponente más cercano, que a modo de ariete —sin huesos ni tendones de por medio— lo hizo caer sin conocimiento. Tomó su garrote —el instinto lo dirigía, no pensaba— asestando un hábil trancazo a otro que sintió por un costado. Se movía como peligrosa fiera acorralada. Mostraba dientes salivando rabiosos sin sensatez ninguna en esa ansia por matar sabiéndose ya muerto. Martillaban sus sienes. Vendía caro su pellejo. El corazón le explotaba en cada latido. Sus pulmones ardían más que sus heridas. A su alrededor, los nativos surgían sin cesar golpeándolo, aprovechando renuncios inevitables de su mermada forma física. Aparecían más y más —en la playa ya no quedaba cristiano que matar— y asistían con asombro a la destreza con la que ese demonio del mar se defendía desangrándose, contusionado y con tan solo un brazo. Continuó haciendo valer esa vida, cada vez más lento arrastrado por la extenuación, hasta que dos fuertes embestidas por detrás dieron fin a su último combate. Quedó tirado de espaldas sobre el pasto manteniendo asombrosamente la consciencia en un cuerpo derrotado por completo. En los resquicios de una vista nublada, atendía a estar totalmente rodeado, perdida ya cualquier esperanza. Uno de esos guerreros de rígidos músculos aceitados en ocre, tanteó su cuello con la punta de su lanza. El Señor es mi pastor... Se dijo refugiándose del todo en la protección de sus parpados, bajo los que advertía el relampaguear de sus pequeñas venas latiendo sangre. Calmó su respiración, quería morir digno, sin miedos. Escuchó un aullido, otro en diferente tono, y otro más. Y nada me falta... Se mantenía en esa oración en lo más íntimo de él.

En nada cesaron los bramidos dando paso a jadeos enérgicos en ese silencio amenazador. Por prados verdes me hará caminar... Oraba caminando hacia una luz que se mostraba ante él, iluminando prados verdes y frescos de ensoñación. Cuando camine por el valle tenebroso de la muerte, nada temeré... Resonando aquel ruego en dialecto genovés en esos últimos ecos de vida.

Una enérgica voz pareció interrumpir su muerte, pausando el movimiento ascendente de esa lanza decidida en asestar a ese demonio tullido un certero remate. Una voz firme, varonil, decidida, entremezclándose en la invocación del genovés, proporcionaba un instante más de vida. Quizá fuese aquel vocablo nativo, quizá el tono de su dicción o la propia circunstancia: esa voz se le incrustó de la manera más agradecida en la memoria, sin poder dejarla salir de su cabeza.

Pese a encontrase intensamente dolorido debido a sus heridas y desfallecido a su vez por vértigos y arcadas sin culminar en bilis, su coraje lo mantenía en pie marchando al ritmo impuesto por esos indígenas. Di Giute era un hombre tan duro que ni él se llegaba a reconocer en otros. Pronto sabría que era el único que quedaba vivo de todos los cristianos abandonados en aquella playa por bellacos a los que llamó en su día camaradas. Andaba amarrado por el cuello, al faltarle medio brazo no le pudieron atar de manos. No tenía tajos graves afortunadamente, algún hueso roto o a punto de ello o los dos casos a la vez, por las hinchazones que se tasaba magullando todo su cuerpo. Apretaba con fuerza la herida taponada de esa jabalina que lo abrasaba literalmente a cada paso en el costado del vientre, sin más que un estropicio en sus carnes rotas. Se dirigían al sur de la isla —según podía orientarse—, atravesando en ese momento una interminable lengua de dunas cercada por el flanco izquierdo de un mar esmeralda, tan blancas que provocaban ceguera al volver la vista de ellas bajo ese sol que castigaba con todas sus ganas. El paisaje se abría hasta toparse con una sublime cordillera de escarpadas montañas —las más altas vistas en esa isla por él—, perdiéndose sus cumbres en una abrumadora nube gris y perpetua.

Pese al maltrato recibido y las profundas miradas de odio y desconfianza, inexplicablemente le estaban curando esa herida de la jabalina en concreto —la más grave—, con untaduras ensalivadas que apretaban para taponarla. Entendía que le querían con vida por alguna razón. Asimismo, y en uno de los descansos de esa marcha, le realizaron un corte con un cuchillo de piedra en el enorme bulto que tenía en la cabeza para permitir el sangrado. Compartían con él de mala gana agua y comida cuando ellos mismos la ingerían. Di Giute adolecía de fuerte calentura, unas fiebres con las que descontaba sus pasos por el camino. Cabizbajo, creyó recorrer interminables leguas apretando los dientes, letárgico, vahído y tan solo mirándose los pies.

Se despertó entre un cómodo lecho de pieles sobre un piso de esterillas de palmas trenzadas. Junto a él una anciana sentada roncaba. La luz del día iluminaba a través del acceso a esa pequeña choza donde se encontraba, colmando la estancia con una iridiscencia especial. Era una casa indígena, posiblemente habría pasado días inconsciente. Su energía la sentía renovada, evaluó. No apreciaba la intensidad de las calenturas de días anteriores, pero sí un apetito voraz. Al intentar recostarse, un ligero mareo le hizo perder el equilibrio, golpeando por accidente un recipiente de barro con agua junto a él. El sonido interrumpió el sueño de la anciana, quien entreabrió los ojos enderezándose de improviso, como saliendo de una pesadilla. La anciana soltó un chillido. Di Giute se sobresaltó y quiso apaciguar su ánimo forzando una sonrisa, solicitando calma con el gesto de su mano. Al verlo realizar ese ademán se asustó aún más y, como alma que lleva el diablo y una agilidad impropia para la edad que aparentaba tener, de un brinco desapareció veloz bajo el dintel de la puerta dejando tras de sí una nube de partículas en suspensión acrecentadas por la luz del exterior.

El duro genovés sonrió e intentó levantarse de nuevo, pero un dolor en el costado se lo impidió: era la herida de la jabalina cicatrizándose en una cataplasma fresca. De improviso se vio apuntado con dos puntas de lanzas idénticas a las que recordaba, sostenidas por guerreros nativos que gritaban en su lengua con la misma aprensión por él que él tenía por ellos. Se desconocían entre sí, civilizaciones y razas diferentes en un abismo entre pueblos. Los indígenas tanteaban el estado de su temperamento. Aunque habían confirmado físicamente que era un hombre como ellos, no sabían si ese extraño dispondría de insólitos poderes sobrenaturales. Habían escuchado con qué capacidad ese hombre fue capaz de defenderse sin una mano contra todos, y tomaban sus precauciones.

Lo sacaron fuera de la casa a rastras, los intensos matices del medio día lo cegaban sin permitirle apreciar su alrededor. Comenzó a identificar numerosas siluetas humanas observándolo, posiblemente alarmadas por los gritos de la anciana. Lo condujeron hasta otra construcción más espaciosa que la anterior. Cuando la vista se le adaptó nuevamente, distinguió la figura de un hombre sentado sobre una especie de trono forrado de pieles blanquinegras y lo postraron violentamente ante él, obligado, en un enfático silencio. Di Giute echó una cautelosa ojeada: el techo era sostenido por anchas columnas a base de gruesos troncos, semejante a una bodega de las naves cristianas forrada en piedra —pensó ilógicamente para ese momento—. Su interior quedaba decorado con extraños ornamentos, dibujos de formas geométricas de diversos colores en suelos cubiertos por entero de esteras de palma, pieles o juncos trenzados. El ambiente era espeso y a la vez agradable, impregnado en una mescolanza de olores a cueros curtidos y humos de alguna planta aromática que ardía por algún lugar indeterminado. Era una estancia rústica, quizá más limpia que muchas civilizadas, elucubró. Sin saber el motivo, ese salvaje con aspecto de ser el señor de todos ellos le resultaba familiar. Pronto se quitó de la cabeza ese pensamiento, permaneciendo tan solo la sensación. Los que había visto de esa raza andaban con el rostro velado de aquella tierra ocre, arcillosa, ungida sobre su piel, detalle que en ese poblado no lucían o solo lo hacían en motivos ocasionales.

Ataviado con una fina piel curtida a modo de túnica abierta, dejaba ver un pecho membrudo para estar pasado de los cincuenta años posiblemente. Una cinta con tres plumas engarzadas sobre la frente recogía su cabello y gruesos collares de conchas pendían de su cuello ancho y vacuno. No iba armado, no lo necesitaba con esa guardia de guerreros alrededor suya. Ese era un líder de esos de mirada severa, tanto en lealtades como en traiciones, fue su primera impresión. Pocos cristianos de esos quedaban, maduraba sin apartarse miradas en cómodo silencio.

Habiéndose observado mutuamente, ese hombre de insondable mirada ordenó grave en su lengua. Los que lo aguantaban retenido lo soltaron en la misma posición en la que estaba sentado. En ese momento cayó en la cuenta quizá, por la especial modulación de dicha voz o simple serendipia, de que esa era la misma que le otorgó clemencia en el fatídico día de su captura.

El silencio transcurría mientras prestaba atención meticulosamente a ese extranjero, de arriba abajo, permitiendo al genovés hacer lo mismo con él.

—*Ahul. Sansofé* —expresó de repente.

Di Giute entendió por el tono que eran palabras de cortesía y contestó postrándose ligeramente con la mano en su pecho.

El indígena continuó departiendo en su idioma de seguido. Al apreciar la reacción del invitado, que negaba ceñudo por no entender, cambió las formas de expresarse, apoyándose en gesticulaciones comprensibles para el extranjero de cabellos pajizos. Repetía de vez en cuando el mohín de tocarse el pecho descubierto, señalar las plumas sobre su cabeza y el bastón —la añepa de poder de mencey—, seguido de amplios gestos de los brazos lo que su extensión abarcaba. Daba a entender quién era, su posición y lo que comprendían sus dominios.

—*Ayose, Jandía mencei majó.*

Escuchaban palabra por palabra los oídos del genovés ese mensaje que pareció entender.

—Guglielmo Di Giute. Di-Gi-u-te. Altahay cristiano, subrayó señalando en semejanza a los mismos guerreros que lo habían llevado hasta allí, reproduciendo mímicas de su interlocutor con el fin de continuar con esos lazos de confianza que mostraba estar iniciando.

El indígena prosiguió en su lengua y con mímicas para ayudarse en la comprensión, confirmando Di Giute que estaba más bien ante un rey y no frente a un simple jefe de poblado. Lo habían ilustrado antes del inicio de la misión —entre otros asuntos de interés táctico—, sobre esos dos reyes de Fuerteventura. Era muy posible, e incluso extraordinario, que estuviese ante el del reino del sur en ese momento. Habiendo sido además ese mismo el que le perdonase la vida, cogían más sentido sus suposiciones al llamar a esas tierras Jandía y referirse a él mismo como Ayose.

El tiempo parecía transcurrir agradable, podría llegar a decirse que incluso distendido para esos dos hombres en proceso de medirse el respeto y los caracteres. No había mucho que explicar entre soldados reconociéndose con miradas experimentadas, pese a provenir de mundos tan diferentes. Ayose intentaba averiguar los planes de esos extranjeros y Di Giute —sin tapujos— se lo pretendía dejar en claro. Le intentaba explicar que venían en son de paz y que no querían plantear batalla ni llevarse a nadie de los de su pueblo. Ayose quedó enterado. Parecía sincero, confiable.

Di Giute dedujo lo mismo durante ese encuentro, atendiendo a la personalidad de ese rey que decidió no acabar con él aquel día por simple asombro ante sus destrezas en la lucha. Un hombre sin mano combatiendo igual al mejor de sus guerreros, entendió durante parte de la conversación en la que se refirió a aquel día. Le merecía la pena ser piadoso a cambio de conocer de dónde provenían tan extraordinarias facultades que dilucidó, tras conocerlo mejor, como propias de su temperamento, sin trucos ni conjuros.

Tras quedar satisfecho en sensaciones y en lo conversado, el rey ofreció una invitación a beber de un brebaje de gusto excepcional al paladar del genovés. Agradeció ese trago tomado directamente del recipiente de barro por los dos, con una de las pocas expresiones escuchadas entre los esclavos de lenguas de la expedición: *Tanemirt hullan.*

El genovés se ganó una carcajada enérgica por parte de ese protector al darle las gracias en su lengua. El rey aún sonriente tomó dos cuernos vacíos y los rellenó de ese licor. Le caía bien ese extranjero; por ese motivo brindaron.

En la quietud nocturna de la pequeña choza meditaba sobre ese sorprendente encuentro. Valoraba el coraje y notable valentía de un rey que era capaz de encabezar una avanzadilla contra el enemigo, para luego entrar en combate, tal y como lo había hecho en esa playa donde lo capturaron. Decía mucho del tipo de pueblo al que podían llegar a enfrentarse los cristianos en caso de tener que hacerlo. Si su líder disponía de esa nobleza, sus súbditos tendrían igual o parecido coraje. Cuán diferente comparado con muchos a los que ofrecí mis servicios, recapacitaba. Qué buen señor habría sido, con qué gusto le hubiese servido.

Pasaba los días en ese poblado rodeado de indígenas que para sí habían dejado de ser salvajes. Descansaba como nunca bajo los toscos cuidados de esa anciana vigilante en la medida de sus posibilidades y con la que, incomprensiblemente se llegaban a entender hablando cada uno en su respectiva lengua. Comía carne y pescado a diario, bebía leche de cabra y degustando los más deliciosos quesos jamás probados. Todos los días se veía con ese rey, interesado en las costumbres de esas gentes extranjeras, pero sobre todo en sus técnicas de combate. Poco a poco, Di Giute integraba e iba utilizando palabras de esa lengua de los mahoh, haciéndose entender. Había tomado poco contacto con los indígenas de Lanzarote en esa isla y apenas sabía nada de ellos. Había conocido a sarracenos, incluso a esclavos canarios y negros en la cristiandad, pero el ver cómo vivían estos, el convivir en definitiva en su propia tierra, le estaba resultando algo más que apasionante. Gradualmente, Ayose y Di Giute iban profesándose el mutuo respeto que conlleva el honor propio entre guerreros. Casi recuperado, fue examinado de sus heridas atentamente por un anciano hechicero en el que ese rey confiaba: se llamaba Buypano e iba acompañado de un joven aprendiz.

Le permitían en esos días deambular —sin ayuda de bastón ni de su escolta inicial—, por entre el poblado de Jorós. Sus gentes dejaron de observarlo con el recelo anterior y poco a poco compartían discretos y tímidos gestos amables con él.

La ubicación del asentamiento era tácticamente perfecta para el veterano genovés. Se situaba sobre una suave ladera por el lado que daba a sotavento y quedaba oculto tras lo alto de unas montañas que surgían desde la extensa playa de barlovento. Humeantes chozas construidas con maestría, a base de piedras perfectamente encajadas, andaban semienterradas para mantener la temperatura y protegerse de los vientos. Estas se diseminaban en ligera pendiente hasta un mar de aguas tranquilas hacia el sur del mar Océano. Las viviendas se veían rodeadas de pocilgas y pequeños huertos con plantas amurallados, para protegerlos del ganado disperso pastando en sus lindes.

En el lado de barlovento no vivía nadie. Se ensanchaba inhóspito a lo largo de un interminable litoral de arenas bañadas de aguas traicioneras, cuyos confines se perdían a la vista hacia el norte. En paralelo —semejante a una fortaleza natural—, quedaba todo delimitado por esas cumbres de altura considerable, que tomaban forma mediante praderas en su base hasta terminar en escarpadas paredes acantiladas. Ese arenal de barlovento era el único paso posible desde el norte si uno no deseaba aventurarse a través de las montañas. Por esa cara se accedía al poblado mediante un complicado paso zigzagueante. En la cima de ese estrecho paso, un vigía permanecía día y noche, alerta a lo que se moviese por tierra y mar, teniendo visibilidad de varias leguas sobre las dos costas y de aquel vasto horizonte de mar divisado desde ese puesto de enorme valor táctico. No había lugar por el que el enemigo pudiese acercarse sin ser visto a distancia. El paisaje desde el puesto del vigía era colosal. Di Giute pasaba horas allí orando, meditando, agradeciendo o simplemente con la mirada perdida en ese espectáculo natural más que contemplativo; en silencio o intentando comunicarse con los disciplinados altahay que daban seguridad al poblado desde ese puesto. Se habían tomado la molestia de grabar fielmente los trazos del perfil de su barco, con sus velas desplegadas en formas cuadradas, en una losa en el mismo puesto del vigía. Una corrosiva sensación le hormigueaba el vientre al genovés cuando se fijaba en esa representación gráfica de amargo sabor a abandono en aquella playa. La mayoría de los centinelas nunca habían visto un barco y, mediante ese dibujo en roca, no había lugar a dudas: si advertían uno así, era el enemigo. Para dar la voz de alarma disponían de una gran caracola que se pasaban en los relevos. Por esta se soplaba con método, sacando de ella un sonido potente y peculiar.

Eran gentes de paz y de costumbres. Se respetaban unos a otros y parecían no conocer la malicia propia con la que acostumbraba a vivir el cristiano, siempre envidiando. Los únicos conflictos conocidos fueron, y eran, por pastos y agua para el ganado. Motivos que los llevaron años atrás a una dura contienda con el reino del norte, Maxorata, como lo llamaban ellos. Aunque de eso ya había pasado mucho tiempo, aún se tenían ciertos recelos entre ellos.

Los de Erbania o Forteventura estaban increíblemente atrasados respecto de su raza europea o de los mismísimos sarracenos. Desconocían metales, ruedas y ni qué decir de muchas otras cosas más de utilidad, pero, por el contrario, vivían sobrados de salud y dignidad, depositando su forma de vida bajo el amparo de sus tradiciones, dioses y respeto a sus ancianos, a los que veneraban diariamente con rendición.

Los hombres pastoreaban unas cabras propias de la isla que daban cantidades ingentes de cremosa leche por cabeza y que, a su vez, compartían pastos con ovejas medio salvajes que por allí pululaban, que en lugar de lana poseían un pelo corto cobrizo como cabras sin cuernos de las que desconocía su existencia hasta entonces.

Los elegidos como altahay o guerreros, además de desarrollar sus tareas diarias, se entrenaban cotidianamente en la lucha. Di Giute valoraba la gran fuerza y destreza que mostraban. Eran ágiles y veloces tanto en la carrera como brincando por los riscos con recias lanzas que utilizaban para saltar sobre sus oponentes también. Versados en el combate cuerpo a cuerpo, utilizaban inusuales técnicas para tumbar a sus rivales en sencillos movimientos. Manejaban garrotes endurecidos al fuego, a los que llamaban *magidos*, con la soltura de una espada. Comenzaron a compartir con él sus conocimientos ancestrales de lucha a manos vacías, a la vez que él mismo les transmitía técnicas europeas de esgrima, dando un uso incomparable a esos garrotes. Diferentes guardias y ataques creados para hierros en manos de europeos se reproducían fielmente a palo seco por esos indígenas, tan alejados de la cristiandad como de donde procedían dichas técnicas ignoradas por ellos. En las extensas praderas de barlovento los instruía para reaccionar con hábito en organizados despliegues de combate propios de contiendas civilizadas, y no individualmente y en dislocadas oleadas tal que acostumbraban a luchar. Hombres y mujeres dignos de admiración que, si iban al combate, era por la noble razón de defender a sus familias y no los intereses de un señor.

Su alimentación era tan variada y completa como la de nobles cristianos de alta condición, productos a los que el populacho en la cristiandad apenas alcanzaba a poner sobre la mesa por sus altos precios. Se nutrían de abundante carne de cerdos, cabras y esas ovejas rojizas que ellos mismos criaban. Carnes asadas, ahumadas o saladas; complementando esa dieta con plantas, mariscos, pescados y cereales, que tostaban y molían posteriormente las mujeres con grandes piedras, obrando una especie de harina, de buen gusto al paladar, con la que se acompañaban en todas las comidas mezclándola con agua o leche. No conocían técnicas de pesca, pero no por ello dejaban de comer pescado.

Su destreza consistía en hacer albercas y las cerraban cuando estaban llenas por la marea arrojando en ellas trozos de una planta a la que llamaban tabaiba. El efecto de su viscosa savia adormecía a los peces y los mataban a palos para después secar al sol o salar, obteniendo de ellos un sabor intenso y sabroso.

Tampoco se privaban de numerosos productos de la costa como pulpos y moluscos en forma de caracolas, mejillones, percebes o lapas grandes tal que puños, arrancándolas de rompientes donde las olas golpeaban con fuerza. Di Giute acompañaba en ocasiones a estos hombres en los días en los que la luna había estado llena o nueva, para aprovechar así las mareas más bajas. Recolectar esos moluscos era una tarea peligrosa, arriesgaban su vida en ello sirviéndose de la maestría del saber leer la mar. Apalancaban esas lapas para desprenderlas de las rocas con cuchillos de pedernal —refiriéndose a ellos como *tafriques*—, mientras otros avisaban de posibles olas peligrosas que se cerniesen sobre ellos. Todo aquello se llevaba a cabo con la misma camaradería que para el combate entre hombres rudos. Cuando volvían cargados de esas delicias de mar en grandes cerones de palma a sus espaldas, el poblado se reunía en torno a una gran hoguera para celebrarlo y honrar a sus dioses. Cantaban y bailaban semidesnudos o en cueros, sin la vergüenza ni el pudor del que algún insolente cristiano pudiese alegar en similares condiciones.

Asaban mejillones y lapas bajo jaramagos secos y se los comían voraces —uno tras otro—, escaldándose los dedos al sacarlos de entre las cenizas. Di Giute hacía lo propio. Seguían llamando la atención sus cabellos rubios como el sol y su larga barba del mismo tono, que tan solo los niños se atrevían a tocar. Conforme iba pasando el tiempo se sentía cada vez más en comunión con ese pueblo. En paz. Estaba viviendo una época extraña, inesperada y serena como nunca en su vida. Disfrutaba en compañía de esos nativos, en un lugar donde no necesitaban monedas ni malas artes para sobrevivir. Allí era él: Guglielmo.

En esos días procuraba coincidir con una indígena que lo tenía cautivado. Daifa era su nombre y duro su carácter esculpido en un bello rostro de angulares trazos femeninos. Le regalaba artes melifluas cada vez que coincidían, disimuladas en sus largos cabellos tan intensos como el carbón. Su particular flequillo a ras de frente realzaba una seductora mirada en matices indígenas. Daifa pronto sustituyó a la anciana en el cuidado de Di Giute por orden del rey Ayose —nada ingenuo—, agasajando con ello a ese cautivo, convertido en esos días ya en su invitado.

Era media tarde y por el lado de sotavento el sol se escondía lejano tras la línea del mar, con un sublime arrebol depositado en el horizonte en trazos naranjas y reflejos anacarados. El rey lo había mandado llamar, reclamaba la presencia del genovés. Una hoguera y varias lamparillas de sebo iluminaban el interior junto con los tenues rayos de sol de aquella tarde que aún se resistía a desaparecer. Ayose lo esperaba sentado en el suelo junto a su rústico y sencillo trono de palos trenzados. Ya no lo recibía sobre aquel trono, no sentía la necesidad de demostrar ninguna preeminencia sobre él. Ejecutó un gesto para que se acomodase y este lo aceptó de buen grado. Ayose se recogía más serio que otros días, solemne quizá, le pareció al genovés.

—*Ahul, fell awen altahay.*

Era la primera vez que lo calificaba de esa forma: *guerrero*, juzgó entre esas palabras de bienvenida. Algo parecía haber cambiado. Ofreció enfático un cuerno con un brebaje, era *chacerquén* —licor de mocán para degustar con moderación en ocasiones especiales—. Aquel detalle hizo pensar a Di Giute que ese encuentro podría tratarse de algo trascendente.

—¡*Tidusín altahay*! —exclamó Ayose al ofrecérselo en sus manos con ceremonia.

—¡Salud! —contestó igualmente Di Giute en su lengua, alzando el cuerno en gesto de ofrecer ese trago al rey con respeto.

Comenzaron esa última conversación entendiéndose en la lengua de los mahoh.

—¿Por qué no has escapado para volver con tu gente?

Ayose cargó directo, sin tapujos ni ceremonias.

—Respetable, allí… —Dirigió el cuerno al norte—: Nadie me espera. Aquí vida buena para mí. Yo perdido antes, ahora no. Aquí sentir fuerte corazón —se intentaba explicar.

—Te queda vida, Giute, los dioses te llevan y traen.

Di Giute inspiró sin más remedio que confesar un profundo presentimiento que pesaba en él.

—Honorable siento gran pena; mi vida y la suya cambiará, y en poco tiempo. Difícil será para todos. —Se incluía él mismo a esas alturas como parte de ellos—: Nada ser igual a hoy el día de mañana.

Ayose lo escuchaba reflexivo, intentando comprender del todo lo que ese mensaje podría contener de importancia para el futuro de su pueblo. Palabras que por el tono y la transparente mirada de Di Giute, reconocía como veraces informaciones de un hermano preocupado por el otro.

—Vendrán muchos… No serán de iguales maneras a las mías.

—Los arrojaremos de nuevo al mar en dirección a la que vinieron —objetó el rey del sur henchido en su particular orgullo de fiero guerrero.

—Respetable, resistido un tiempo… Vendrán más. Muchos… Muchos más que personas, cabras u ovejas de su reino, serán plaga. Vendrán a quedarse por siempre. Sus reyes serán los reyes de Erbania y no vendrán con alianzas, sino con imposiciones.

Ayose quedó pensativo por unos instantes, refugiando su mirada en las llamas del fuego que estaba encendido frente a él. Al poco recusó, manteniéndose en su sosegado temperamento.

—Yo tan solo soy un rey y haré lo que mi espíritu me guie respecto a lo que dicten los dioses para el bien de mi pueblo. No quiero infectar sus corazones con miedo. Estoy preparado para lo que los dioses nos decidan enviar. Sí, yo presagio el fin de esta era conocida y el principio de una nueva diferente. Si vienen tantos invasores como dices… Tan llenos de arrogancia…

»Querrán nuestro ganado, necesitarán nuestras montañas, nuestras aguas para beber, nuestros leños para calentar sus hogares o asar sus comidas… Con los árboles querrán construir sus casas flotantes y poblados. La Madre Tierra se quedará sin nada que darnos en poco tiempo. Erbania sin árboles, sin árboles no habrá pájaros y, sin pájaros… Las plagas de insectos traerán enfermedades. Antes que nuestros hijos, o los hijos de nuestros hijos puedan crecer, la diosa Chaxiraxi habrá enfermado.

Terminó Ayose su augurio imponiendo el puño en el pecho y abriendo la palma hacia los dioses.

Di Giute sentía enormemente haberle vaticinado ese oscuro futuro. Ayose no se lo merecía, pero era el momento. Había preferido no tratar el asunto de lleno en los anteriores encuentros, pero sí advirtiéndolo en pinceladas de desprendidos comentarios. Posiblemente ninguno de los dos se sentía preparado para semejante baño de realidad. El rey ya se lo imaginaba y eso le significaba como un líder inteligente provisto de gran prudencia. No necesitaba a Di Giute para saber lo que podría comenzar a sucederles con la llegada de más invasores.

—Pedir algo quiero, honorable…

Interrumpió así los pensamientos de Ayose.

—Permiso para vivir aquí, entre su pueblo, en Jorós; por el máximo tiempo que pueda.

Asintió al escucharlo sin más, refrendando esa petición con un breve y conciso así será, recibiéndolo el genovés con gusto.

—El tiempo que has estado con mi pueblo te has comportado con respeto llevado por tu buen hacer y compartiendo tus artes con todos. Tu presencia aquí es grata. Ya conoces nuestras costumbres y sabes que los jóvenes no alcanzan la hombría hasta saber qué es el respeto. Un respeto por la Tamusni, familia, ancianos, animales, nuestros dioses y la propia naturaleza que pisamos. El respeto es la base de nuestras tradiciones.

Di Giute sancionaba prudentemente escuchando sus palabras.

—Tengo un presente para ti. Ha llegado el momento.

El rey se acercó con los brazos una piel de cabra entre ellos dos, un bulto que no había pasado desapercibido desde que llegó Di Giute. La descubrió lentamente dejando ver su propia espada y la ballesta —con las que fue capturado—, deslizando ceremonial esos objetos, a modo de obsequio para Di Giute. Artilugios desconocidos para ese rey antes de la llegada de los invasores.

—Son tus armas, guerrero. No hay nadie más aventajado en su manejo. Estarán mejor en tus manos que en las de cualquier otro —compartió regalándole una sonrisa—. Solo te pido una cosa. Que estas armas no se vuelvan contra mi pueblo.

—No será así, honorable Ayose —contestó afanoso y henchido de orgullo por el honor recibido.

De su costado, girando el cuerpo sentado en la misma posición, tomó más objetos: un par del mejor calzado de los mahoh y un tamarco de piel en tonos pardos confeccionado a su medida y cosido fuertemente con nervios templados a fuego, así se lo iba describiendo Ayose; además de un recio cuchillo de piedra obsidiana que le entregó ceremonioso descansado sobre sus dos manos.

—Se ha hecho para ti, guerrero —dijo.

Di Giute estaba más que sorprendido, abrumado con esos presentes en su honor, agradeciéndolos de corazón en el obrar de su presencia. No le dio tiempo a tomarlos en sus manos para sentir su tacto, cuando lo vio realizar una señal a dos mujeres que aguardaban calladas. Estas descubrieron otro bulto de piel de mayor volumen, en el que Di Giute pudo observar numerosas armas cristianas amontonadas, algunas reconocibles y a las que ponía rostros que ya no estaban. Eran de los soldados que mataron en aquella playa donde los abandonaron los suyos a su suerte. Que en paz descansen, recapacitó en un soplo de justicia por estar allí y no enterrado. No podían provenir de otro sitio.

—Giute —lo nombró de nuevo—, agradecido estaría que seleccionases a los mejores de mis guerreros, les entregues estas armas y los enseñes a manejarse con ellas.

—Así lo haré, respetable, sin duda.

Aceptó este sin dilación, viéndose en una obligación para con él y ese pueblo que lo había acogido con amabilidad, tanta como nunca había conocido, tanta como creía no merecerse.

Aquellas mujeres que se habían acercado hasta ellos, empezaron a desvestirlos. Di Giute se dejó, sin realizar ningún movimiento que no fuese ejecutado por ellas. Desnudo del todo y más ante mujeres jóvenes, sintió incomodidad por lo que pudiese suceder con su sexo. Sin embargo, de unos recipientes de barro reposando sobre las esterillas de palma, comenzaron a ungirlos con sus manos en esa fina capa de arcilla roja característica de sus guerreros. El genovés se había ganado el respeto de su pueblo y algo más: se había ganado el honor de ser convertido en un altahay, en esa noche cargada de misticismo.

—Toma tu espada y acompáñame —indicó el rey.

Hachones de fuego, silencio, formalidad. Lejos de lo que podría haber imaginado el genovés, todos los miembros del poblado aguardaban en pie en el exterior, demostrando de esa manera su acato a esa ceremonia única de conversión a guerrero que hacían en su honor. Ayose se mezcló entre los altahay seguido de Di Giute caminando en dirección a la salida del poblado, perdiéndose estos guerreros veloces ante la mirada del resto, a la carrera. Con sus antorchas como luciérnagas centelleantes bajo la luz de la luna se encaminaron hacia la cumbre más alta de la cordillera.

A la mañana siguiente contemplaba el amanecer solo en la inabarcable playa de barlovento. La ceremonia había concluido sintiendo con ello un nuevo comienzo, presa de gran excitación pese a la vigilia de toda esa noche de rituales y dolor físico. Disfrutaba de esa nueva condición y de esa experiencia que guardaría por siempre. Se despojó de pieles, colocó sus armas sobre ellas y desnudo se sumergió en las bravas aguas del mar Océano. Como si de otro ritual se tratase dejaron al poco su piel limpia de aquel ungüento arcilloso que había aguantado milagrosamente las sudoraciones de toda una noche activo.

Pese al cielo plomizo de esa mañana, no sentía frío; su cuerpo desprendía un calor especial, se sentía vivo.

Al salir del agua notó la agradable sensación de los primeros rayos de sol atemperando su piel. Se recostó en la arena perdiendo la mirada en el horizonte. Cerrados sus ojos de cara al incipiente calor de un sol que brotaba de entre las nubes, suspiró pagado por esa serenidad: quizá era lo ocurrido, el lugar o el descansar desnudo bañado de sol en esa maravillosa playa de arenas doradas y aguas claras, en tonos diferentes conformes al astro solar ascendiendo sobre ellas. Le daba lo mismo mientras permaneciese en ese maravilloso estado inundado de una sensación de paz nunca experimentada. No albergaba en ese instante ni miedo ni sufrimiento en su interior.

Caminando por la orilla en la distancia, identificaba una silueta femenina de largos cabellos mecidos por la brisa marina. Di Giute perdió nuevamente la mirada observando la belleza que surgía de la Madre Tierra en la sutil perfección de la creación: indomables olas rompiendo en la costa, las lejanas nubes flotando en el aire, el océano, no había más.

Notó esa presencia tras él, sus afectuosas manos comenzaron a acariciarle los cabellos rubios suavemente con movimientos circulares. Aquello lo hacía estremecer de placer erizándosele los vellos de todo el cuerpo por oleadas sensitivas que lo recorrían. Alzaba la cabeza ligeramente para facilitar los movimientos de esos delicados dedos que se removían entre su cabellera. Permanecía con los ojos cerrados, en esa postura en que el sol atemperaba y cegaba a la vez.

Sin saber la razón, oscuros pensamientos comenzaron a llegarle en ese momento. Pensamientos semejantes a otra vida, una vivida por otro. Pero, irremediablemente, había sido la suya. Negras cargas del pasado lo perseguían, condicionándolo. Tiempos de los que huía. Afloraban recuerdos de una vida en la que llegó a ser feliz junto a su esposa e hijos, viviendo en una aldea cercana al mar en tierras genovesas sirviendo a su señor honradamente. Estaba reviviendo algo extraño, una sensación que no era nueva para él, que sentía como si ya la hubiese vivido.

Sí, eso es, se intentaba confirmar. En lengua francesa había una palabra que describía aquello: *deja-vú*. Allí, en esa playa y bajo las caricias de aquella mujer, recordaba con melancolía y cierta tristeza las mismas caricias que antaño le hiciera su esposa. Resurgía una pesadilla que lo atormentaba desde que perdió la mano en África: revivía la sensación de vacío y odio con la que había convivido los últimos años, surgida desde que la peste se los llevó de su lado en cuestión de días. En esta se le aparecían los delicados rostros de sus hijos repletos de bubones estremeciéndose de dolor en sus brazos. Recordó cómo quedó frustrado cuando sus plegarias no recibían respuesta e iban muriendo uno tras otro hasta quedarse solo, sin nadie que le aportase amor ni una razón por la que vivir. De tenerlo todo, a no tener nada. Renunciando a Dios en todas sus formas y pagando por ello condena espiritual cautivo por sarracenos.

Tomó aire con energía y ciertamente lo alivió. Cosas de un pasado, se tuvo que recordar.

Allí estaba en aquella costa salvaje propia de la morada de un ángel. Allí solo había paz, y sentía profundamente que ese lugar era especial, reconocible en sueños. Allí había olvidado sus sufrimientos.

Reviviendo ese *deja-vú*, cayó en la cuenta de que el final de aquel sueño, que resurgía una y otra vez, terminaba en una pesadilla en la que las caricias se tornaban desagradables, más bien bruscas. Y, para cuando se daba la vuelta para mirar a esa mujer, aquella elegante silueta femenina ya no estaba. En su lugar un anciano decrépito de mirada infecta de ira lo sonreía mordaz. Era la Muerte.

Tornó su rostro en esa repetida escena para confirmar de dónde venían las caricias y, en lugar de aquel demonio de rostro derruido estaba Daifa, regalándole una de las más bellas sonrisas que recordase.

Giute tiró de ella manso, pero con el ímpetu necesario para que esta cayese sobre su regazo, disfrutando así los dos de lo deseado desde que se conocieron, de su sensualidad, del erotismo de sus sexos dilatados y húmedos en furor y pasión, de sus cuerpos desnudos revestidos de aquella arena en la orilla del mar. Un mar que, asistiéndolos en ese insuperable momento, reposó sereno de pronto, en calma, como queriendo formar parte del acto, de la naturaleza misma.

XX
Traiciones

No muy atrás en el tiempo, isla de Lanzarote.

La navegación de retorno fue complicada para Juan y su *Sans Nom,* que renqueante pagaba las consecuencias de miles de millas navegadas. Con demanda de la costa sureste de Lanzarote, los vientos alisios en inesperadas rachas cruzadas por levante complicaban cualquiera de sus decisiones. Se alternaban sin constancia en sorprendentes sopetones, templando el pulso del piloto gaditano. Un extraño telón climático de tonos canela tendido sobre todo lo que abarcaba la vista, en mixtura de brumas y calima posiblemente, dificultaba enormemente la visibilidad a cierta distancia. Castigo de Dios... Repetía para sí, castigo de Dios... Pilotaba tan mudo como Medio Expósito, protegiendo los chiquillos a un costado de la caña del timón de cualquier canallada que se les pudiese ocurrir a esos gabachos amotinados. Un silencio poco común en ese rudo marinero acostumbrado a votar a Dios más que a mentarlo por sensatez. Vientos por la amura de proa en rachas por estribor pandeaban el trapío excitando jarcias en sonoros latigazos. Incitaban vómitos los golpes de mar que llegaban hasta la cubierta. Juan viraba y viraba en bordadas forzadas tal que si surcase esas aguas con destino al Purgatorio. Castigo de Dios… Se repetía. Ya podrían matarse entre ellos con sus putas madres… Mal augurio, diablos. Pensaba en el abandono a su suerte de algunos de los suyos, vilmente y sin escrúpulos. En la matanza de sus compatriotas cobardemente bajo las garras de unos arrebatados salvajes que brotaron como bestias de los palmerales.

Fondeada la nave al fin en la rada frente al campamento de Rubicón, allí los esperaba al mando el caballero Bertín de Benerval con el resto hombres de ese destacamento. Sin novedad en Lanzarote, iba conociendo las de Fuerteventura con gran sorpresa.

Si bien el motín irritó a Betancourt en un principio porque su mando quedaba en entredicho, durante la navegación de retorno a Lanzarote supo aprovecharlo a su favor. Obtuvo el tiempo necesario para procurar jugar un doble juego —versado profesional instigador de confabulaciones palaciegas—. A los instigadores del motín no les faltaba razón: necesitaban de manera urgente hombres para consolidar la misión e hizo parecer que se ponía de su parte apoyando sus peticiones. Por otro lado, deseaba marcharse cuanto antes de esas islas de Canaria. Así que, para salirse con la suya, utilizó el pretexto de que era importante volver con la intención de informar lo antes posible de los logros en Lanzarote e inconvenientes en la de Fuerteventura al rey Enrique de Castilla.

Con esa idea pactó la liberación del capitán Gadifer y sus hombres de confianza sin represalias e intentó convencer a este de sus propósitos —más particulares que otra cosa—, consiguiéndolo en un principio.

Por ello modificó sus planes decidiendo partir con los amotinados a Sevilla lo antes posible, fingiendo hábilmente estar tragándose el orgullo de barón para salir bien parado en sus intentos particulares. La conquista de Fuerteventura quedaría para más adelante.

Tomó varias decisiones: el capitán Gadifer quedaba al mando en funciones en Rubicón, Bertín de Benerval —en el que tenía depositada su confianza— quedaría bajo las órdenes de Gadifer.

La única nave con la que contaban propiedad del capitán —sin conocer el detalle de haber sido prometida en secreto y por documento oficial en Cádiz a su piloto Juan—, fue reparada con un improvisado calafateo en argamasa de resinas y carbones a golpe de estopa.

Y era así como zarpaba la *Sans Nom* de nuevo, con la bodega cargada de orchilla y cobardes, en ese día del fondeadero de Rubicón hacia tierras castellanas. Con la promesa de que el barón de Betancourt volvería, a no más tardar con refuerzos y bastimentos para continuar la Conquista.

Gadifer de La Salle pese a los firmes recelos hacia su señor por la forma de gobierno, seguía creyendo en la empresa, pero sobre todo en sus hombres. En vista de esos motivos quedó conforme con las órdenes; además, su hijo Haníbal quedaba junto a él. Esa campaña juntos había hecho estrechar unos lazos entre ellos que, hasta ese momento no habían tenido oportunidad de limar.

El respeto mutuo se iba convirtiendo en admiración y cariño en ambas direcciones. Necesitaba apostar firme por esa empresa para asegurarse un buen futuro para él y su linaje en los tiempos venideros en los que él ya no estuviese; dejando un camino despejado con honor, sobre todo para Haníbal.

El capitán deliberaba con juicio que en las otras islas podrían tener el mismo éxito tras la pacífica experiencia en Lanzarote —habiendo sido el caso de Fuerteventura algo puntual en su veterana visión—. El abandono de aquellos hombres era una tragedia vergonzosa en la que había podido perder la vida absurdamente él o su hijo; afortunadamente no fue el caso. No dejaba de ser un capítulo más. Contingencias, eventualidades surgidas en campaña a las que ya estaba hecho.

Pudiera ser posible a la vuelta del barón con refuerzos, comenzar a hacer fortuna rápidamente con la exportación de la orchilla y otros productos en un contacto preciso con los indígenas que, por el momento, se traslucía en la mera curiosidad entre ambas civilizaciones —al menos en Lanzarote—. Por esa razón, confió a Betancourt de manera temeraria el collar de oro obsequiado por el duque de Orleans, para que lo vendiese al llegar a la Península en pos de apostar con todo.

Betancourt, sin revelárselo a nadie, escondió ese collar que valía más que su peso en oro —por las gemas incrustadas tal que trocitos de frutas caramelizadas—, con la intención de llevarlo en secreto hasta Sevilla bajo esos fines pactados; algo que él no hubiera hecho si hubiese estado en el pellejo de Gadifer.

Juan se sentía contrariado, sus planes no estaban saliendo como él pensaba. Betancourt le había prometido la nave al volver de la expedición y esta se alargaba inesperadamente más de lo que esperaba. Tampoco era el momento idóneo, no podían prescindir de la *Sans Nom* en esa precaria situación en la que estaban sumidos y apeló a su responsabilidad con los que dejaba en Lanzarote a la espera de ayuda. El normando estaba cumpliendo lo que en un principio se pactó: no hacer daño a los nativos. Y volvían a Castilla sin esclavos en la bodega, algo que le restaba un peso considerable en su conciencia. Con todo, no perdía nada siendo paciente; consolándose con una reflexión que antes lo ofuscaba: la falta de obligaciones en Cádiz, ni mujer ni hijos. Por lo demás, estaba haciendo lo que más placer le daba: navegar.

Según rezaba la Crónica de la expedición a las islas de Canaria, continuada en esos días por el fraile Jean Le Verrier, habían pasado ya meses de la marcha de Betancourt y permanecían incomunicados por mar en Lanzarote. La moral comenzaba a decaer al faltar productos como vino, harina, grano e incluso calzado. El ambiente se tensaba y enrarecía gradualmente en Rubicón. Eran numerosas las peleas puntuales y aumentaban las tensiones entre los dos bandos surgidos, motivadas esas disputas por el caballero Bertín de Benerval y sus partidarios contrarios a Gadifer. Desde que comenzó la empresa en Francia, en el interior de ese caballero había ido creciendo una soterrada animadversión hacia el capitán de La Salle. Sumada a la combinación de dos circunstancias sobrevenidas posteriormente, provocaron que todo se precipitase confluyendo en un desastre con nefastas consecuencias para todos.

Gadifer, acompañado de media docena de sus hombres, partió a la isla de Lobos con el bote auxiliar de la *Sans Nom* —el único medio de navegación que les habían dejado—. Improvisaron unas velas y con él llegaron a esa pequeña isla rocosa sin contratiempos, para reconocerla, observar la costa de Fuerteventura de cerca y cazar algunos lobos de mar, tal era su misión. Unos días después dio las órdenes para que el bote retornase lleno de carne pieles y grasas de esos lobos de mar para diferentes usos como lamparillas, y volviese a buscarlos. Esa isla carecía de agua dulce. Sin embargo, ese bote no llegaba.

Desde Rubicón fue avistada una nave. Era pirata de origen cristiano bajo el nombre Tajamar, conforme pudieron saber a la postre. Alcanzaba esta las costas de Lanzarote como en otras ocasiones. Aquellos bucaneros, españoles en su mayoría, a puñados de castellanos, aragoneses y prófugos de otros reinos, detectaron la presencia de construcciones a modo de fortín y de soldados de aspecto cristiano y no mahometanos. Tomaron cautela en sus planes de realizar una razia para esclavizar —lo habitual en sus viajes a las de Canaria—. Tras momentos de observación que llevaron al intercambio posterior de señales desde tierra a la nave, Bertín de Benerval contactaba con su capitán —un castellano demasiado joven y correcto para ser bandido de mar—, en una reunión a bordo. Bertín llegó a un acuerdo para que lo sacasen de allí junto al grupo de sus partidarios. A modo de pago le proporcionaría un puñado de indígenas para que después los vendiesen en forma de esclavos en los mercados. Un buen negocio. Y así se llevó a cabo en secreto. Parte de la tripulación de esa nave pirata fueron invitados como huéspedes y desembarcaron en Rubicón. Mientras, Bertín se reunía con Guadarfia —el rey indígena de la isla—, que se había acercado hasta el fortín cristiano desde el norte para conocer la naturaleza de los que venían en ese nuevo barco que sus observadores habían detectado. Bertín mintió, informando a este rey que eran refuerzos castellanos. Sin embargo, para llevar a cabo el plan que había trazado con ese capitán pirata, propuso al rey Guadarfia con la docena de guerreros que lo acompañaban —cifra suficiente para el pirata castellano—, el pasar la noche bajo su protección, y así bien comidos, dormidos y descansados, volver a la Gran Aldea a la mañana del siguiente día. Guadarfia aceptó y con esas prebendas fueron agasajados esa noche. Antes del amanecer fueron rodeados, desarmados y capturados. Guadarfia había sido traicionado en la confianza puesta en esos cristianos. Alguno pudo escapar, incluido el mismo rey Guadarfia. El resto los fueron entregando, maniatados, a esos piratas españoles. Consumando traiciones, Bertín permitió que sus mercenarios y los piratas saquearan el fortín de Rubicón y aldeas nativas cercanas antes de abandonar la isla, llevándose consigo más nativos para vender, provisiones y todas las armas cristianas que encontraron a su paso por un Rubicón en llamas. Esa cadena de traiciones, impropias por parte de un caballero normando, desembocaba en esos instantes en un infame éxtasis a sangre y fuego, en el que se violentaron de manera excesiva mujeres y niñas, incluidas algunas esposas de los partidarios de Gadifer que perecieron al intentar protegerlas.

Las casas prendían a su alrededor con intensidad, el calor abrasaba incluso a distancia y los incendios confluían todos en una gran columna de humo que se podía ver a varias leguas.

Los hermanos franciscanos Le Verrier y Boutier, intentaban llegar hasta Bertín para implorar piedad. Este, flanqueado por los suyos, los observaba altivo con una crueldad reflejada en su mirada inadvertida en él hasta ese día. Cesó la resistencia hacia los que decidieron quedarse —que no había sido poca—, tras matar a los que la exhibieron. Del bando de Bertín hubo quien no participó de esa infame acción por fidelidad a Betancourt o miedo a unas posteriores represalias por aquel delito directo contra la corona de Castilla y la santa madre Iglesia. Soldados y caballeros normandos —como Le Courtois y Umpiérrez—, simplemente observaban, vacíos en sus rostros huesudos, sin mover un solo dedo ante la traición que se les estaba realizando delante de sus propias narices. Una grave felonía a ellos, a su señor, a los indígenas —lo de menos para ellos—, tal que a ese rey de Castilla y a su capitán, al que habían condenado a morir de sed en la isla de Lobos, donde se encontraba aislado y sin forma de volver. El bote iba a ser amarrado en la nave pirata Tajamar como botín, entretanto terminasen de embarcar en esa nave los últimos bastimentos y el puñado de nativos para esclavizar que quedaban en la orilla.

El fraile Boutier deambulaba desquiciado, buscaba desesperadamente a Alfonso —el esclavo bisojo de lenguas de Lanzarote—. Sus emociones hacia él ya convertidas en sentimientos a esas alturas de la relación, eran lo suficientemente fuertes como para arriesgar la vida en su busca. Gritaba su nombre mientras recorría almacenes y viviendas consumiéndose en llamas, vomitando llamaradas, ardiendo y desmoronándose de tal forma que creía estar en el Infierno. Entretanto, se cruzaba con mercenarios ebrios con antorchas encendidas disfrutando de una gratuita espiral de violencia, prendiendo fuego a todo por puro placer. El espeso humo lo envolvía y no le dejaba respirar. Le ardían los pies por las cenizas incandescentes introducidas entre los dedos, abrasándole las sandalias. Vagaba desesperado. Al fin, cegado con lágrimas que enjuagaban sus ya irritados ojos, pudo reconocer su cuerpo.

—¡Alfonso! —este no respondía.

Boutier entró sin pensarlo entre los muros de una casa en parte derrumbada por las llamas y a riesgo de morir entre maderos incandescentes. Aún estaba vivo, inconsciente pero vivo, y el fraile lo asió con fuerza sacándolo fuera del peligro. Su pelo y camisa habían desaparecido casi por completo chamuscados, exhibiendo quemaduras en algunas partes del cuerpo que humeaban en un horrendo tufo a carne de matanza. Boutier, asustado, no quería perderlo. Con todo, sintió el enorme consuelo cuando notó que Alfonso comenzaba a reaccionar a sus palabras. Tosía. El fraile respiró aliviado y lo abrazó fuertemente, convirtiendo en algo más íntimas sus irritantes lágrimas. Escuchó a varios hombres corriendo por los alrededores y acto seguido lo levantó, impulsado de una fuerza excepcional en él, para llevarlo a rastras hasta un lugar seguro hasta que pasase el peligro. Boutier le recomendó que, por el amor de Dios, no se moviese de allí hasta que marchasen aquellos bellacos. Los de Benerval estaban embarcando con ellos a todos los indígenas de cualquier condición con los que se topaban, y él podría llegar a ser uno de ellos.

Inmerso en esa pesadilla de destrucción y recompensado de tener bajo su protección personal la figura de alabastro de la santísima Virgen, Le Verrier buscaba a Isabel. En ese desconcierto, el grito reconocible de una mujer centró su atención. Venía de la nave. Era ella, era Isabel. La habían embarcado a la fuerza. Tiró al suelo la imagen, la cubrió escondiéndola y rápidamente corrió embarcando de un salto en el bote que remaban hacia la Tajamar. Algunos de los tripulantes, soldados con los que había compartido su vida allí antes de amotinarse, se sorprendieron de la presencia del religioso, pero ninguno le dirigió la palabra.

Por entre el caos de la cubierta se abría paso apartando, tropezando con piratas y mercenarios normandos que participaban de aquella rapiña cargados con los objetos robados y dirigiendo esclavos de un lado a otro a golpes, comportándose como indecentes demonios, los demonios de la mar a los que tanto temían los nativos de allí y que con tanta razón así los denominaban. Consiguió llegar hasta Bertín de Benerval que, junto al capitán de esa nave intervenían desde el castillo de popa.

—Mi apreciado Padre… ¿Viene vos con nosotros? —examinó sarcástico Bertín al verlo aparecer.

—¡Caballero Benerval!, os lo ruego… —jadeante— ¡Libertad para Isabel! —exclamó, implorando con el gesto de sus manos.

—¿Qué intenciones tenéis con ella, Padre…? Fraile juguetón… Depravado…

Continuaba satírico y a carcajadas junto al joven capitán pirata, a quien le hizo gracia que pudiera ser verdad tal afirmación sobre el religioso.

Le Verrier intentó relatar la necesidad de esa petición con lo primero que se le ocurrió.

—¡Si quedamos aquí sin lengua, será complicado parlamentar con los salvajes!

Bertín ni lo escuchó, estaba a otras cosas, pero Le Verrier la necesitaba su lado y haría lo que fuese. Asimismo, rogó por la vida de Gadifer y para ello demandó el bote. El capitán pirata —bizarro en carácter—, se interesó por ese tal Gadifer de La Salle del que no sabía nada. Le Verrier narró brevemente la situación desesperada que estaría viviendo aislado y sin agua en la isla de Lobos —señalando hacia ella, a la vista desde la nave—. Como resultado, medió ese capitán inesperadamente con Bertín ya que, pesar de ser marino de bandera negra, no dejaba de ser marino por fortuna, con usanzas y pundonores diferentes a las de ese gabacho de alta alcurnia. Esa peculiar manera de obrar complació al párroco inesperadamente, arañando el momento con soflamas de descargo que tendría para con Dios ese capitán castellano en el valor de esas decisiones tan cristianas.

—Dadle el bote, Benerval… No merece la pena. Dádselo y marchémonos ¡pardiez! —recomendó el bucanero español sin reconocer muy bien en él la naturaleza de ese tipo de reflexiones personales que le ayudaban muchas veces a sobrellevar mejor una profesión de mierda en un mundo de mierda.

Entonces Bertín levantó una ceja en silencio, sopesándolo: estaba bajo el amparo de ese español y no debía de contrariarlo.

—¡Lléveselo! Ya ha escuchado a este capitán… Lárguese… Deje de incordiar, Le Verrier.

El fraile asintió en agradecimiento, no obstante, permaneció sin apartarle la mirada. Bertín se incomodó y cambió la expresión examinándolo detenidamente.

—Fuera de aquí antes de que me arrepienta, maldito fraile.

—Isabel, por el amor de Dios… Deme a Isabel —imploró de nuevo.

—¿Quiere a Isabel, Padre? ¿Quiere a Isabel? ¡Que la traigan!, ¡traed a la esclava de este! —bramó de mala manera a varios acatando esa orden, trayéndola consigo en volandas instantes después.

Isabel venía estremecida intentando tapar sus pechos, posiblemente había sido forzada o violada por lo que dejaba entrever su rostro y el camisón rasgado. Sollozaba entrecortada, dejando sus lágrimas surcos tiznados por las cenizas de Rubicón.

Bertín la trincó de los pelos bruscamente arrebatándosela a los que la traían.

—Así que queréis llevaros a vuestra ramera, ¿no? ¡Pues cogedla! —berreó sin vergüenza ni miramiento, arrojándola por la borda.

Por fortuna emergía su cabeza tras la caída, manteniéndose en la superficie por sí sola. Le Verrier mató con mirada feroz a Bertín, conteniendo unas arrolladoras ganas de lanzarse contra él, de arrancarle los ojos y las orejas a dentelladas; de destriparlo, matarlo… Cabal, desistió a dejarse llevar por su cólera, escupió a sus pies y sin mediar palabra bajó por la escala hasta el bote, espoleó de una patada con asco y sin miramientos a uno de los rebeldes al mar y recogió a Isabel del agua en esos instantes desesperados en los que intentaba mantenerse a flote hundiéndose por el peso de sus ropajes.

Tanta paz lleléis como la que dejáis, malnacidos, se dijo Le Verrier para sus adentros viendo cómo se perdía de vista rumbo al norte aquella nave pirata, bamboleándose en ese bote junto a una desfallecida Isabel derrumbaba a sus pies. La Tajamar hizo honor a su nombre, no solo tajando las aguas del océano por el que navegaba, sino también las vidas de muchos hombres y mujeres en ese día.

En solitario, desde las montañas de los Ajaches, Amuley observaba esa gran columna de humo emergiendo de Rubicón y cómo partía la nave pirata hacia el norte. Escapó de milagro de allí esa misma mañana. Huyó presto en cuanto vio cómo los partidarios de Bertín de Benerval intentaban apresar al rey Guadarfía y a sus altahay. Residía arrepentido de no haberse tirado al mar en Ajuy antes del motín. Se lamentaba por ello enormemente. Los dioses lo ayudaban a mantenerse con vida sin saber sus propósitos aún. El caso es que estaba vivo allí y como telón de fondo tras toda aquella tragedia que se sucedía en Lanzarote, estaba su escalmada isla de Erbania. Allí estaba, repasaba alternando la mirada a leguas de distancia en un día de esos en el que el cielo resplandecía intensamente celeste, despejado de brumas de poniente o de finas arenas de levante. Allí, sentado sobre una roca, con la mirada tendida al sur y rodeado de unas vistas prodigiosas desde ese punto elevado, Amuley observaba cómo el dedo de Achamán arrastraba una solitaria y densa nube blanca ocultando a Magec, en una formidable sombra sobre la tierra que profanaba Rubicón ardiendo. Una mancha oscura como designio divino. Achamán maldecía el lugar deshonrado por cristianos. Negó decepcionado desde donde soñaba estar cuando era un niño con ambiciones de explorar esa isla en la que se encontraba. En la próxima, Amuley, en la próxima… Se prometió.

Hacía días que Gadifer había enviado de vuelta el bote a Rubicón con la premisa de que volviesen con prontitud a recogerlos. Entretanto, abandonado en la isla de Lobos se encontraba en una situación más que desesperada. Varios de sus hombres habían muerto durante el tercer y cuarto día sin agua. Sed y fiebres. Los demás tomaron la opción de beber su propia orina, variando ese vomitivo caldo con la sangre de focas prácticamente coagulada y sin energías para dar caza a más con las que hidratarse. Con tragos de agua de mar se ayudaban, pero enloquecían. Y conseguían escasos remanentes al chupar paños húmedos expuestos al relente de la noche.

El significativo deterioro de sus fuerzas los tenía postrados a la sombra de unas piedras en la costa norte, sin quitar el ojo de Lanzarote, evitando el sol directo para no perder el juicio del todo.

—Ru-bi-cón… ar-de, mi… —balbuceó ininteligible uno de sus hombres, sin apenas fuerzas.

Gadifer alzó la vista y lo confirmó: una gran columna de humo salía del lugar de donde estaba el fortín, envenenando el cielo de tal forma que una enorme sensación de desasosiego les infectó el instante.

Nos han atacado los salvajes de Guadarfía, fue lo primero que se le pasó por una mente perdida de razón y energía, poco más o menos que divagando en un tenue bisbiseo mortecino abriendo en carne viva unos labios resecos en costra por la deshidratación.

Nunca se le hubiese pasado por la cabeza que aquello era el resultado de otra sucia traición de los suyos. Ese humo despejaba las dudas del porqué no volvió de Lanzarote el bote enviado días atrás. Fallándole las fuerzas de los brazos de los que se había valido para incorporarse en ese momento de zozobra apuntando a su ineludible fin, se tumbó de nuevo sin esperanzas por sobrevivir ni un día más. Entreabría los ojos con vértigo en una mirada perdida en las nubes que pasaban sobre él. Alucinaciones. Recordaba a sus padres, su humilde infancia en Thouards, en la región de Poitou. Miraba a su hijo Haníbal allí tendido al igual que él, decepcionado consigo mismo por haberle deparado semejante y deshonroso fin.

¿Padre?, ¿he llevado una vida digna de vos?, sonsacaba a la incorpórea figura de su ascendente que se le manifestaba en esa paranoia en la que residía bajo un cielo azul que nunca había apreciado tan espacioso y difuso.

Su vida había sido dura. Todo lo que tenía le había costado obtenerlo con más esfuerzo que a otros, él era de otra casta, de otra sangre. Sin embargo, la valentía y el arrojo en sus servicios le permitieron puestos de confianza y honores en su brillante carrera militar. Iba a morir como un perro. Había combatido en tantas batallas que apenas podía recordarlas todas. Valientes y oscuros años de mercenario sirviendo al mejor postor. Rostros de muertos lo perseguían incluso en esos momentos. Una vida azarosa que le había llevado a recorrer la cristiandad de cabo a rabo y otros reinos remotos. Lo que habría dado por amor. Desde las campañas en la isla de Rodas, a los duros avances por las heladas tierras de Prusia enfrentándose a los temidos caballeros teutónicos. Los asedios y ocupación del reino de Nápoles; incluidos sus servicios al rey de Jerusalén. Innumerables cicatrices dibujaban su cuerpo perforado por puntas y aceros, y le recordaban las veces que podía haber perdido la vida combatiendo con honor. E iba a morir como un perro, se decía: lo que habría dado por amor.

Una vida dedicada a la guerra y a servir a otros con destacada disciplina y abnegación, e iba a morir como un perro y con el peso de la culpa por arrastrar a su hijo consigo. Sin dignidad, sin poder defenderse en combate, avergonzando su memoria en aquella diminuta isla. Quiso morir en ese instante, pero ni para eso tenía fuerzas. Era la sombra del que fue, reseco pellejo humano. Era cuestión de minutos, quizá una hora no más, el final de los finales. Sin distinguir la realidad del ensueño, iridiscencias y fastuosos colores de ángeles que se mostraban a su alrededor. Lo que habría dado por amor, se repetía, sin sentir ya esas dolorosas punzadas de vientre o el espantoso dolor de cabeza. La muerte le estaba llegando sin dolor mientras las nubes pasaban sobre él y esos ángeles musitaban como si sus oídos fueran acariciados por aterciopeladas palabras. Tranquilo, ya llega, ya está llegando… Ya llega… Tu alma… Tan solo eres un hombre… Descansa… Lo que habrías dado por amor… Están aquí, aquí…

—¡Aquí!… ¡Padre!, ¡aquí…!

—¿Sois vos? —musitó Gadifer ido por completo, echando una mirada a la silueta de ese ángel que se le aparecía.

—Sí, soy yo. Calma —recomendaba Le Verrier mientras le regalaba gotas con un trapo empapado en dulce líquido de vida humedeciendo sus labios.

Bertín de Benerval fue el único instigador de la traición al rey Guadarfia, pero eso los indígenas de Lanzarote no lo supieron y se levantaron en armas contra los cristianos que habían quedado allí desamparados. Habían pasado de ser sus confiados protectores, a deshonestos invasores y enemigos. Semanas después de esa rebelión, en el otoño de 1402, desde la Gran Aldea del rey Zonzamas, Guadarfia organizaba los ataques al fortín de Rubicón.

Gadifer recuperado y de nuevo al mando de la guarnición, defendía la plaza con diligencia apoyado en los soldados que habían decidido quedarse. Fue en aquel entonces imposible convencer al rey de Lanzarote de que acabase con ese violento alzamiento por mucho que lo intentase o por muchos emisarios que enviase para llegar a una paz con ellos. La situación llegó a tornarse más que desesperada para unos cristianos sin provisiones, escasos en dardos para disparar y sin tiempo para reconstruir lo que arrasaron los amotinados de Benerval: descansaban sobre el suelo, sin disponer más que de harapos para vestirse, hambre, cansancio, desesperanza; sintiéndose totalmente indefensos y abandonados en aquellas lejanas partes del Mediodía.

Fue entonces que el capitán Gadifer de La Salle cambió su estrategia iniciando una serie de acciones a la desesperada, decidiendo de esa manera pasar a una encolerizada ofensiva alejada de sus principios caballerescos: tan solo por mera supervivencia. Esos soldados sin nada que perder comenzaron a perpetrar emboscadas, cogiendo por sorpresa a los indígenas, ejecutándolos al paso, sin prisioneros y saqueando ganado y grano. Los encuentros resultaban del todo estremecedores por su crueldad. Esos hombres de armas, curtidos en nutridos combates, no ofrecían ninguna clemencia a esas alturas, cometiendo salvajadas indescriptibles a ojos de cualquier mortal. Ordenadas deliberadamente por Gadifer con el propósito de extender un halo de terror entre la población indígena. Así era la guerra si querían guerra, decía.

Meses antes de lo sucedido en Lanzarote arribaba en Cádiz la *Sans Nom*. Betancourt entonces decidió separarse de los hermanos Brument y los demás amotinados. La excusa esgrimida para marchar sin comprometerse con ellos fue la intención de recorrer el trayecto restante hasta Sevilla cabalgando en corcel de postas para llegar con más prontitud que remontando el río Guadalquivir en la nave —navegación sabida lenta en ausencia de vientos oceánicos—. En cuanto pisó tierra aprovechó para poner en conocimiento de las autoridades de Cádiz aquel motín contra los intereses de Castilla. Sus instigadores e implicados terminaron en las mazmorras reales de dicha ciudad, bajo graves acusaciones de traición a la Corona. Se jugaban el pescuezo a todas luces en ejecución pública, pero eso no era algo que le importase al barón lo más mínimo, ni siquiera por el fiel servicio que durante años le depararon aquellos hombres. El resto de la tripulación —bien poca—, continuaba el viaje hasta Sevilla en la *Sans Nom*, remontando ese río Guadalquivir desde la barra de Sanlúcar de Barrameda.

Juan era un marino con gran experiencia en altamar reconociendo vientos y mareas como ningún otro. Así y todo, navegar por ríos era harina de otro costal, como comprobaba. Parecidas a las navegaciones de cabotaje cercanas a costa, pero con innumerables peligros en forma de obstáculos y bancos de arena, resultaban infinitamente más delicados junto al influjo de la luna, la ausencia de vientos y el corto margen de maniobra. No estaba habituado y la experiencia era vital para todo. Era la primera vez en ese río o cualquier otro; sabía de lo fácil que era colisionar con otra nave o dañar la obra viva del casco. Además, era un río de turbias aguas que sufría las bajadas y subidas de las mareas del mar Océano. Esa navegación requería otro tipo de pericia, por eso decidió quedarse asomado por proa, con buena visibilidad sobre su ancha rivera, y dar desde allí las pertinentes órdenes al timonel: un gascón que decía entender del oficio y que pronto lamentó haberse puesto voluntariamente a los mandos de ese timón, y por supuesto de Juan.

Después de horas río arriba Juan estaba afónico de gritar: *a la port, máis, tribord, mecagoenerdemonio* y otras mil retahílas más de improperios en francés y castellano, inquieto como el que más de toda esa tripulación que lo observaban con ganas de llegar por dejar de escucharlo.

Desconfiado, en no pocas ocasiones se acercaba a popa vociferando al gascón que agarraba la caña del timón como si no hubiese un mañana, habiéndola soltado hacía largo rato de sogas y cuadernales para no perder el tacto del grueso travesaño en esas aguas mansas. El joven —colorado, semejante a una gamba cocida de esas de las que se hartaron en Sanlúcar— sudaba como un pollo maldiciendo a Juan en su lengua franca.

La responsabilidad pesaba a Juan en momentos donde se veía obligado a demostrarla, alterando aún más un carácter de por sí complicado de llevar, sacando de quicio a cualquiera con el que se cruzase. Betancourt había confiado en él el mando de la *Sans Nom* para llegar con ella hasta el puerto de Sevilla. Allí daría salida a la carga de productos de orchilla, pieles y sal de sus bodegas. Con toda esa responsabilidad a sus espaldas, continuaba el griterío al gascón en ese instante para encarar correctamente un recodo. Sin embargo, la *Sans Nom* no variaba el rumbo con la soltura esperada. Tomó apresurado el timón y junto al gascón empujaron la caña con todas sus fuerzas sin ningún éxito, conforme a haberse atollado con lodos del fondo o embrollado en alguna estacha arrastrada por la corriente.

De repente todo retumbó escuchándose un alarmante crujido, como si un enorme monstruo marino arañase con ganas el casco. Un estruendo fue seguido de una sorpresiva sacudida de la caña del timón, tan brusca que proyectó al gascón contra un mamparo. Juan subió a la velocidad del rayo al castillo de popa, pudiendo observar cómo a la deriva acortaban distancia con la orilla de estribor. Otra violenta sacudida frenó la nave en seco.

Sucedía la más terrible de las situaciones para un marino. Encallados, Juan maldecía lo indecible entretanto cundía el caos en cubierta. El fuerte golpe había provocado numerosos contusionados, un par cayeron por la borda y a otros se les veía arrojándose por esta y nadando hasta la cercana orilla. Su estimada *Sans Nom* se escoraba haciendo aguas, tanto que se hundía. Sí, se hundía en esas turbias aguas ocres para mayor desgracia de Juan. El gaditano —llevado por una irrefrenable ansiedad— se refugió en la cámara del capitán, no había lagrimas para sí, enfurecido más que apenado. Todo alrededor se movía y su mundo se hundía tal que su nave. Los objetos del interior iban cambiando de posición poco a poco cayendo o escorándose por la inclinación del casco. Juan, colérico, veía cómo su barco, la *Sans Nom* —la que le habían prometido—, se partía irremisiblemente como sus sueños. Un esperado porvenir se le esfumaba bajo unos pies descalzos. Golpeaba maderos haciendo sangrar sus puños, destruyendo todo lo que tenía a mano arrastrado por la rabia. Rompió ventanucos con taburetes, tumbó de un puntapié la austera mesa presidiendo la cámara. Lo estaba destrozando todo hasta que tropezó cayéndose sobre aquellas tablas que crepitaban como nunca en esfuerzos de no partirse. En ese entonces, propinó una última y exasperada patada al banco bajo el ventanal de popa atravesándolo con el pie, colándosele la pierna hasta la rodilla y quedando trabada sin poder sacarla. A cuarenta y cinco grados de inclinación o más, calculó, el agua salobre de ese río entraba ya por uno de los ventanucos. En un último esfuerzo y cagándose en la puta madre que lo parió, pudo sacar la pierna lastimándose con algunas astillas. En ese proceso de desconcierto debía de ir pensando en arrojarse para no hundirse con su barco, pero observó que, entre los listones astillados del boquete abierto en ese arrebato, se mostraba un cofre oculto. Lo extrajo y con sus manos convulsas lo abrió, intentando mantenerse retenido para no rodar, haciendo palanca con su cuerpo —trasero y pies— entre los mamparos.

Cuando descubrió lo que había en el interior se le tornó el semblante. Entre un puñado de monedas de oro y algunos anillos tan brillantes como su lucidez en esos instantes, se encontraba un grueso collar de alguna orden de caballería o algo parecido, que pesaba más de dos marcos en oro, sin hablar del valor que pudiesen tener sus gemas incrustadas. Juan apretó el cofre contra su pecho y el bosquejo de una astuta sonrisa de perro viejo se le dibujó en el rostro. Resopló aliviando su congestión, poseído por una enorme sensación de alivio. La suerte lo acompañaba en la desdicha.

El hundimiento de la nave *Sans Nom* quedó confirmada por los lugareños de la rivera, que estuvieron secando pieles de foca todo ese mes en sus casas.

Aquel suceso no trastocó lo más mínimo los particulares planes de Jean IV de Betancourt: al poco de aparecer por Sevilla fue nombrado Señor de las Islas de Canaria por el rey Enrique III de Castilla, satisfecho por su labor pacifica inicial narrada en la conquista en Lancerotte. En esos días la isla castellana se comenzaría a denominar en los mapas como Lanzarote, reino de Castilla.

Fueron pasando las semanas una tras otra, gozando de aquella Sevilla que ya veía con otros ojos. De ser un desconocido en esas tierras, comenzó a ser reconocido como un valeroso y sagaz conquistador, degustando las mieles de esa corte y sin ninguna prisa por volver con sus hombres a Lanzarote. Una época dorada y codiciada, semejante a la que nunca hubiera soñado, deleitándose cuanto más de ese reciente título de virrey de las de Canaria.

Una noticia truncó su cómoda estancia. Esta llegó como si de un jarro de agua fría se tratase: el tripulante de una nave de dudosa reputación confesó a las autoridades que venían cargados de salvajes canarios ocultos para vender como esclavos en la Península. Interrogándolo, declaró que era un traidor arrepentido buscando clemencia, que se aventuró en ese barco pirata de capitán castellano, junto con otros normandos huidos de Lanzarote como él, con el fin de sobrevivir. Sollozando y solicitando su perdón, relató la destrucción de Rubicón —ya plaza castellana— y que el instigador de esa traición llamado Bertín de Benerval iba en esa nave llamada Tajamar embarcado. Que habían hecho puerto en Cádiz porque rumbo a Valencia un temporal les hizo rectificar buscando refugio.

Nadie en Castilla tenía noticias de esa posterior traición cometida y por supuesto, de nada sabían de las hostilidades que se estaban sucediendo en Lanzarote tras el levantamiento de Guadarfia.

Curiosamente, las reales mazmorras de Cádiz se estaban llenando una vez más de hombres que provenían de aquella expedición inicial a las Afortunadas. Con todo, las ventajosas referencias de estar ampliando territorios del reino en ultramar arropaban muy por encima la naturaleza de esos arrestos de los que poca gente se enteró. La carga completa, lo incautado del pillaje en Rubicón de la Tajamar tras el chivatazo y detención de todos sus tripulantes, fue entregada por las autoridades al mismo barón. Betancourt, ante el problema de qué hacer con los nativos capturados que aún estaban en sus bodegas, tomó la decisión de venderlos en negro a un barco que se dirigía a la Corona de Aragón. De esa manera sorteaba las premisas de protección del rey Enrique III dictaminadas para los canarios que abrazasen la verdadera fe. En su posible defensa, por si salía a la luz ese sucio negocio, Betancourt aludiría que eran aún salvajes sin bautismo.

La traición de Benerval: bajo ese título nombraron ese infame capítulo a la postre en su Crónica los frailes Le Verrier y Boutier, con todo lo que conllevó la tercera traición de esa expedición: la primera antes de partir, la segunda en aquella playa negra de Fuerteventura y la tercera en Rubicón.

Betancourt fue llamado a cuentas por Enrique III y este en su defensa y como señor virrey de las islas, pidió la cabeza de Bertín.

El rey Enrique se mostraba más preocupado que Betancourt por la precaria situación que podrían estar viviendo los hombres de Gadifer en Lanzarote. Impresión personal confesada en privado a su consejero don Lorenzo Suárez de Figueroa, maestre de la Orden de Santiago, teniendo en cuenta que desconocía el conflicto surgido posteriormente y que sufrían allí en esos días con el levantamiento indígena. Tan solo por lo que conocían, Castilla decretó una partida de refuerzos para continuar con la conquista de las islas y con ello mejorar las condiciones del destacamento capitaneado por de La Salle.

Por ello, decretó con apremio el destinar ayuda urgente en forma de una barcaza con refuerzos castellanos destino a Lanzarote y cumplió la promesa hecha en su primera audiencia, recompensando con el total de los veinte mil maravedíes cuando hiciesen de esas tierras Castilla, tal y como parecían haber hecho en Lanzarote. Ninguno de esos maravedíes otorgados por el rey llegó a ser invertida en las islas tras recibirlos el barón, quien envió esas ganancias a Normandía para devolver el préstamo realizado por su primo tiempo atrás para esa expedición.

La ayuda partió del puerto de Sevilla en menos de una semana, cargada hasta las tachas de municiones de boca tales como sacos de harina, toneles de salazones y ahumados, carnes secas, gallinas y cerdos. También portaba otros útiles de importancia de los que sabían que carecían en la isla como botas, cuerdas de ballesta, dardos, herramientas, aperos, ropas y fundas de jergones, además de pólvora y un par de modernas piezas de artillería ligera con su munición correspondiente, entre un centenar de hombres de armas y peones pertenecientes a las milicias del Concejo de Sevilla.

Las brutales hostilidades que se prolongaban en esos días entre los de Gadifer y Guadarfia, no solo dejaban tras de sí un sinsentido de desolación en forma de muertos y heridos: se complicaban con una hambruna que conllevó enfermedades. Los frailes normandos hacían todo lo que estaba en sus manos humanamente para mantener con vida y fe tanto a cristianos como a los pocos enemigos capturados, raza que iba conociendo cada día mejor en sus modos, originales costumbres, chocantes creencias y exótica lengua. Condicionados por la pesada losa de un desánimo tras el alzamiento posterior a la traición de Benerval, intentaban trasmitir la Palabra de Dios a todos ellos en Rubicón. La puesta en práctica de su compasión y labor cristiana fue respetada por el capitán, dejándoles hacer en un compasivo trato hacia los prisioneros, ganándose estos dos religiosos un respeto a su figura por parte de los nativos.

Simultáneamente otra traición se sucedió en Lanzarote. Una que inesperadamente socorrió al destacamento cristiano de manera impensable. El mismísimo rey Guadarfia sufrió en sus carnes lo que le sucedió a ese líder cristiano contra el que combatía. Aquella venía de uno de los suyos, de su misma sangre y raza: de un sobrino llamado Arfe.

Arfe pidió parlamento en Rubicón. Lo que en un principio el capitán identificaba como una embajada de Guadarfia con motivo de una tregua, lo dejó atónito mas desconfiado por lo que entrañaba. Veterano, no pecaba de ignorancia, las verdaderas motivaciones tras esa delegación —según las traducciones que se iban sucediendo en ese encuentro—, revelaban la planificación detallada de una traición entre nativos. Conocía el significado de la palabra felonía en su pellejo, bien presente en la memoria de esa isla de Lobos, en la que casi pierde la vida y la de su hijo. Gadifer lo habría esperado de europeos, pero no entre nativos de conciencias diferentes a las cristianas, individuos que no se dejaban llevar por envidias o soberbias en contra de sus semejantes. El jefe que encabezaba ese grupo de salvajes, llamado Arfe, intentaba pactar una traición hacia su tío: destronar a Guadarfia y terminar así con las hostilidades, eso alegaba en su disculpa. Arfe prometía llegar hasta el final entregándole en persona al rey y así tomar el trono, el mando de sus guerreros y en pos convertirse a la fe cristiana buscando su sometimiento.

Guadarfia fue apresado por los de Arfe y al poco cautivo en Rubicón. Gadifer vislumbraba sus verdaderas intenciones, sabía que no eran más que terminar con los cristianos y tomar el poder absoluto en la isla en su favor. Proclamado rey por poderes de Gadifer, se apresuró en sus planes contra los normandos. Arfe realizó un ataque que pensaba que los cogería por sorpresa. Gadifer estaba preparado, se había adelantado. Entre todo esto Guadarfia consiguió escapar del fortín de Rubicón nuevamente. La noticia de su libertad y de la traición de Arfe cambió la fidelidad de las voluntades de los guerreros nativos. Guadarfia lo capturó. Los altahay recibieron clemencia de Guadarfia, que no quería perder más guerreros, castigando tan solo a su sobrino a ser apedreado y quemado vivo. La amorfa cabeza de Arfe quedó para comida de cuervos y moscas, ensartada en una lanza en el centro de la Gran Aldea.

Dándose por vencidos y en una situación insostenible para ambos bandos, poco después se provocó un armisticio. Rendición para Gadifer.

Sobre unas lomas del interior ambos se reunieron rodeados de sus guerreros en un acto solemne. La valía en combate de ese rey indígena, su palabra, la afrenta de Bertín de Benerval tanto para los cristianos como para su pueblo y el posterior intento de derrocamiento de manos de su sobrino, le habían dado las razones suficientes para combatir, manifestaba Gadifer en una honorable reflexión verbalizada en público, y traducida, reconociéndolo en las justas virtudes de un buen líder. Por ello, el capitán en ese acto merecedor —propio entre caballeros—, condonaría sus acciones de guerra, liberaría a sus prisioneros, permitiría días de recogimiento y rituales paganos para honrar a sus muertos, a cambio de una convivencia pacífica, colaboración y conversión a la verdadera fe de todos los nativos de Lanzarote sin excepción.

Departieron enfáticos, profiriéndose el justo respeto entre hombres aguerridos —cristiano y canario—, tras una contienda iniciada por derecho y honor, que de la misma manera pretendían dar fin. El peso de tantos muertos a sus espaldas motivó esos acuerdos. Guadarfia se hizo cargo irremediablemente de su responsabilidad frente a unos inevitables cambios que se estaban sucediendo y se iban a suceder. Nada sería lo mismo en sus dominios, los aires mudaban para su pueblo tal y como estaba sucediendo. «Adaptarse o muerte», fue la conclusión de su Consejo de Ancianos. Ya había habido demasiadas para ese líder indígena que, pese a experimentar un duro carácter, prefirió lo primero de ese consejo para su pueblo: *adaptarse*.

Y así fue como el postrimero de una ancestral estirpe de reyes, descendiente directo del gran Zonzamas, fue bautizado con el nombre de Luis: Luis de Guadarfia, habitando en los torcidos renglones de la historia venidera, conforme a haber sido el último mencey de Titerogakaet. En pos, sus súbditos pasaron de ser salvajes descreídos de la verdadera fe a cristianos y castellanos, mediante innumerables bautizos formalizados por los dos frailes normandos durante la siguiente primavera y todas las que vinieron después de aquella rendición.

Tras ese optimismo posterior a la paz y los numerosos y enriquecedores bautismos, Le Verrier no encontraba sosiego, algo en su interior clamaba no estar llevando a cabo correctamente su misión. Le rondaba el desconcertante pensamiento de que quizá Dios no quería todo aquello, o sí... Confundido meditaba que un hombre justo como él —a imagen y semejanza de Cristo—, debería perseguir el convencer sin imponer. Esa preocupación lo mantuvo noches en vela sin compartir con el hermano Boutier. Reflexiones demasiado peligrosas quizá para exponerlas en palabras, pudiendo ser tildado de apóstata, tal y como sucedía con *otros* cristianos cuyos anatemas se comenzaban a escuchar. El religioso llegó a una conclusión: que ese camino no era el correcto, que no iba a ceñirse exclusivamente al bautismo para evangelizar a los nativos de aquellas islas. Le surgió una idea tal vez infantil que, sin embargo, sentía como plausible: confeccionaría un evangelio con dibujos para una fácil comprensión para que entendiesen las similares creencias que profesaban y cuál era el verdadero mensaje de Cristo. Así, abrazarían de manera sincera la verdadera fe, convenciendo, y no imponiendo. Creían en un dios supremo y un demonio, tal que los cristianos, pese a que al mismo tiempo adoraban a la luna y a espíritus de la tierra, montañas, y un largo etcétera, pero Dios estaba en todas partes por muchos nombres que le pusieran en sus diferentes formas, meditaba. No eran correctas sus enseñanzas por centenares de años que llevasen practicándolas, viniesen de dónde viniesen, sentenciaba. Si Dios lo ayudaba a continuar por ese camino, lo practicaría en Lanzarote y continuaría con ese método en la de Fuerteventura. Así lo haré, se propuso. Y así lo hizo.

Mucho habían cambiado las cosas desde aquella primera misa en el día que pisó la aldea del rey de Lanzarote por primera vez, rememoraba entristecido el padre Boutier al hermano Le Verrier. Era con lo único que se había expresado en esa tarde. Una reflexión que indudablemente Le Verrier aseveró en gesto resignado mientras escribían, mano a mano, la crónica con la que habían decidido describir su viaje a las Afortunadas: el único documento histórico que quedaría de aquella conquista de la que eran y habían sido actores determinantes.

XXI
Nueva incursión

San Marcial de Rubicón. Lanzarote.

El sentir en Rubicón cambió por completo cuando arribó a sus costas una barcaza de bandera castellana. Recia, de un puente en el castillete de popa, un mástil y dos piezas de antena de vela cuadrada. Demasiado ligera para largas travesías como les habría sido esa desde la Península.

Eran recibidos entre llantos pueriles venidos de hombres rudos. Arrodillados en la arena de esa playa volvían a confiar al ver sus oraciones atendidas. Su llegada fue un verdadero alivio a la desesperanza, refrescando con esperados bastimentos a las tropas normandas prácticamente desgastadas.

Los soldados sevillanos quedaron al mando del capitán Gadifer, siendo la sorpresa de esos recién llegados mayúscula al encontrarse de bruces con las secuelas de una inesperada guerra con sus nativos de la que nadie había tenido conocimiento en Castilla.

El maestre de aquella barcaza castellana enviada a Lanzarote entregaba una valija lacrada. Noticias para Gadifer en legajos que venían de puño y letra de la corte de Castilla y de Betancourt. Con respeto, el normando los hojeó breve para dedicar su atención al maestre en ese cordial encuentro de bienvenida. Para satisfacción del capitán, el maestre relataba con detalles el destino de los participantes de los dos motines ocurridos en esas partes del Mediodía: el de la *Sans Nom* primero y el de la Tajamar posteriormente. Agrio al conocer en pos la pérdida de su nave en el río Guadalquivir, especuló sobre el paradero de su preciado collar de oro, dándolo por perdido cualquiera que hubiese sido su destino. Matizaba el castellano que muchos ya estarían colgados por traición a la Corona en ese día que se lo relataba. Sufrido de asistir a las vergüenzas de los que rodeaban a su apreciado rey, el reservado castellano prosiguiendo en ese orden de cosas advirtió —en tono bajo, a sabiendas de a quién prestaba dicha confidencia—, que el barón de Betancourt se encontraba como pez en el agua en la corte castellana, disfrutando algo corrido y despreocupado de su recién estrenado título de virrey de las islas de Canaria: en apariencia, sin muchas intenciones de volver por sus nuevos dominios. Ese maestre no pecaba de ignorancia, habiéndose informado bien de con quién se las iba a gastar allende los mares en esa misión encargada por el mismo rey. Traía sus propias conjeturas de antemano desde Sevilla y comunicaba frente a un capitán normando que acababa de conocer, detalles que no tenía la obligación ni las ordenes de compartir. Opiniones que se hubiese guardado para sí en otras circunstancias. No obstante, el ser testigo de las paupérrimas condiciones de esos normandos al llegar y del talante tan diferente de ese capitán en comparación a su barón —que había conocido en Sevilla—, estimuló sus opiniones por mero pundonor.

—Me comisiono ante vos, capitán, quedo a su servicio para lo que dispongáis. Os encomiendo así la nave de Castilla, quedando con respeto y gusto bajo vuestro mando para lo que estiméis oportuno.

Con esa declaración de intenciones finalizó el encuentro, no sin antes Gadifer estrecharle la mano en agradecimiento a una obediencia no impuesta.

Mediante su carta lacrada, el barón confirmaba a Gadifer las informaciones del maestre castellano; de ese reciente título con el que el rey le había condescendido —a él en exclusiva—. En esa misiva no se nombraba al capitán para ningún cargo ni retribución especial por sus servicios. Le comunicaba al mismo tiempo que confiaba en su mando, que el retorno a las islas se retrasaría por diversos compromisos propios del nuevo cargo con el que había sido designado, unos que no eran *de la incumbencia de su merced* —esa coletilla le comprimió la boca del estómago—. Su infame voz se podía escuchar claramente desde esas palabras en tinta.

Además de informaciones y órdenes, esa epístola contenía entre líneas una enorme dosis de arrogancia dimanada de sus complejos. Gadifer estaba llevando a cabo un esfuerzo mayor que el suyo desde el inicio y le corroía la idea de que se pudiese llevar con él la gloria de la Conquista, algo que creía que debía de corresponderle solo a él como barón. Tan básico como el funcionamiento de una espada, opinaba sobre Betancourt. El capitán era de casta y cuna inferior, pero más hombre y caballero para tormento de este. El barón tomaba precauciones para que la popularidad o esa gloria de la que gozaba el buen capitán quedase en esas islas sin llegar a Castilla. Injusto a todas luces, no más que lo de siempre, sentenciaba.

Como buen militar asumía su posición. Poseedor de honrosas virtudes como caballero por entre sus venas, como hacer valer su firmeza y saber sufrir las necesidades, entre otras. Unas honras a las que su barón ni se acercaba ni enorgullecería jamás de haber disfrutado. No obstante, esperaba contribuciones a sus gastos, evidentemente, por las penalidades en los servicios desempeñados en esa expedición, que quizá pudiesen venir de manos de ese rey de Castilla a la postre. La indiferencia por parte del barón había conseguido mellarlo irreparablemente, pero no le quedaba otra en su hacer que disimular la desazón en ese día de euforia para los demás con la llegada de refuerzos. Sin lugar a duda su dignidad y orgullo del todo se veían tocados hondamente por esas noticias. A la vez, se amartillaba con la imagen que estaría transmitiendo de él en esa corte de Castilla, en la que sus dotes de acuerdo con lo militar no serían reconocidas.

Evaluó como estratega su situación, la de la recién pacificada Lanzarote y la de esa expedición ora en sus manos. Sí, en sus manos. Esa última reflexión le provocó un cambio repentino en el sentir, brotándole una original expresión de engreimiento en una mirada sagaz con la que se comía el horizonte de la lejana Fuerteventura descifrando intenciones.

Obligado por la honra y ante la semejante conducta de su socio y señor, no esperaría órdenes, ni siquiera a su llegada para partir de Lanzarote; para emprender la exploración de otras islas con total libertad, sin señores que le ordenasen el cómo hacer su trabajo. Increíblemente, aquellas agrias noticias se diluían en la lejanía. Se sentía profundamente liberado, decidido a realizar lo que le más le apasionaba: desempeñar su vocación y cargo como capitán y caballero de una gesta única hasta que el destino lo interrumpiese.

En lo más alto del palo mayor sobre la cola del vigía ondeaba el pendón rojiblanco del rey Enrique —únicamente el de Castilla y no el de la casa Betancourt—. Ancla echada, velas arriadas, tan solo la arboladura se recogía en su perfil. La barcaza castellana había fondeado de nuevo en la ya conocida rada de Los Muertos, ayudándose de los remos de que disponía a diferencia de otras naves. Barcaza maniobrable y polivalente hasta cierto punto. La hueste expedicionaria castellana compuesta por oficiales, hombres de armas, sargentos, peones arqueros, ballesteros y lanceros, junto a mercenarios normandos, desembarcaban ordenadamente en el mismo lugar de donde huyeron de esa isla meses atrás. Cicatrices de batallas ajenas al reino de Francia se mostraban en rostros de largas barbas o mostachos, en los sufridos rostros aceitunados de esos nuevos hombres bajo su mando. Gadifer parecía resarcirse.

Le Verrier desembarcaba de la misma manera en esa playa con una sensación de zozobra. Ni un solo día había dejado de acordarse de su apreciado amigo Di Giute y de cómo fue abandonado a su suerte, abatido poco después por los nativos salvajes en esa misma arena que pisaba con sus sandalias. Las mareas y el tiempo habían engullido cuerpos y sangre, pensaba. Que en Tu Gloria esté, oró. Lo apreciaba, respetaba y había querido como hermano elegido. Facilitó su vuelta a la vida en África y el Señor se la había arrebatado después, delante de sus narices. Tus caminos Señor… Meditó pisando aquella playa negra acompañándose de Isabel y de los dos Expósitos como mochileros.

Amuley permanecía en la nave observando el desembarco, pues quedaba como intérprete de reserva. Gadifer no se fiaba de sus intenciones, relegándolo a un segundo plano en esas operaciones.

Una vez aseguraron la zona, las fuerzas cristianas comenzaron a avanzar en bloque siguiendo ese cauce que se iniciaba frente a ellos, perdiéndose pronto en la espesura de un interminable palmeral. Con decisión y oportunidad, avanzaban cautos en formación de columna apoyada por los flancos —como los manuales y artes de guerra civilizada dictaban—. A Gadifer se le veía confiado, seguro; pese a no haber compartido campañas con castellanos, estaba al tanto de que su infantería destacaba entre la de los ejércitos europeos. Al mismo tiempo y en ese día, llevaba los hombres suficientes para responder con contundencia en el caso de tener que hacerlo. El objetivo en esa incursión era marchar hacia aquel valle de tarajales donde dieron con el nacimiento del río Palmas en la anterior exploración. Un paraje estratégicamente idóneo para fortificarse en el centro de la isla, elevado y con agua dulce.

Llegaron al conocido barranco encajonado por peñas al que llamaron Malpaso. Reconoció el lugar donde murió la joven indígena, sus cascadas, una zona comprometida en la que esa columna de hombres pasaba a ser vulnerable ante un ataque. Gadifer pensó en dividir la fuerza y enviar parte de ella por los flancos

—por encima de esas escarpadas montañas que los rodeaban—. Decidió no hacerlo, no quería fraccionar de esa manera a sus fuerzas. Una decisión que podría llegar a pasarle factura y que tomó con todo el peso del mando a sus espaldas.

La marcha de la columna de soldados se ralentizaba por el estrecho paso de ese río de continuo caudal a la altura de las rodillas, que vadeaban intentando mantener el equilibrio sobre cantos resbaladizos. Mientras tanto Gadifer, un distante Le Courtois y otros veteranos no apartaban la vista de las cumbres, sin observar en un principio movimientos extraños sobre sus cabezas.

—¡Deprisa, caballeros!

Arengaba sin ordenar Haníbal, con el fin de acelerar el paso y sin ver el momento de salir de esa zona de muerte en caso de emboscada. Algunos resbalaban.

El estruendo resonó como si de un terremoto se tratase. Una enorme roca cayó cercana. Todo quedó en silencio. No era un desprendimiento. Enmudecidos valoraban daños y la situación a la espera de órdenes con las miradas tiesas y alzadas. Se advirtieron más cascotes estrellándose cercanos, algunos fragmentos los alcanzaron en forma de metralla. De repente comenzaron a correr en desbandada, viéndose bajo el diluvio de numerosas rocas cayéndoles encima irremisiblemente.

—¡Emboscada! —se escuchó.

Del mismo modo que si el cielo se rompiese letal sobre sus cabezas, eran aplastados dentro de sus corazas conforme a huevos rotos, chascándolos, haciéndolos saltar en pedazos. Hombres que intentaban cubrirse con escudos resultaban fetos de aves amorfas caídas de un nido. Ecos duros, voces ahogadas, gemidos pueriles e impactos brutales enmudecían las órdenes de retirada del capitán. Los que quedaban en pie corrían despavoridos intentando volver sobre sus pasos. Los que atravesaban el río se precipitaban por las cascadas dejándose llevar por la poca corriente.

Le Verrier, atemorizado, contenía con los brazos abiertos a Isabel y a los dos chicos bajo una oquedad del barranco que los resguardaba, sin atreverse a salir de esa protección natural ni para huir junto a los soldados.

El grueso de las fuerzas cristianas consiguió resarcirse pronto de aquella emboscada retornando al palmeral. Gadifer solicitó un recuento de bajas entrecortándose en jadeos, en una mezcla de estupor y furia, y en consecuencia de la extenuante carrera. Nadie llegó a ver al enemigo, tan solo las malditas rocas caer sobre ellos, evaluaban sobre ese ataque que había causado un daño inesperado.

Sin tiempo para recuperar el aliento un castellano cantaba alarma. Simultáneamente, sus corazones acelerados se encogieron de nuevo. Una larga línea de nativos se acercaba al palmeral en el que se habían refugiado sin poder haberse organizado aún en defensiva. Aceleraban el paso acechando peligrosamente y, acto seguido, corriendo hacia ellos clamando iracundos, potentes y con gritos aterradores en su lengua. Ataque frontal, valoró el capitán. Jabalinas y piedras del tamaño de nabos impactaban con acierto en los escudos castellanos. Que Dios nos asista, musitó Gadifer apretando con fuerza la mano en el hombro de su hijo para cruzar entre ellos la que podría llegar a ser su última mirada. Aquella no era una celada a lo loco, aquella tenía aspecto de estar perfilada con estrategia. Los salvajes sabían más del arte de la guerra de lo estimado erróneamente. Deliberaba cómo llevar a cabo una reacción, y no más que a la desesperada, decidió volver a la playa y salir así del embate con las menores bajas posibles. Comenzó a ordenar con ímpetu una desorganizada retirada táctica hacia una ladera cercana del palmeral. Con esto intentaría el repliegue en una formación cerrada hasta llegar a la costa y después se defenderían, vendiendo caras sus vidas hasta subir todos a bordo de la nave castellana, si Dios lo permitía.

Gadifer observaba cómo esos salvajes, teñidos de esa misma cobertura ocre que reconocía sobre su piel, se agrupaban para realizar lanzamientos de piedras y jabalinas en conjunto, dispersándose a continuación para avanzar después en oleadas de movimientos convenientemente ejecutados, como él haría.

Se arremolinaban intentando mantener el tipo agrupándose por entre aquella ladera rocosa sin apenas vegetación a la que llegaban a duras penas. Unos a gatas, otros corriendo y alentando a los rezagados entre diestras saetas de ballestas y arcos como cobertura, abatiendo indígenas. El enemigo de pronto se desplazó hacia su flanco izquierdo, ladera arriba. Inexplicablemente les dejaban libre el paso hacia esa playa que distaba a menos de una legua francesa de camino. El capitán lo vio demasiado fácil para una retirada. Se le pasó por la cabeza que podría ser una estrategia más de los salvajes para terminar con ellos utilizando como zona de muerte el palmeral. No había dispuesto de iniciativa en ninguna fase de ese combate y debía de decidir; estaban, sin lugar a duda, en manos de aquellos salvajes.

—¡Soldados! —vociferó desgañitándose—. ¡Corred agrupados como quien huye del diablo! ¡Que cada uno guarde el pellejo hasta la playa! ¡Allí nos defenderemos! ¡Adelante!

Se le escuchaba en francés y castellano, aventurándose con esa decisión en salvar el mayor número de hombres en ese momento. Un fallo que nunca había ordenado en su carrera: un sálvese quien pueda a todas luces.

Los cristianos a la carrera, encabezados por el mismo capitán, repelían al paso en su retirada pequeñas escaramuzas que les iban realizando esos embravecidos guerreros tintados. Tras una interminable hora llegaron a la playa de Los Muertos donde fueron embarcando descontroladamente, resistiendo a pequeños grupos que perpetuaban ataques por la retaguardia con la única intención de pretender hostigarlos y que así abandonasen su isla lo antes posible, en una clara táctica de esos nativos confirmada a juicio de Gadifer.

La esclava intérprete Isabel, los dos chiquillos castellanos y Le Verrier avanzaban con cautela a su alrededor por entre el barranco de Malpaso, retrasados e indefensos en tierras hostiles tras esa reciente irrupción en sus ánimos. El silencio arrebataba el juicio, un silencio roto por lejanos gritos de nativos y el sonido de las fuertes rachas de viento que, silbando, bajaban por ese estrecho cañón azotando las tupidas matas de juncos y eneas que crecían en las orillas del río Palmas. Avanzaron varios pasos con la única defensa de los cuchillos de monte que portaban valientemente los Expósitos cuando, sigilosos y de entre la maleza, apareció un nutrido grupo de guerreros salvajes tintados en carmesí frente a ellos.

—¡Tranquilos! —chilló el religioso.

Los indígenas arrebataron los cuchillos a los chicos bruscamente.

—Isabel… Diles que no somos soldados, que no tenemos voluntad de violencia.

La esclava, presa del pánico, tradujo entrecortándose con ímpetu. Los indígenas, contrariados de que esa mujer hablase en su lengua, cambiaron el gesto. Uno de ellos ladeó la cabeza en suspenso, no había entendido bien lo que había dicho y la señaló atenazándola si cabía más.

—¡Tú!, repite lo que has dicho, mujer.

Isabel lo volvió a hacer más despacio, trémula, consciente de que algunas palabras podrían ser diferentes entre las dos islas.

—¿Tú por qué conoces la lengua de los mahoh? —inquirió furioso el guerrero, amenazador en ese instante con su garrote.

—Soy de Titerogakaet, guerrero. —Marcó dirección al norte, hacia la cercana isla vecina.

—¡Perra traidora! —escuchó.

El nativo echó un vistazo buscando consentimiento en los demás y bruscamente se abalanzaron sobre ella golpeándola, mientras dos de ellos hicieron los mismo con el párroco. Los Expósitos saltaron a espaldas de esos dos nervudos guerreros que les duplicaban la estatura, mordiendo e intentado meterles los dedos en sus ojos. De improviso, una voz resonó en el barranco y los altahay frenaron en su arranque, deshaciéndose en varios manotazos de los dos chicos afianzados en sus lomos que soltaron un seco alarido al golpearse duramente contra el suelo.

El indígena que lo ordenó comenzó a acercarse a Le Verrier lentamente, mientras el religioso continuaba acurrucado en el suelo protegido el rostro con sus brazos. Ese guerrero dejó caer a los pies del fraile la espada cristiana que portaba y le tendió la mano. Este, apartando las manos del rostro atendía la silueta de ese desconocido en contraluces y claroscuros del interior de ese barranco manteniéndose en el gesto de tenderle la mano. Para su sorpresa, sonreía oculto en ese pigmento bermellón. Recorrió su figura detenidamente depositándola en esa sonrisa mantenida en silencio.

—Amigo Le Verrier, parecéis perdido.

Surgieron esas palabras de improviso y en francés, de boca del indígena; tomándolo del brazo para incorporarlo.

Le Verrier, desconcertado, a su vez se percató de un detalle que había pasado desapercibido en el soplo de adrenalina: le faltaba un brazo.

Guglielmo Di Giute asentía alegre al verlo, mientras que a fraile le costaba profesar lo que a todas luces le era inconcebible.

—¿Di Giute…? ¡Di Giute! —exclamó seguido del eco de ese nombre de origen genovés por entre las paredes graníticas del barranco.

—¡Madre del amor hermoso! ¡Virgen santísima!, pues no será más cierto que los caminos del Señor son inescrutables. Pero ¿qué…?

—Es una larga historia, amigo —Di Giute creó un breve silencio valorando la situación—. Siento deciros,

Padre, que no os da tiempo de llegar al barco y si les cogen otros como estos… —Señaló a los guerreros que lo acompañaban—: Os matarán.

Amuley advertía desde la barcaza castellana cómo volvían a repetirse los idénticos sucesos de meses atrás en aquella playa, en una nave diferente y con soldados castellanos. Observó ese forzado repliegue bajo presión en el que se vieron inmersos. Una espantada como conejos en la que afortunadamente para ellos, habían matado a pocos. Entretanto intentaba no mostrar euforia al ver a los mahoh repeliendo de nuevo otra incursión cristiana. Altahay valientes, se repetía una y otra vez para sí mismo, auxiliando desde la nave castellana a taponar heridas hasta que ya no quedaron más por embarcar.

La playa quedó vacía de vivos y repleta de alaridos en siluetas ocres. Soltaron vergas desplegando velas en expresiones castellanas, tomando inmediatamente rumbo de vuelta a Lanzarote. De nuevo volvían a Rubicón sin logros. Le Courtois tenía aspecto de haber disfrutado, atendiendo en ese instante a la disoluta mirada del capitán Gadifer, en la que adivinaba que ese combate había sido más que una derrota para él.

En esos momentos en los que la afonía de la vergüenza se imponía en la tripulación, un diferente sentir, un instinto primario, retumbaba en el interior de Amuley. Sin poderse apartar del pensamiento la idea de estar tan cerca y no volver, de que antes prefería morir a regresar, de resistirse al sueño de no volver a encontrase frente a Atenery, suspiró su nombre. Todo lo que se sucedía alrededor se minimizó bajo ese eco incesante al mismo compás de su corazón palpitante. La mirada se le perdía en el horizonte escarpado que, como piel desnuda de su Erbania, daba forma al alma de la tierra a la que pertenecía. Él era Erbania. Él era un mahoh. Él era El Libre con Coraje. En el impulso arrollador —a ojos ajenos insensato— de una explosión de intuición, en un acto de corazón, de frenesí clarividente en una ardiente locura que la razón podría apagar, actuó. Miró a su dios Magec que resplandecía brillante y saltó por la borda sin más.

Magullado por los golpes que había recibido, Le Verrier caminaba junto a Di Giute aquellas interminables leguas en ese país desconocido. No hubo lugar a dudas en la decisión de partir con él, no tenían a dónde ir y, en esas tierras dominadas por el enemigo morirían de seguro si no era por esa ayuda que estaban recibiendo. Los Expósitos se expresaban poco, avergonzados de haber sido capturados y de ver a ese genovés admirado disfrazado de salvaje. Era a Isabel a la que esos altahay miraban con algo de inquina.

Atravesaban montañas, playas, incluso la frontera entre los dos reinos de la isla: un largo muro que se perdía en la lejanía tan incomprensible en medio de la nada, que solo podía venir de la mano del hombre. El reino del sur era todo un continente en miniatura, tal y como podía observar el fraile normando comenzando desde aquellas sublimes dunas de una belleza sobrecogedora, flanqueadas por un mar sereno en dulces tonos de vida, en reflejos de esmeralda que se perdían entre un gran azul.

Le relató cómo fue que sobrevivió milagrosamente aquel día a una muerte segura, y sus posteriores e increíbles vivencias en ese poblado indígena del sur al que se dirigían: extraños plazos que Dios le concedía, aseguró Di Giute. Se mostraba convertido en uno de ellos. La historia no tenía desperdicio y Le Verrier escuchaba incrédulo. El preso de un sensato temor e incertidumbre de estar encaminándose a un lugar del todo hereje, por fortuna se atenuaba al verse protegido por su amigo. No le cabía la duda de que todo lo que estaba sucediendo era obra de Dios: predestinación. Ninguna apuesta sublime se conseguía sin esfuerzo ni propósito, dilucidaba.

—¿Corren peligro nuestras vidas?

Di Giute se sonrió sin mirarlo mientras caminaban.

—Confío en el peculiar carácter del rey Ayose. Es un líder inteligente y deseoso de enriquecerse en conocimientos. Creo que no habrá problemas —contestó con cierto alivio para el religioso. Sentenciando a continuación en marcado acento genovés—: Padre, hemos tenido suerte de encontrarnos en el momento justo, mucho me temo que, si hubiese llegado un poco más tarde, tan solo podría haber hallado vuestros cadáveres.

Le Verrier tragó saliva.

—Hemos saldado cuentas, ¿no creéis? —contestó dirigiendo la mirada a su brazo cercenado.

Los dos soltaron una carcajada tras esa incisiva reflexión.

—*Quid pro quo,* Padre —ilustró.

—¡Amén! —concretó Le Verrier.

Le Verrier quiso interesarse por el temperamento de los de ese poblado al que se dirigían, interesado en llevar a cabo con diligencia su labor evangelizadora con el fin de salvarlos abrazando al Altísimo.

—Veamos primero sin no lo ejecutan, Padre. —Acto seguido soltó una sonora carcajada. Le Verrier tropezó y se recuperó al instante asumiendo lo que había sido una broma de Di Giute—: Ellos no necesitan creer, hablan con Dios, sus dioses más bien, a cada momento, en cada acción, en lo que cogen prestado de la tierra que pisan. No necesitan creer en ellos, porque ya los conocen. Yo comparto esos ritos hoy en día con denuedo, vivificándome tanto como a ellos.

—Querido amigo: ¿será cierto que habéis tornado vuestras creencias en estas novedosas vivencias?

Como respuesta Di Giute delineó una mueca a media sonrisa tan tácita como muda. Una sobre la que pesaron insondables incertidumbres para el fraile, en el enigmático silencio que la acompañaba; una que se fusionaba profundamente con el mismo entorno sobrecogedor que recorrían. Percibió entonces un rumor desde sus adentros, una posible presunción no atendida en esa mente suya que consideraba humilde: ¿llevaba un hábito como disfraz? Sintió perder su sombra en ese momento. Algo perturbador lo detuvo atenazado. ¿Podría llegar a perder su fe allí? ¿Tan sólida era? ¿Cuán firmes eran esos cimientos en los que sostenía su existencia? ¿Ese nuevo mundo era tan diferente que quizá fuera el real y el suyo un teatro? ¿Que esa Europa cristiana y moderna de la que venía a dar ejemplo, no era más que un producto del hombre y no de Dios? ¿Que esas tierras del Mediodía pobladas de salvajes pudieran ser lo más parecido a las descritas en la Sagradas Escrituras? ¿Que la verdadera fe pudiera ser encontrada bajo cada piedra y no bajo techos de iglesias? ¿Que fuese una fe creada por el hombre, adaptada al hombre, por y para el hombre en nombre de Dios y no a través de Él?

—Di Giute, respondió, *per piacere*.

El genovés, en el aplomo de una infalible certidumbre en sus palabras reflejada en esa bondadosa sonrisa, atendió ese rostro repentinamente pálido de su amigo, reconociendo más que de sobra sus miedos en la personalidad del religioso. Podía leerle los pensamientos tras tantos momentos compartidos.

—Padre, algo me ha sucedido en estas tierras.

Le Verrier fruncía el ceño en angustia de lo siguiente que escuchase.

—Aquí han respetado mi vida y usanzas, permitiéndome mestizarlas con las suyas. Me han enseñado a descubrirlo en todas las cosas —refiriéndose a Dios—; bajo cada hoja o corazón, en el arrebol previo al crepúsculo, en los vientos y tempestades. Ya no siento temor a Dios, Padre… Creía en Él, ahora lo conozco.

Como si de esa manera se protegiese del contagio de ser infectarlo de verdades incomodas, Le Verrier se persigno en un gesto más íntimo que compartido.

—No os espantéis estimado amigo, os digo que no creo porque, al igual que ellos, no necesitan su bendición: simplemente asumen sus providencias en original convicción. No hay ese temor a Dios que adolecemos los cristianos en nuestros corazones porque ellos lo conocen. Lo llevan en su naturaleza y no en su razón. Yo he conocido a Dios, Padre… Y lo he conocido con franqueza al lado de estos a los que osamos a llamar salvajes. Dudaba incluso de si disponían de alma como la nuestra. Por eso ya no necesito creer en Dios, no por paganismo, amigo Le Verrier, sino porque ya puedo decir que lo conozco. Hablo con Él a cada momento desde que estoy aquí, tal y como lo estoy haciendo ahora con vos. Padre, reflejáis a Dios, en vuestro amor y en vuestro odio. Se muestra en la vida y en la muerte, creación y extinción, y amar es la única lección que quiere que aprendamos.

El religioso quedó sin palabras ante semejante mensaje que parecería provenir de un profeta, sobrecogido ante ese nuevo Di Giute. Un hombre al que creía conocer que, sin embargo, en ese día se mostraba desconocido.

XXII
Tan solo una noche

«Llegarán gentes poderosas por el mar en sus casas blancas. No temáis ni les tratéis con violencia. Antes bien, recibidles con alegría y entregaos a sus designios pues solo beneficios traerán a nuestra tierra».

Fragmento de una profecía atribuida a la sabia Tibiabín.

Poblado de Maharat, reino de Maxorata. Isla de Erbania.

Con esa costilla ahuesada de cabra parecía alumbrar ficticios caminos entre cenizas incandescentes de brasas de aulaga seca. Humeaban disolviéndose en el centro mismo de aquella estancia en penumbra, aportando el equilibrio justo en lo enigmático, bajo estridentes balidos de un cabrito inmaculado y maniatado en el regazo de su hija. Sonidos que pulsaban el alma como los de un ser humano recién nacido.

Permanecía en trance, en plena videncia premonitoria. La sacerdotisa Tibiabín —tiznado su rostro con aquellas mismas cenizas— se estremecía acompasándose al agitar alargadas vainas de flamboyán frente a todos. Se removía en estertores, bufidos, jadeos, eructos espontáneos —limpiaba así de malas energías su interior— y conjurando en exabruptos. Con todo aquello ensalzaba a la categoría de eminencia los *susurros desde dentro* por los que era más que reconocida. Su hija, la sabia hechicera Tamonante —acompañando en ese ritual en el que permanecía en silencio al compás de la madre—, tomó el cuchillo de pedernal que tenía a mano trazando intangibles contornos, conforme a estar cortando el aire sobre el pequeño animal que aguardaba su turno en ese rito. De pronto —tras un resuello de Tibiabín—, un contundente vacío sonoro cayó tal que ese cuchillo, sacrificando el animal en un diestro tajo, sin emitir desagradables burbujeos de ahogo. En breve lo abrió en canal y de rodillas comenzó a extraer sus vísceras con minuciosidad, en ceremonia, depositándolas una tras otra desgajadas a tirones sobre una estera de juncos. Se tintó con las manos el rostro en esa sangre, dejando entonces el protagonismo a la matriarca.

Tibiabín comenzó a interpretar aquellas vísceras cuyo hedor no restaba apariencia al culto. Una vez logró asentar en su razón el conjunto de imágenes destierras, confusos indicios y sensaciones con las que ese presagio la iban nutriendo, lo comprendió del todo.

Faltaba poner en boca lo que su espíritu susurraba mediante esas visiones que expresaban el vaticinio para los mahoh. Aquella era una visión de vital importancia, quizá la de mayor valor para la supervivencia de su pueblo. Estremecida, temblaba con los ojos bien abiertos y en blanco, perdiéndose sus córneas como su mirada en un infinito interior: el final de una era se cernía sobre su pueblo, vislumbraba. Debía de saber elegir bien las palabras: el cómo convertir aquel atragantado vaticinio que tenía para esos mortales en un mensaje claro para los líderes, ancianos y guerreros que aguardaban frente a ella.

—¡Desde muy lejos!

Los asistentes agudizaron los sentidos de pronto al escucharla.

—¡Más allá del inmenso mar salado…!

Se agachó y alzó los brazos, semejante a estar tomando impulso contoneándose sobre sí misma. Seguía con sus ojos en blanco.

—¡Desde el norte una nube gris se acerca! Una nube que descargará con dureza en un torrente que nos arrastrará a todos los de esta tierra.

El temor devenido de sus palabras estremeció a algunos que demostraron sus miedos musitando en miradas de confusión.

—No habrá remedio, ni forma de resistirlo. ¡Rendición del espíritu!

Se intentaba hacer explicar la hechicera con aquellas palabras surgidas de entre muchas, estimadas como más acertadas frente al gran número de asistentes que, atenazados ante ese discurso, no alcanzaban siquiera a parpadear.

—Guerreros de paz y no de guerra. Nadie se salvará de ese arrollador diluvio. Nadie vivirá si se opone a él. Resistencia será muerte. Resistencia será extinción.

Entre otros influyentes creyentes se hallaba el rey Guize y un sigoñe del rey Ayose como legado, intercambiando miradas propias de quienes se guardan el honroso respeto de haber sido dignos rivales antaño. Habían acudido a su vez, a la llamada de la sacerdotisa, ancianos, notables de aldeas cercanas. Y Atenery, la distinguida harimaguada. La maguada superior que, con su característica túnica blanca, reflejaba un rostro constreñido por los recientes acontecimientos con los demonios del mar, rememorando en ese momento el sonriente rostro que reflejaba siempre la joven lega de su congregación, asesinada a manos de esos demonios. Esos de los que informaban las hechiceras que se debían de abrazar y no matar. Ella, como todos los demás allí presentes, no entendía. Mahan —el gran guerrero y sigoñe de los altahay del norte, sentado junto a ella—, posó una de sus formables manos membrudas sobre el antebrazo de Atenery con el fin de aplacar su posible desazón, pero más con la intención de sentirle el tacto: la adoraba.

Mahan marcaba la diferencia con su gigantesca figura allá dónde fuese, era el hombre más grande y corpulento jamás visto sin parangón. Estremecía de lejos y conquistaba de cerca por una candidez que casi rozaba lo infantil cuando trataba asuntos fuera de su labor como guerrero. Ganador en todas las pruebas conocidas, se había hecho popular por su colosal fuerza e invencible en todos los combates en los que había participado en guerra y sin ella. Ya era leyenda en esa Erbania como altahay y no solo respetado sino venerado por todos los mahoh, de norte a sur.

—¡Una visión he tenido! —la sacerdotisa perpetuaba— ¡Con la importancia de ninguna otra! ¡Turbadora como la que más!

Algunos chistaron silencio con nervio en atender a un final que fuese menos sombrío que su principio.

—He visto sufrimiento en nuestra tierra, hijos míos —palabras que entonaba con marcados timbres de exaltación.

Tibiabín discurría por el interior de la estancia intentando mantener el equilibrio, depositando ya firmes miradas a cada uno de ellos enfatizándolas con exaltados aspavientos.

—¡Vendrán gentes extranjeras…! ¡Muchas!, ¡como la mayor de las plagas de cigarrones nunca vista jamás que haya asolado esta tierra! ¡Vendrán hasta aquí, atravesando el infinito mar salado con apariencia de demonios del mar! ¡Vendrán con sus casas flotantes, sus brillos…! ¡Con extraños animales! ¡Impondrán sus leyes y deberemos creer en ellas…! ¡En sus dioses!

—¡Estamos preparados, sabia entre las sabias, gran sacerdotisa! —interrumpió Mahan con euforia, seguida su advertencia del clamor de los asistentes.

—¡No te servirán esas intenciones, recio sigoñe Mahan! Cuantos más matéis, más vendrán; cuantos más matéis, más muerte traerán —contestó compungida, pero vital; irrefutable en sus palabras sobre la videncia a la que había estado sometida.

—¿Y qué hacer, respetable? —surgió tenue esa consulta de uno de los ancianos de aspecto doliente.

—No caminar contra el viento. No nadar a contracorriente. Si así lo hacemos, nuestras fuerzas se perderán como nubes en el cielo. Nuestras esperanzas se apagarán del mismo modo que la luz de Magec que se esconde por poniente para nunca volver a calentar… Oscuridad como noche eterna —el tono de su voz tornaba profundamente arenosa—. He visto desolación y fracaso. Padres sin hijos e hijos sin padres. Nuestros dioses derramando lágrimas por no haber sabido confiar en su destino. Por ello os suplico que debéis recibirles con alegría y entregaros a sus designios, pues solo beneficios traerán a nuestra tierra.

Finalizó así su profecía la sacerdotisa. Aquel ultimátum venía cargado de un exasperado dramatismo de particular entonación con el fin de que quedase irreprochablemente grabado en sus memorias.

El rey Guize de Maxorata, pese a quedar sumamente contrariado con el fondo del mensaje trasladado por la honorable Tibiabín, de la que siempre había tenido en cuenta sus sabios consejos, en esa sesión no permanecía del todo convencido de pretender seguirlos. Su pueblo era un pueblo orgulloso, fuerte, y no permitiría ni su desaparición ni su olvido sin dejarse antes la piel luchando mano a mano, hombres y mujeres, hasta la extinción de su raza. Rendirse era contrario a la Tamusni. Una oscura brecha se abría en los espíritus de los privilegiados testigos de ese fatal mensaje entre su ley ancestral, su orgullo y ese imperioso vaticinio del que no disponían tiempo para tantear: ya los tenían en Erbania. Antes la muerte que la pérdida de la libertad, rezaba la Tamusni. La suma sacerdotisa exhortaba lo contrario.

Finalizada la ceremonia, Guize llamó a cuentas al gran Mahan para ordenar que intensificase —a no más tardar—, los ejercicios de sus altahay para prepararlos con prontitud en la incierta, inminente, dura y posiblemente larga tarea de defender su reino frente a aquellos enemigos. Esperando por otra parte que su semejante del sur —el rey Ayose—, tomase la misma decisión en ese oscuro y próximo futuro que se avecinaba.

—Mahan, tanto tú como yo hemos escuchado a la gran sacerdotisa. El dios Supremo Sustentador del Cielo sabe que tengo en cuenta sus advertencias.

Mahan asentía, sopesando si traicionaba sus lealtades al ir a acatar esas órdenes que parecían inexcusables.

—Me debo a mi pueblo —sentenció firme y seco—. Prepara los altahay, prepáralos para la guerra, prepáralos mejor que nunca. Una guerra que por primera vez será contra los designios de nuestros propios dioses. Por honor. Por un legado de tradición de la Tamusni de nuestros ancestros y no bajo nuestras creencias. Una guerra nunca vista ni deseada por lo que significa. De ella serán testigos nuestros dioses, esos a los que no he querido escuchar hoy.

Mahan se alzó frente al rey lo que pudo su envergadura en ese habitáculo semienterrado. Pese a residir colmado del entusiasmo por ir a la guerra, por el servicio a su rey y a su pueblo, un mar de dudas y de amargura encogía las tripas del guerrero.

—Me pondré a ello, respetable, así lo haré. Pongo a Magec por testigo que dispondrá de sus guerreros cómo nunca ha visto —terminó sacudiéndose con el puño un seco golpe sobre el pecho desnudo, gesto que habría dejado sin aliento a cualquiera que lo hubiese recibido.

—¿Y el rey Ayose, respetable? —terminó por interesarse el guerrero en sus agitadas vísceras llenas de contrariedades.

—Por el momento prepara mi reino para la guerra, Ayose osó asumir sus propios combates con los demonios en nuestro territorio, sin tener el respeto de advertirme de sus intenciones. Ya ha demostrado con ello que sigue su propio camino... Como ya ocurrió antaño.

Mahan asintió con obediencia, atestiguando lo que indicaba su rey. Las consecuencias de la cruenta guerra entre los dos reinos ciclos atrás aún estaban presentes.

—Tras lo último en Ajuy contra los de Jandía parece que se hubiesen marchado otra vez en su casa flotante, así me han ido informado. Ya no se quedan únicamente en las costas como en tiempos pasados: estos que han venido parece que quieren entrar al corazón mismo de la isla y tomar nuestra tierra. Se acercan, Majestad.

—Sí, Mahan, me corroe la intuición de que la sabia Tibiabín está en lo cierto, perpetuamente acertada por los dioses como siempre. Estos demonios del mar no son como los otros, vienen para quedarse.

—¿Entonces, respetable? ¿estarán los dioses con nosotros? —se interesó el gran guerrero tanteando su profunda preocupación y pretendiendo con ello un último intento de deshacer los nudos de una soga que cada vez le apretaba más la voluntad.

—Lucharemos, apreciado sigoñe —sentenció el rey.

—¡Luchar hasta morir, respetable! —jaleó fiel su grito de guerra mahoh.

El peso del pecado caló en la transmisión de esas órdenes contrarias a los designios divinos de la hechicera, tanto para el que las emitía como para el que las recibía. Eran conscientes de estar contraviniendo por primera vez desde que se tenía conocimiento a la gran sacerdotisa por mandato de su rey. No se tardó en movilizar por medio de emisarios a todas las poblaciones del reino al advertir una guerra inminente.

Danzas y rituales locales para el valor de sus gentes se alternaban con el trabajo diario, adestramientos y el acopio de piedras arrojadizas, proyectiles para hondas, al igual que de varas de acebuche para ampliar el número de *banods* que afilaban por medio de piedras de obsidiana, endureciéndolos al fuego posteriormente.

Los guerreros de Maharat —al mando de Mahan cuan sigoñe— se entrenaban duramente como nunca lo habían hecho. Los más pequeños atendían con admiración a esos altahay esquivando piedras y en duros ejercicios a palo seco o a manos limpias ¡chas!, ¡chas!, ¡chas! Endurecían la resistencia corriendo con cestos colmados de piedras hasta el mar. Allí, tras tomar los más pesados cantos en sus brazos, se hacían hundir y caminaban sobre el fondo sosteniéndolos lo que diera el aire de sus pulmones para tomar y retomar la acción hasta donde casi desfalleciesen. Las mujeres aptas físicamente cesaron sus quehaceres —como en tiempos de la guerra contra el reino del sur—, integrándose igualmente como guerreras junto a esos hombres para luchar en caso de tener que hacerlo. Eran fuertes y diestras las hembras de los mahoh, desbordando tal furia en los ejercicios que no tenían nada que envidiar a muchos de los machos de su tierra.

Atenery cumplía con sus obligaciones. Dirigía los ritos con sus maguadas, intensificados en esos días de ansia ante la incertidumbre de una situación novedosa no vivida hasta ese día por ninguna de ellas. Adoraban con fervor inaudito en creencias embebidas de un baño de rabia. Así rogaban a sus dioses y genios: Achamán dios Supremo Sustentador del Cielo, Achuguayo de la Luna, el resplandeciente Magec y, en rituales excepcionales, a la diosa Madre Tierra Chaxiraxi y a su hijo Chijoraji, a los ancestros, mares, vientos, nubes, montañas, fuego, seres vivientes y los ocultos en las profundidades. Todo por la protección de los mahoh. Invocaban en interminables veladas del templo en el que permanecía perpetua una llama encendida desde tiempos antiguos. Marcando su semblante lucía sujeto el rictus de su mentón, tan determinante en propósito como en la firme mirada que lo manifestaba. Nacía de ella una belleza diferente, cuasi masculina, endurecida y crecida de entereza. No vestía más que la túnica blanca de maguada como las demás jóvenes que la rodeaban. Bajo sus pies descalzos sentía la húmeda tierra que pisaba mientras rociaba —mascullando plegarias con método— aquel rústico altar con leche y manteca derretida. Las demás —con el fin de dilatarse en sus liturgias— preparaban ramas de palma para partir en breve en solemne procesión. Las agitarían al cielo caminando hasta el mar, para después sumergirse desnudas en él golpeando las olas con ellas en sus oraciones.

Algo ocurría a las puertas del Tamogante —el templo sagrado—. Daban voces en lugar de guardar respetuoso silencio por los ritos que las maguadas desempeñaban en el interior. Atenery inspiró su contrariedad intentando no desconcentrase. Se prolongaba aquel bullicio, no cesaban de vociferar y aullar enmudeciendo sus oraciones. El veneno de la incertidumbre que azotaba el poblado había provocado en esos días tensiones entre sus pobladores, disculpaba así a sus vecinos la matriarca condescendiente ante aquellos gritos que, lejos de irse apagando, se iban encendiendo. Cohabitaban nerviosos en esos días, ella la primera, mas sin permitirse expresarlo conforme a los demás: era la harimaguada, debía cundir con el ejemplo. La enfermedad del miedo se cernía sobre toda Maxorata y ella era parte del antídoto, demostrando valor ante la inminente adversidad que se cernía sobre ellos. No debía dejarse llevar por sus impulsos como otros. Ella era la harimaguada, se repetía. Buscaba calma en el vacío de sus ojos cerrados, viéndose interrumpida de nuevo en su labor espiritual: lo que sucedía fuera del recinto sagrado no podía ser ignorado, algo preocupante parecía estar sucediendo, elucidó. Algo que iba a dejarla marcada en lo más profundo y para todo lo que perdurase su existencia, pero eso ella aún lo ignoraba.

Un impetuoso tumulto dejaba atrás el recinto sagrado adentrándose hacia el núcleo del poblado. Los que esperaban el comienzo de la procesión para acompañar a las maguadas se vieron inevitablemente engullidos por él sin saber lo que ocurría. Un enemigo insolente —se escuchaba de algunas mujeres—, había osado a entrar en Maharat.

Esa extraña figura erguida y maniatada recibía salivazos, insultos e ira intentando alcanzar su cabeza y golpearla, entre los numerosos zarandeos de aquella desatada manifestación de odio que hubiese terminado con su vida al primer instante, sin la acción protectora de los altahay que lo custodiaban.

Llegaron frente al gran Mahan que aguardaba inmóvil su llegada en el llano central de Maharat. Mientras fueron a avisar al rey. Ese demonio del mar era en apariencia insólito.

Ese y Mahan quedaron frente a frente, rodeados por aquellos altahay amenazadores con sus tezzeses. Decenas de personas vociferaban con más volumen arremolinándose con ansias de castigo. Prorrumpía ese extranjero enemigo en el poblado con desfachatez, llegando por su propio pie, acrecentando así su desasosiego. Procaz e insolente, mantenía su mirada retadora a través de unos cabellos que ocultaban casi del todo un rostro enfático. Una extravagante apariencia en una osada actitud que no perdía firmeza en la postura pese a la presión de alrededor. Motivos suficientes que los impulsaba a castigarlo.

El gigante sigoñe altahay, prudente por obligación, levantó lentamente la mano derecha con la palma abierta y de pronto se hizo el silencio. Tensaba sus enormes brazos dejando entrever serpenteantes venas atravesando unos músculos hinchados y latentes, mientras apretaba fuertemente su descomunal y ya famosa maza. La dejó reposada sobre la tierra que pisaban, con el mango en vertical prolongando su enorme brazo. Cruzaron miradas con una suspicacia tal que el mundo pareció parar de repente. Cara a cara, dos fieros guerreros se tanteaban como machos de manada. Mahan sacaba una original ventaja de varios palmos de altura y anchura, tales que ese extraño quedó empequeñecido bajo la sombra de su rival. Habría acabado pronto con él. Lo deseaba. Deseaba desatarlo y probarlo en desafío sin más armas que sus manos, y que la fuerza y destreza de ambos decidiese. A punto estuvo de hacerlo, pero prefirió aguardar la presencia de Guize durante aquel inquietante silencio de respiraciones contenidas que embutían furias.

Intempestivamente, el peligroso silencio se vio tocado por algo repentino que llegaba poderoso, celestial para los presentes. Las eclípticas de los astros, los flujos de los vientos, el graznido de gaviotas, los nimbos en sus alturas y reflujos de mareas se contuvieron por instantes infinitos de ese presente, semejante al latir en sus pechos, ante el sublime asombro de lo que eran testigos. Del prodigio del instante.

Calmosa, la cálida mano de la harimaguada Atenery se posó etérea en el brazo de Mahan amasando violencias, sucumbiéndolo ante su presencia. Contagiaba ese gesto con energía el efímero momento a los presentes que iban quedando hechizados ante lo insólito. El gran guerrero soltó inconscientemente el extremo de la maza cayendo por entero a la arena, avivando en su contundencia partículas en contraluces por entre las decenas de pies desnudos que rodeaban el original calzado de ese enemigo de su tierra. El grácil gesto de la harimaguada pareció dilatar lo que irremediablemente estaba a punto de sucederle a ese prisionero extranjero. Tras Mahan, aparecía una empequeñecida Atenery que se iba acercando no más enternecida que seducida a lo extraordinario, con tal pausa que resultaba enigmática acortando la distancia sin miedo en el rostro, tal que si sus pies no tocaran el suelo hacia aquel desconocido al que se acercaban. El extraño clavó de pronto la mirada en ella, una contrapuesta a la que mantenía por arrojo desde su aparición en el poblado. Pese a parecer piadosa, no buscaba clemencia en esa mujer que retrasaba su sentencia. Más bien, parecía atender a una aparición, a un ángel caído, a una diosa. Amagó un paso hacia ella impedido por esas armas que inflexibles se mantenían alrededor suya. Atenery no era capaz de creer. Aturdida su razón, su aliento y el latido del corazón se envolvieron en ahogos a punto de postrarse simultáneamente al universo, que observaba desde sus infinitos confines aquel encuentro tan increíblemente transcendente.

Todo se ralentizó hasta detener cualquier cordura, tanto en su interior como en torno a ella. Nada hacía entender lo que acaecía en ese íntimo relámpago de emociones que vivía sola frente a él, pese a estar rodeada de decenas de personas.

Alargó sus manos afiladas y femeninas sacudida por una emoción tan visceral y real, semejante a ninguna otra. Una que comprendía el mayor de los vacíos junto a la plenitud de la misma creación de su naturaleza. Sus piernas cedían como los arcos de su mirada, suspendidos frente a la imagen de ese hombre expresada en ellos. Un reflejo que le penetraba el alma. Su mano trepidó al señalarlo con el temor a que se desvaneciese de inmediato si se atrevía a tocarlo. Llegó a pensar el estar inmersa en una alucinación por la tensión que sufría en esos días o el resultado de un profundo e íntimo dolor que por ciclos arrastraba y que se le mostraba de esa forma. No obstante, sin duda era él: esa mirada —le susurraba el espíritu—. Presente de los dioses para ti, volvió a musitar la voz de su alma que acallaba cualquier razón. Eran esos ojos y el cómo la contemplaron antaño. Esos mismos ojos penetrantes como los de nadie nunca, que llegaron hasta lo más profundo de ella, hasta dentro, muy dentro, hasta lo más hondo. Tanto lo pasado… Tantos recuerdos… Tantos ciclos sucedidos que le era imposible asumir que pudiese ser él. Pero lo era. Era Amuley: su Amuley.

Ese extraño cayó de rodillas —impedido en dar un paso más por los altahay—, quedando rendida su voluntad frente a aquella mujer. El coraje lo levantó y movió acorde el rostro —lo justo para apartarse los cabellos—, y una incontrolada cascada de emociones le impidieron articular cualquier palabra, quedando ahogado en un torrente de viejas sensaciones que lo espoleaban sobrecogedoras. Atenery... Era Atenery, interpretó al ver encarnada su joven amada en aquel maduro cuerpo de mujer de los mahoh. Tan cambiada y tan ella. Una vibrante hembra de la que nunca dudó el haberla sabido elegir de entre todas reconfortaba su orgullo al verla viva, delante de sus ojos y delirantemente hermosa.

Era su Amuley, sí, tuvo que repetirse, el que estaba frente a ella. Después de tanto tiempo, tanto lo pasado, una ola incontrolable de imágenes y recuerdos con él pasó por sus ojos. Todo daba vueltas alrededor. Miradas ajenas alumbraban compartiendo como testigos algo que no alcanzaban a comprender, sino apreciar observando a su harimaguada. Atenery acarició el mentón de ese hombre al que al fin alcanzó con sus manos. Parecía reconocerlo con las yemas de sus dedos; aquel gesto estremeció a Amuley, pero sus manos atadas le impedían corresponder. Ella tocaba para creer. Estaba allí, frente a ella, sí. Intentó pronunciar su nombre, pero no podía. Amuley no albergaba dudas, habían pasado muchos años para los dos, pero Atenery, a diferencia de él, mantenía su esencia incorrupta, intacta. *Soy yo*, escucharon a ese extranjero decir en lengua de los mahoh. Soy El Libre con Coraje, y tú... Aquí la Bella.

Atenery disipó suave una lágrima que derramó Amuley sin mudar el piadoso gesto que reflejaba. Se reconocieron mutuamente, se envolvían con la vista sonriéndose en una dicha increíblemente gloriosa y conquistados de una extraordinaria ternura. Atenery siguió acariciándolo, sintiendo cada pedazo de él, abstraída en su mirada hasta llegar a sus manos: varoniles, distintas, pero las mismas, y tomó con suavidad la cuerda con la que estaba atado. ¡Soltadlas!, se escuchó la serena voz engolada de la harimaguada que sentenciaba.

—Este hombre no es una amenaza para el poblado. Este hombre es El Libre con Coraje, de la aldea de la Montaña de los Saltos. Altahay del malpaís de la Arena.

Virulento con el paso de ciclos, el anciano Akaymo observaba ladino entre esas gentes que se arremolinaban curiosas y prefirió guardarse su oportunidad para más adelante, cuando tocase.

Bajo una mitra de piel curtida ornamentada con conchas formaba involuntarios giros con la añepa de poder entre sus manos, atendiendo con reservas —junto al Consejo de Ancianos completo y otros más como invitados—, a ese extranjero que relataba en su lengua natal toda la increíble singladura que le había llevado hasta ese momento: el cómo fue apresado tiempo atrás cuando era un joven altahay en la costa norte de Erbania —suceso recordado por muchos debido a la crueldad de aquel asalto— y su vida en tierras de los demonios del mar en tales umbrales del extenso mar salado de inimaginables distancias para ellos. Intentaba hacer entender a esas mentes indígenas. Elegía semejanzas útiles para su comprensión al describir lo que para él estaba más que asumido al conocer la cristiandad en persona. Remachó las intenciones que al parecer tenían esos recién llegados a Erbania, diferentes a otros de los de su raza que ya vinieron a llevarse gentes. La historia que escuchaban apenas era admisible para los presentes y menos para un suspicaz y veterano líder como lo era Guize.

Un altahay luchaba hasta la muerte —rezaba la Tamusni—, nunca se dejaba capturar y menos aún favorecer al enemigo. Rumores con ese eco se permitía escuchar el rey alrededor suyo sin decretar silencio. Se le había perdonado la vida al menos, así se lo hicieron saber. La intervención de la propia harimaguada y de las sabias hechiceras tuvo mucho que ver en esa decisión que fue respetada sin dilación.

Amuley pidió su consentimiento para quedarse en el poblado en las últimas palabras que le permitieron. Una osadía por su parte según la mayoría del consejo. Esa petición no convenció al rey, que observaba a Amuley con detenimiento. Disponía de gran coraje, admiró sobre ese cautivo.

Tras sacarlo a empellones, el Consejo de Ancianos se reunió. Akaymo tenía voz como notable e hizo uso de ese derecho sin perder la oportunidad de ahondar en ese asunto inquino y personal que arrastraba contra aquellos enamorados que el destino volvía a juntar. Una antigua y profunda herida que no tenía explicación en lo de fuera, pero sí en los interiores más recónditos de su ser; ya que, creído en una sabiduría mostrada con arrogancia, abrigaba un profundo odio contra sí mismo por no haber descubierto el verdadero amor. El amor puro e incondicional de pareja de acuerdo a esos dos que, sin saberes ni ciencias, se regalaban de manera innata, como tocados por una gracia divina con la que él, en prepotente sabiduría, no fue dotado por los dioses. Sin herramientas para adquirir ese amor, en su mediocridad, llenó aquel vacío con la primitiva envidia de ya no pretender el disponerlo, sino impedírselo a otros.

—No debemos permitir que se quede. Fue un cobarde al no enfrentarse a los invasores. Yo estaba allí el día que lo capturaron, lo vi, fui testigo. Yo luché por mi pueblo, él no. ¿Quién dice que no está mintiendo y ahora está con ellos?

Esas palabras provocaron un revuelo en el habitáculo que el rey silenció. Dando la palabra uno tras otro iba averiguando: muchos no veían mal el que se quedase vigilado y aprender de él, pero otros —más ortodoxos con las tradiciones— sí lo querían lejos. No lo ejecutarían, pero con todo traía mal presagio que se quedase. El rey, saturado en ese día de transgredir presagios y sin haber consenso, valoraba conjuntamente el peligro de expulsarlo del poblado sin más. ¿Y si Akaymo de la Montaña de los Saltos llevase la razón?, ¿y si ese extranjero informaba a los invasores sobre el poblado?

Para esos notables y sus tradiciones, Amuley era un traidor, ¿quién les aseguraba que no pudiese estar ocultando sus verdaderas intenciones?

—Será mejor no arriesgarse —concluían.

—¡Respetables…!

El debate continuó con las tensiones propias de la situación. El consejo permitió al poco la entrada de las gentes que cupiesen en la sala abarrotándose dentro, en el acceso y alrededores de la construcción, con el fin de estar presentes en aquel acontecimiento extraordinario en esos días de miedo y aprensión que se iban sucediendo ante un inminente ataque. Atenery se encontraba entre ellos, en un lugar privilegiado para ella y a la expectativa del fallo del Consejo de Ancianos sobre el porvenir de ese cautivo desconocido para la mayoría, pero alguien que formaba parte de ella misma, de su corazón y al que amaba enloquecidamente desde ciclos recordados con toda su alma.

—Amuley —pronunció su nombre el rey Guize.

Aguardaba en solitario, rodeado y desatado, presentándose erguido en ese atuendo extraño de camisola clara y roída, y calzas curtidas afirmándose sobre unas botas de caza.

—Es mi decisión y la del consejo que no prolongues tu estancia aquí por más tiempo, ya que podrías ser un peligro para con mi pueblo. Por compasión, se te permite una jornada de descanso antes de marchar por donde has venido, si es tu decisión aprovecharla.

Amuley entornó los ojos, no más herido que decepcionado por lo que acababa de escuchar. El mismo dolor que estaba sintiendo Atenery quien, en ese mismo momento, se posó las manos sobre el pecho, herida tras escuchar el firme veredicto de su respetado rey. Otra vez se veía abocada a la injusta separación.

Akaymo esbozaba una mueca de satisfacción tras la sentencia de su líder, borrándosele en el instante que Atenery —clavando una estaca en el estupor de ese notable y de igual forma a todos—, tomó de la mano a Amuley en una desafiante mirada. El rostro de la harimaguada se afiló desafiante y plena de determinación como nunca.

—Así se hará, respetable —habló por él.

Lentamente repasó con esa mirada cargada de intenciones a todos y cada uno de los notables, retándolos como nunca la habían visto proceder y posándola tenaz frente al rey.

—Bajo el amparo de los dioses, pasará la noche conmigo.

Sellaba de esa manera su disconformidad con esa decisión que consideraba injusta. Era la harimaguada —mujer respetada y de carácter— y ninguno de los presentes, ni el rey mismo, osó en contradecirla. Sería, a saber, tan solo una noche.

Recogida, sencilla, repleta de detalles que agradaban los sentidos, la choza donde residía Atenery —sin ser más lujosa que otras del poblado—, mostraba detalles de cómo era ella por toda la estancia. Amuley observaba callado, sentado junto a la entrada, cómo avivaba las ascuas del tenique. Cuando surgió una llama que iluminó cálida el aposento que compartían, Amuley cerró del todo la entrada que se encontraba entornada, colocando una corteza horadada de palmera encajando a la perfección en el hueco. Atenery, huidiza, no había dado ninguna muestra de cariño, de empatía. Ni siquiera una palabra desde que salieron de donde había sido juzgado por ese consejo, el rey y decenas de miradas mudas que los persiguieron hasta ese hogar.

Harimaguada… Recapacitó Amuley en ese instante. Eso significaba que había elegido ser devota a los mahoh en lugar de a un hombre. En parte su egoísta conclusión lo reconfortaba, ya que él, por azares del destino, del mismo modo se había refugiado en ese pasado para sobrevivir, darle un sentido a ese sufrimiento y ser digno de él por un motivo: el de poder vivir un día tras otro atado a una esperanza a todas luces imposible, irrealizable y sostenida sobre lo que muchos considerarían locura. La enseñanza estaba en que todo era posible. Su historia así lo rezaba a los conocedores de ella. Extraordinariamente y con el peso de esos años estaba allí, frente a ella; vivos y no cara a una tumba o a un recuerdo. Sin embargo, el comportamiento de ella era frío. Era mujer y Amuley no llegó nunca a entender del todo su género; a entenderla a ella, en ese caso. Solo le dio tiempo a amarla y lo seguía haciendo sin cuestión ni razón, y más lo supo al sentir todos los poros de su piel contrayéndose, erizando sus bellos al mirarla en ese instante atizando el fuego en quietud de voces, en un mar de gritos de emociones sin expresar.

Realizaba inquieta diversas labores sin sentido para él, cosas que ni ella misma sabía el porqué. Posiblemente permaneciese conmocionada aún por su inesperada aparición, sumándose eso que al amanecer desaparecería de nuevo de su vida. En esos interminables momentos, sobrecogida en estímulos de agridulces emociones, la madurez de Atenery se desmoronaba ante los pies de una adolescente herida. Desnuda ante el frío de la soledad, se imponía muros para no sufrir la realidad que le sucedía.

—Atenery… —intentó terminar la frase con muchas cosas más, pero no pudo.

—Aguarda… —contestó ella rompiendo su silencio.

Al menos se acercaba a él, con una sonrisa impuesta sobre la que podía haber derramado un torrente de lágrimas de una pena que reservaba para ella. No podía con más sufrimiento. Jamás podría haber imaginado que volver a estar junto a él pudiese llegar a ser incluso más doloroso que el no estarlo. Era todo tan contradictorio que no tenía en su razón herramientas para sobrellevarlo. Ansiaba comportarse conforme le hubiese gustado, como era ella y con todo el amor que le deparaba. Por el contrario, se sentía sitiada de emociones, sirviéndole temblorosa unas tiras de jugosa carne asada que humeaba supurando grasa. Amuley tomó el gánigo en sus manos rozando las suyas. Electrizada por el contacto, evitó mirarlo en esa corta distancia. Al menos se permitía agasajarlo, recordando con cariño las preferencias culinarias que él mismo había olvidado de sí. Todo aquello lo transportaba a tiempos de serenidad en su adolescencia, sensaciones de hogar olvidadas, de recuerdos felices. Pese a la adversidad, siempre residió agradecido por haber tenido la suerte de disfrutarlos.

Tenían tanto que contarse y tan poco tiempo que quizá no mereciese la pena intentarlo. Podría perderse su esencia en ello, pensaba apesadumbrada en esquivas miradas contenidas de inexperiencia. No sabría por dónde comenzar. En cierto modo, Atenery se sentía tan turbada y nerviosa que bien parecía aquella su primera noche juntos. Y en parte así era, les habían pasado tantas y tantas cosas desde que les separaron, que prácticamente eran unos desconocidos.

Cuando cayó el sol, los destellos de las llamas que azuzaba Amuley en ese instante se reflejaban cálidos en la figura de Atenery, estilizando su sombra sobre las paredes de roca vista de ese interior fabulosamente lleno de energía en lo diáfano. Amuley se recostó descalzo sobre unas pieles junto al fuego persiguiéndola con la vista, buscando una complicidad. Ella continuaba rehuyéndolas, a esas alturas retrasaba bajo su aparente titubeo lo que sabía que sucedería irremediablemente y con toda seguridad esa noche. Iba a ocurrir y así correspondía que sucediese, así debía de ser, pero sin saber el cuándo, maduraba Atenery. El tiempo corría en su contra.

Le sirvió un trago espirituoso de charcequén en un cuerno de cabra. Amuley tomó las manos de ella entorno al recipiente e intentó alcanzar por fin sus labios.

—Ese ridículo atuendo que llevas apesta, ¡quítatelo!

Se apartó hasta el tenique solapada, desconcertando a Amuley con esa orden que incluso llegó a provocarle una sonrisa. Sigue dueña de su mismo carácter, rumió con orgullo en el convencimiento de un deseo no mostrado hacia él, de igual potencia que su comportamiento esquivo.

Atenery trajo en sus manos una fina piel curtida y esta vez sí se recostó junto a él. Amuley se dejó hacer, ella lo ayudaba a quitarse la camisa mugrienta que vestía. Descubrió sus hombros primero y su rubor se transfiguró en sonrisa cuando reparó que aún mantenía las dos tiras de cuero de altahay amarradas bajo las axilas. Amuley se dio cuenta que ella asimismo llevaba puesto el colgante. Era idéntico si no el mismo que él le regaló cuando eran jóvenes. Parecía que lo conservaba en su poder, similar a un vivo recuerdo de aquellos días irrepetibles cuando la pasión de una inocente juventud era la dueña de sus vidas. Amuley recogió entre sus dedos con sutileza los pequeños caparazones de burgados anacarados, dedicándole una sugerente expresión de afecto, sorprendido y orgulloso de que aún mantuviese aquel colgante pendiendo de su delicado cuello después de todo. En ese instante ella fue la que tomó las rudas manos de él entre las suyas y por primera vez en años volvió a mirarlo como siempre recordó haberlo hecho.

—El mar y el cielo siguen tan azules como siempre, incluso el Sol y la Luna siguen brillando con el mismo esplendor, pero tú y yo hemos cambiado. Todo ha cambiado. Todo es diferente, todo… —dejó por terminar la frase con madura y justa resignación.

Amuley la escuchaba compartiendo sus palabras sin remedio, sin poder apartar la mirada de sus penetrantes e hipnóticos ojos verdes como ese jade conocido en la cristiandad. Ella colocó la mano en su pecho desnudo y la profunda atracción de esa mirada les hizo besarse posando tan solo sus labios, sintiéndose y rozando sus mejillas y pestañas; pieles que se reconocían tras años separadas. Al poco se besaron sin freno, sin que nada ni nadie les pudiese detener en ese derrumbe de razones, en energías escuchadas incondicionalmente al fin, en genuino amor y devoción.

Amuley solo se había sentido amado una vez en su existencia y fue por Atenery. Ese amor al que se aferró en el tiempo y en una esperanza idealizada, se mostraba sublime en la forma más inimaginable. Tan potente que solo sería capaz de valorarlo en el conjunto de sensaciones que reposarían desde ese día en la memoria de su corazón. Amar era incluso más reconfortante que sentirse amado para un hombre como él. Era el mayor propósito de una vida, la mejor apuesta en un buen vivir. No había más: amar y ser amado. Había vuelto a nacer ese día en el que cada uno posaba sus manos sobre el corazón del otro durante una eterna y entrecruzada mirada de unidad, mientras la penetraba suave con el sexo endurecido haciéndose sentir parte el uno del otro. Inesperadamente, el organismo de Amuley explosionó irreconocible. A la vez que mantenía la erección en el interior de Atenery, profesaba la más pura desolación surgiendo de su interior. No pudo más que acurrucarse sobre ella en un arrollador acto de desahogo. Incontrolables chorros de lágrimas bañaban cuello y cabellos de Atenery mientras lo apretaba contra ella, sintiéndolo más dentro que nunca. Amuley palpitaba compartiendo desolación y sexo en sensaciones intestinas, apreciando no solo la potente energía que brotaba del interior de su hombre en ese instante, sino también su miembro extraordinariamente viril. Amuley embestía con él en el más puro encuentro con sus emociones: amor y dolor en una misma medida. Un amor que sanaba el dolor de un sufrimiento bien guardado; soltándolo instintivamente en ese acto tan sumamente bello e íntimo, como nunca habían disfrutado ninguno. Atenery saboreó un orgasmo durante esos instantes, manteniendo fuerte y seguro a su amado bajo el candor de un abrazo, cerrando sus ojos fuertemente durante la enérgica descarga. Habiendo sido elevada al cielo, de repente comenzó a llorar junto a él. Amuley se acomodó en otra postura para continuar penetrándola, mientras tiernamente esta permitía besarla con mayor comodidad abarcando su atractivo perfil. Eyaculó al fin, pujante en una particular explosión de sentidos estando sin estar, perteneciendo a todo y a nada a la vez. Creyendo formar parte de ella más que nuca. Atenery lo acompañó con otro orgasmo que la extendió a lo largo de todo lo que dieron sus extremidades y del cual resurgieron exhaustos a la vez: de la culminación del acto, del llanto, del intentar contener lágrimas derramadas en intercambio de fluidos. Terminaron sonriéndose con tal brillo en sus ojos al mirarse, que hasta la luna tuvo que ocultarse en esa noche, más que sobrecogida.

Con una esponja de mar humedecida Atenery le limpiaba el cuerpo, regalándose penetrantes miradas con la sombría presencia de una angustia que cortaba alientos en una ineludible separación llegado el amanecer del siguiente día.

Recorriéndole el cuerpo sin dejarse ningún rincón sin explorar, ella repasaba con sus dedos suaves cicatrices de tormentos por los que no preguntó. Amuley intentó explicar el vergonzoso símbolo de la frente —la escarificación—, ella lo interrumpió con el movimiento del índice sellando sus labios. Escuchaba a Amuley relatando —sin entrar en detalles— desdichas y peligros vividos durante esos años y su pequeña aventura por Erbania hasta dar con ella: cómo tras saltar de la casa flotante de los cristianos había llegado hasta la playa sin que nadie se percatase de ello. Tomó precauciones, no quería que los guerreros mahoh —teniendo fresco aún el fragor del reciente combate en sus venas—, lo confundiesen con un cristiano y lo matasen sin remedio, por eso se alejó de allí con apremio. La única opción para sobrevivir pensó, debía de ser el llegar a un lugar donde encontrarse seguro, allá donde pudiesen acordarse de él o de su linaje. Y eso tenía que ser en un poblado de ese reino de Maxorata. Quizá el de Maharat, y entregarse allí al rey con la esperanza de que no lo matasen ellos tampoco. Las tierras de Maharat nunca llegó a pisarlas, las desconocía, incluso su ubicación, no obstante, con buena orientación hacia su destino, viajó ocultándose de los pocos pastores con los que coincidió por el trayecto para evitar sorpresas desagradables. Se fue alimentando de higos, huevos de aves, bayas de espino y amargos espárragos que fue encontrando a su paso. Tras dos jornadas de viaje llegó hasta la peculiar brecha que surgía en la llanura por la que discurría el arroyo que intuyó que llegaría hasta el barranco de Maharat. En este se sumergió desesperado por la sed, cuando unos guerreros altahay lo sorprendieron.

—Llevándome hasta ti.

Atenery sonrió la elocuencia de Amuley en esa parte del relato. El resto ya lo sabía.

Ella quiso saber más, no por saciar una curiosidad, sino llevada por la inquietud, interesándose por cómo eran esas gentes extrañas con las que vivió, cómo eran sus tradiciones y un largo etcétera.

No son como nosotros, se creen dioses y se piensan en la verdad suprema con insolencia. Cometen el error de rechazar lo bueno de otras razas y se obligan a no querer entender nada fuera de sus tradiciones. Su existencia germina del temor y crece de su avaricia. Toman más de lo que necesitan con ansia y continúan su camino sin importar ni siquiera sus semejantes… Describía rememorando acontecimientos en extremo dolorosos que prefería no compartir, para no contagiar con miedos el espíritu de su amada.

Continuó obligado sobre el desgraciado destino de la madre de Atenery —capturada junto a él—. De cómo se quitó la vida arrojándose al mar ante el oscuro destino que presagiaba en tierras desconocidas sin la protección de su esposo —asesinado esa fatídica mañana como ella sabía—, sacrificando su vida para defender la de su esposa.

Amuley evitó detalles inmundos sobre los abusos que recibió de manos de aquellos piratas. Ella, pese al lamento surgido en forma de lágrimas, en el fondo de su ser se alivió con ese final; en el valor de su madre frente a su realidad. Ese relato confirmaba los presagios de Atenery, reafirmándola en que las dulces voces que traían los vientos del norte y que llevaba escuchando desde aquellos lejanos días grises eran las de sus padres, que de la mano moraban en paz en el cielo en compañía de sus ancestros.

En el transcurso de esas confidencias, Amuley rememoró el extraño encuentro con su tío Tenaro en su poblado natal. Y cómo este se lanzó de improviso voluntariamente a los brazos de la muerte. Atenery lo escuchó con atención, no obstante, prefirió guardarse —como piadoso secreto para no arañar la dignidad de Amuley— muchas cosas, tales como el repugnante acto que inició todo el torrente de desdichas posteriores: las de su tío, las suyas y las de… Quedó callada, pensativa en aquel castigo por el infame intento de violentarla, el rechazo y ostracismo posterior por parte de su comunidad, su intento de pretender quitarse la vida en la Boca del Diablo, su ofrenda en la montaña sagrada en la que por poco la pierde y lo más importante de todo, sin tener claro si compartirlo con él, ni cómo, la existencia de Maday. Quedaba regalada por ahora en ese instante con él; aquellos eran asuntos que ese día como mujer y en devoción a su hombre, prefirió evitar para no agriar más si cabía el espíritu indomable de Amuley, teniéndose que marchar a la mañana siguiente.

—Perdió el juicio con el paso del tiempo, enfermó —prefirió concluir así esa parte de la conversación.

En esas cicatrices de Amuley en las que Atenery se entretenía con cariño, apreciaba el sufrimiento que habría tenido que pasar con esas extrañas gentes en tierras lejanas; pruebas irrefutables de lo crueles que podrían llegar a ser al infligir dolor por placer. Aquello le impedía del todo comprender el presagio de la gran hechicera respecto a los extranjeros que estaban por llegar. Digería acallada, asimismo, el que Amuley tampoco se mereciese el rechazo recibido por los notables de Maharat; de su misma raza, de su mismo pueblo. El destierro era un destino demasiado injusto para un hombre inocente, de su condición y que tanto había sufrido sin quebrarse, sin doblegarse a otras tradiciones y creencias. La Tamusni, los presagios de la hechicera, el trato a Amuley... Quizá ya no sirviese la ley ancestral para esos nuevos tiempos. Demoledoras reflexiones refutaban su espíritu de manera extraña en ese reencuentro. Ella era la harimaguada, preservaba esos ritos y la ley misma a través de su cargo y todos sus dogmas se desmoronaban al mismo tiempo esa noche, entrando en profundas contradicciones a las que no quiso dar más cabida. Si bien era tan solo una noche. Noche que pasaron frente a ese fuego que mantuvieron encendido al igual que el de ellos, en un ardor que desataron con gran pasión varias veces, dedicándose todo el amor del que disponían en el fondo de su ser.

Los pájaros despertaban antes que Magec. Sonidos que sacaron a Amuley de un sueño profundo en el crepúsculo previo a la mañana. Se hallaba diferente, descansado, en calma. Con la extraña sensación de que todo lo sucedido hasta esa mañana había sido un insólito sueño, sintiéndose despertar años atrás siendo un joven altahay en su aldea sin que nada hubiese pasado. Apreció el hormigueo de sus cabellos rozando su cuello, la atrayente y seductora fragancia a hembra. Atenery despertaba plácidamente abarcada por él en ese lecho en un rostro turgente de sueño, transmitiendo en esa irresistible mirada ternura y desolación a la vez. El sentir era mutuo. Puro agradecimiento por poder haber tenido después de tantos años esos breves pero hermosos momentos para los dos. La seguía reconociendo como la mujer más bella y especial que jamás hubiese conocido.

—Aquí la Bella, pongo a los dioses por testigos que te amo por encima de mi vida.

Oyó esa frase, una que hubiese muerto por escuchar el día anterior y que en ese día venía de él en persona y no de sus sueños. Aquello era real y sonrió contagiada del magnetismo que los unía.

—Te amo, mi Libre con Coraje —contestó susurrante, acariciando con delicadeza maduras facciones de este cuarteadas por el tiempo.

De pronto, un bramido sonó con ímpetu electrizando el momento de tal forma que si un rayo cayese sobre ellos. Pulsaba grave la voz de Mahan —el sigoñe de guerreros—, que gritaba del otro lado de la puerta para hacer cumplir la orden de su rey: Amuley debía abandonar el poblado.

Una repentina desazón les recorrió el interior al unísono como si de una sola alma se tratase. Emocionada, se cubrió el rostro con las manos en un espontáneo gesto de dolor.

—¡Ven conmigo, marchémonos juntos! —propuso Amuley efusivo y a la desesperada.

Era algo que prefirió no averiguar esa noche y que le surgió pueril en esa mañana.

Atenery se quedó mirándolo fijamente durante unos instantes sin saber cómo explicarle lo que con justicia debía de decir cuanto antes. Primero a sí misma y después a él, sin herirlo en sus más profundos sentimientos.

—No puedo, Amuley, no puedo, mi admirado guerrero… —Atenery, presa de su ansiedad se removía, continuando entrecortada— tanto tú como yo sabemos que los dioses nos separaron y nos han llevado por caminos singulares. Estamos cumpliendo con el destino que nos proponen, no debemos oponernos a sus voluntades, tienen una misión para nosotros, ¿acaso no lo ves? —hizo una pausa atragantada de emoción y se obligó a continuar entre lágrimas—. Todo ha cambiado, tú y yo hemos cambiado. Un amor fresco como el aire de la mañana nos envuelve y ha perdurado en nuestros corazones, pero mucho hemos cambiado…

Amuley escuchaba atento sus palabras, sabiendo que en el fondo ella llevaba razón en la lógica indígena en la que ella permanecía. Alguna extraña fuerza los había llevado a ver cumplido el sueño de volverse a ver y disfrutar una vez más el uno del otro, no obstante, no alcanzaba a adivinar la verdadera simiente, el verdadero trasfondo de sus palabras. Era cierto que la energía entre los dos y las circunstancias de años atrás ya no eran las mismas, simplemente eran diferentes, incluso más poderosas. Era cierto del mismo modo que habían madurado por separado y cada uno bajo íntimas vivencias y era indiscutible de igual forma, el no haber podido cumplir con ese sueño de juventud que se prometieron en su día. Amuley valoró la falta de responsabilidad que podría llegar a cometer al sacar a Atenery del poblado. No podría cargar con la culpa de alejarla de sus tareas y de sus ritos para con un pueblo que confiaba depositar en ella muchas esperanzas de su fe en la mera supervivencia de esos días, para obligarla a tener una incierta vida errante en el exilio.

Enérgicos golpes volvieron a tensar la situación sobre la puerta de palmera que vibraba casi desencajándose.

—¡Vamos!, ¡sal!, ¡debes marcharte! —volvía a escucharse a Mahan.

Atenery agarró por los brazos a Amuley y apretó su pecho contra el suyo.

—No es por nada de lo que puedas imaginar amado mío. Nada has hecho nuca contra mi voluntad y sé que nunca lo harás. Te amo, así como nunca he amado, con la fuerza misma de las mareas. Mi amor por ti perdurará por todos los tiempos y lugares donde estés cuando pienses en mí, como he sentido tu presencia allá donde he permanecido pretendiendo sentirla. Pese a tener a un mundo en contra la sentí, para mí era real. Me tomaron por loca, Amuley, en un amor ciego.

Apostó por abrir el espacio de reflexión justo en un breve silencio. Se decidió, su instinto de madre lo exigió frente al de mujer.

—Debes saber algo antes de marchar. No he sabido elegir el momento de compartir algo vital para tu supervivencia. Para que vivas un día más por ello.

—Te atiendo con el gozo de ver la tierra empapada por la lluvia —describió pausado, enfático y con cariño, acariciando las facciones de su delicada piel. Atendía con devoción.

Atenery no encontraba las palabras acertadas para su confesión. Con todo, el no volver a escuchar la imperativa voz de Mahan interrumpiendo el momento, la precipitó a lanzar aquella losa que le pesaba en su esencia y cuyo peso debía de compartir con él:

—Te di un hijo… La sangre de tu linaje se heredó junto con tu recuerdo a través de mí.

Amuley quedó sin aliento.

—Sí, mi Libre con Coraje, somos padres. Me dejaste encinta antes de que te llevasen de estas tierras aquellos malnacidos. Tienes un sano y fuerte vástago: como tú. Es igual a ti. Nuestra sangre y tu recuerdo conviven en él.

—Y… ¿Dónde?… ¿En él?, ¿es un macho?

Amuley hipó corto sobrecogido por la emoción y Atenery tapó sus labios suavemente intimando silencio.

—No perderé el poco tiempo que nos queda en contarte nada más, amado mío, solo debes de saber que es un hombre ya, tan honrado y noble como su padre y que los dioses le tocaron con un don. Es discípulo del sabio Buypano y lleva años bajo su tutela. Busca al hechicero, estará con él. Su nombre es Maday. Búscalo, amor mío, encuéntralo y conócelo. Que la muerte no te encuentre antes. ¡Júramelo!

—¿*Amor Profundo*? —preguntó afirmando el nombre de su hijo mientras se le perfilaba una orgullosa y tierna sonrisa.

—Sí, el mismo que sentía y que aún siente mi alma por ti —atestiguó de esa manera acariciándole el pecho a la altura del corazón—. Valeroso guerrero, quiero que sepas que mi corazón y mis más íntimos pensamientos siempre te han pertenecido y te pertenecerán. Soy y seré tuya para toda la vida y las siguientes, como pertenezco a la tierra que piso y a mis dioses, pero debes entender que mi labor ahora está con ellos.

La mirada de Amuley se perdió entre sus ojos sincerándose con responsabilidad.

—Te respeto a ti y tus nobles propósitos, mujer… Sé que contamos con el favor de los dioses e intuyo que nos volverán a unir una vez más. Lo sé y así lo presiento. Si no es en esta vida, será en la otra como bien dices, estoy seguro. Atenery estaremos siempre juntos.

Los estrepitosos golpes de Mahan al no recibir respuesta a sus órdenes se intensificaban, pero no interrumpían lo que tenía que decir.

—Atenery, somos uno… Dos en este día —matizó en una carcajada con la que contagió a Atenery en esos salvajes ojos vedes que brillaban claramente emocionados.

—Busca tu propio camino, como hombre valiente que siempre has sido en estos tiempos tan agitados como el mar del norte. Tiempos en los que se van a ungir de nuevo pinturas de guerra —auguraba Atenery, aferrándose a sus brazos mientras un cordel de lágrimas se dibujaba en su semblante.

—Así lo haré, con todo el empeño con el que deseé volver a verte —matizó Amuley con abrumadora seguridad.

Los dos se fundieron en un insuperable abrazo durante ese breve tiempo antes de partir, que hubieran deseado infinito.

XXIII
Jorós

Poblado de Jorós. Reino de Jandía.

En un ambiente de exaltación y camaradería por el triunfo contra los demonios del mar en el barranco de Ajuy, cuantiosos guerreros desplegados por esas lejanas tierras de la frontera con el reino del norte iban mostrando sus respetos a esa columna que volvía de regreso al sur. Al poco llegaban a ese poblado que llamaban Jorós y su entrada estaba siendo regalada por medio de un júbilo general extraordinario. Victoriosos, eran recibidos con originales cantos y vítores en rostros de alegría de ancianos, mujeres y niños; seres queridos que salían al encuentro de esos guerreros que partieron tiempo atrás para vigilar y, en caso necesario, repeler a esos demonios del mar.

Espontáneamente emergió de entre esa muchedumbre que aclamaba una indígena que se abalanzó impetuosa sobre Di Giute, colgándose de él y besándolo apasionada.

—¡Mi bella Daifa!, aguardabas mi llegada, ¿eh? —apuntaba socarrón en aserrada carcajada al abrazarla.

De esa manera el fraile Le Verrier estaba siendo testigo de excepción de todo a su alrededor, sobrecogido en una mezcla de temor, nervio y asombro, sumado todo esto a una absurda pero justificada vergüenza ajena, al estar rodeado de tantos seres humanos como Dios los trajo al mundo. Rememoraba lo vivido en Lanzarote, sin llegar a encontrar similitudes salvo por su misma raza. Iba entendiendo con el paso de sus vivencias que esa raza canaria, que compartía ritos y creencias, disfrutaba por otra parte de diferentes tribus con particulares y variados usos, formas y tradiciones. Pensarlo lo fascinaba, quería indagar lo que pudiese sobre ello.

Un gentío abarrotaba hasta los topes la pequeña explanada frente a la vivienda del monarca. Ayose había salido a recibirlos. Como era tradición, el rey fue dando la palabra a los diferentes altahay destacados y a su sigoñe. Entre estos, Di Giute. Estos representaban los hechos y el combate a ese público que clamaba cada acción relatada. Deseoso de escuchar muertes de enemigos, combates con demonios y cómo los echaron por segunda vez. El rey, que participó personalmente en el primero de ellos en esa playa de Ajuy, se mofaba orgulloso en ciertas partes de los relatos, jactándose del valor de sus hombres. Risas que eran acompañadas por los presentes con aplausos y bramidos.

El rey Ayose había sido informado del vaticinio de la hechicera Tibiabín, a pesar de ello prefirió mantenerlo discretamente retenido entre los hombres de su extrema confianza. Por otro lado, al haber tomado con anterioridad la decisión de acoger a extranjeros en su reino —como fue el caso del genovés—, estaba al tanto de antemano de las intenciones de estos. Las sabias Tibiabín y Tamonante solicitaban calma y paz, no obstante, disponiendo ya de valiosa información sobre el potencial enemigo, se mantenía prevenido y dispuesto a tomar medidas para garantizar un respeto hacia su pueblo en caso de que sus fines fueran tales. No les sería del todo fácil alcanzar esa paz. En esa última ocasión se había enfrentado inteligentemente a los cristianos, sin llegar a provocar una masacre para hacerse valer y no regalar ni un palmo de tierra a cambio de nada. Por el momento no deseaba enfrascarse en una guerra de desgaste que conllevase el exterminio. Pero, por otro, tenía el presentimiento de que lo dicho por la hechicera se iba a cumplir y que sucedería muy pronto, más bien, que ya estaba sucediendo.

Por suerte, los conocimientos y experiencia en batallas extranjeras compartidos por ese extranjero convertido en altahay modificaron las formas de instruirse en esos guerreros arcaicos. Indudablemente aquello los había llevado a esa victoria contundente. Debía dicha gloria al rubio barbudo cristiano.

El rey estaba satisfecho con el despliegue de sus guerreros, planificado por su reino y parte de el del norte, previendo inteligentemente que volviesen a las costas de Erbania. Había ordenado la movilización del casi millar y medio de altahay de los que disponía entre las diferentes poblaciones diseminadas por el reino de Jandía. Decenas de sus guerreros habían permanecido desplegados por los confines del reino y del vecino sin el permiso del rey Guize —pasivo en acciones—, más inclinado en reforzar las defensas de Maharat que de combatir.

Habían comprobado la efectividad de nuevas tácticas en ese último combate del que regresaban. En otros tiempos les hubiese sido imposible organizar una emboscada tal con semejante rapidez. A diferencia de los que venían en tiempos pasados para llevarse a su gente inesperadamente, de estos ya conocían que se habían establecido en la isla vecina y pretendían hacerlo en la suya.

Con la tranquilidad de que el enemigo no vendría hasta pasado un tiempo, los notables de Jorós pretendían tomar una decisión con la presencia de ese grupo tan heterogéneo de cristianos a los que observaban con curiosidad. Di Giute presentó al padre Le Verrier como un sabio sacerdote de tierras lejanas, sanador de almas y representante del dios de los extranjeros. En conclusión, un hombre de paz acompañado de sus ayudantes —refiriéndose a los Expósitos y a Isabel—.

Ayose, bajo esa postura desigual a la del rey Guize, auguraba que tendría un papel vital con sus decisiones para salvar el máximo de vidas. Lejos a esas alturas de pensar en una lucha a muerte, consideraba la opción de llegar a aceptar un régimen digno para su gente e intentar convivir pacíficamente con ellos en la misma tierra que pisaban. Actuaba por su cuenta desde su reino y era por esa razón que no se cerraba a conocerlos mejor, aceptándolos para que disfrutasen de la hospitalidad, entendiendo así mejor sus tradiciones para podérselas trasladar a los suyos en profundidad.

No habiendo pasado un año desde el primer encuentro con esclavos de lengua canaria en Sevilla,

Lanzarote, hasta llegar a ese día en Fuerteventura, podría decirse que se manejaba discretamente en ella. El instruirse en otras con anterioridad le había facilitado aprender la lengua nativa de esas islas y no le resultaba difícil de asimilar. Por ello Le Verrier prácticamente se estaba enterando de todo lo que se hablaba sobre ellos en esa reunión, sin que nadie cayese en la cuenta.

El rey convencía a los miembros del Consejo de Ancianos que no estaban de acuerdo del todo con esa estrategia, manifestando en ese encuentro que vivían inmersos en momentos de cambios y que permaneciesen allí acogidos, eran pequeñas decisiones que podrían sumar en propicios resultados en el futuro. Que el ancho mar salado, en sí mismo, estaba formado por una inconmensurable suma de diminutas gotas de agua, y las montañas de insignificantes granos de arena. Que, por lo tanto, el mundo no solo era su mundo sino el de otros también. Unos razonamientos extraordinariamente visionarios y complicados de entender para el resto de los nativos que tan solo se limitaban a comprender el suyo.

Aceptar la figura de Isabel fue lo más complicado, ya que colaboraba con los cristianos, y eso era de las peores deslealtades que se podían llegar a cometer para con su pueblo según la Tamusni. El hecho de ser mujer atenuaba algo los motivos de no haber luchado contra ellos hasta morir. Además, era de otra isla y estaba bajo la protección de ese religioso, ese último detalle evitaba una responsabilidad con esa mujer de cara a las demás mujeres del poblado. A todas luces parecía poca cosa para lo que ocurría en esos días, pero era un asunto delicado —entendió Le Verrier a la postre—, ya que la mujer canaria tenía mucho peso en la vida y la moral de sus hombres. Isabel —presentada con ese nombre en el consejo—, estaba bajo la protección de ese religioso y ese religioso bajo la del rey: Ayose quedaba satisfecho. Era un monarca inteligente y ávido de conocimientos, por ello dejaba la cosa estar y procuraría que esos forasteros permaneciesen en el poblado.

Iban pasando los días e intentaban adaptarse a las costumbres de los nativos entre los que vivían. Una vida que resultaba sencilla, sin muchas obligaciones morales, absurdos servilismos e inútiles dogmas. Cada uno sabía sus cometidos y nadie se metía en la vida de los demás, porque la suya la consideraban plena. Le Verrier andaba con sumo tiento, ponía especial cuidado en no faltar al respeto a ninguna de sus costumbres, ni en obra o ignorancia.

Isabel cuidaba de los chicos soliendo permanecer en el hogar la mayoría del tiempo. Se mantenía suspicaz ante las demás mujeres del poblado que desde un principio llamaron su atención, sobre todo por su rudeza y la gran cantidad de cabellos castaños, incluso bermejos claros, resultado de la aplicación de sangre de drago y posterior exposición al sol —el fruto maduro de esa planta que a la vez utilizaban para comer y o sanar yagas bucales o males de estómago—. Desde su llegada advertía miradas frías o comentarios ásperos sobre todo al cruzarse con ellas. Estar entre gente de su raza y encontrarse rechazada la apenaba profundamente. No obstante, en el fondo de su ser perdonaba. Saber perdonar era algo que Le Verrier siempre recomendaba y ella se había acostumbrado a incluir esa parte en sus oraciones, sintiéndose aliviada en su práctica. Pese a esa sensación de frustración, podía llegar a entender la naturaleza de sus comportamientos. Calma el espíritu, reza, todo pasa querida, recomendaba el fraile. Esas palabras y el tono con las que siempre las compartía tenían un efecto balsámico para sus aprensiones.

Cierto día, un grupo de chicos del poblado animaron con gestos a los Expósitos a salir del pequeño espacio afuera de la vivienda —a modo de corral—, que les daba el aspecto de protegerlos, de marcar una distancia en esos primeros días de convivencia con los nativos. Se habían sentido observados y cohibidos por los que por allí se acercaban a fisgonearlos igual que a sujetos insólitos, pero en esa ocasión parecían tenderles una mano de innata inocencia propia en criaturas de su edad.

El que mejor se aclaraba resultó ser Medio Expósito —acostumbrado a entenderse por señas—, que pareció coger soltura en ello con los demás chicos indígenas. Ninguno de los dos tuvo mucho inconveniente en mudar los aires de pretender ser soldados cristianos deseosos de matar salvajes a jugar a ser valerosos guerreros nativos que mataban cristianos. Con esas nuevas propuestas para su imaginación, recorrían incansables las llanuras cercanas y se iniciaban en la práctica de la lucha con palos junto con los demás niños del poblado, sufriendo por su condición de cristianos los rigores de tener que ponerse en el papel de enemigos de los mahoh en casi todos los juegos de guerra. Llegaron a recibir una buena cantidad de golpes que, lejos de dolerles en su orgullo, les endurecieron frente a los demás. Los hermanos sin sangre sabían el valor de la luz al venir de la oscuridad, habían visto demasiadas cosas para su corta edad, cocinados a fuego lento en bodegas y antros de mala muerte rodeados de hombres, muchas veces escasos de piadosas intenciones.

Integrados hasta tal punto que Le Verrier no sabía manejar del todo bien cómo acoger sus nuevas aptitudes nativas. Estos solían llegar a la choza tras sus correrías gritando, ensangrentados o amoratados y compartiendo felices los motivos de sus heridas de *guerra*. Mudaban a unos aires diferentes, los propios de los que estaban rodeados, abrazándolos con la ilusión de formar parte de ellos. Verse aceptados era novedoso e importante; a veces con demasiado empeño, demostrando más arrojo que los propios nativos. Seguían el proceso natural de integrarse entre criaturas de cualquier cultura, tranquilizaba Isabel. Si bien esos diferentes modales le eran demasiado asalvajados al fraile procurando no intervenir en su felicidad, salvo cuando sobrepasaban ciertas líneas en la correcta educación cristiana que pretendía continuar dándoles. Como mentor debía de vigilar eso, mientras no faltasen por otra parte a la otra moral a la que tocaba acostumbrarse.

Los Expósitos hacían entender a sus nuevos amigos, de qué manera flotaban y se movían esas casas flotantes llamados barcos, navegados asombrosamente por los vientos; o qué eran los carros, las ruedas, qué eran los cañones y cómo eran algunos animales como los caballos, dibujándolos sobre fina arena o en lajas con tizas o carboncillos de rescoldos. Los niños indígenas escuchaban fascinados esas historias del extranjero. Por su parte, los nativos compartían con ellos sus muchos y útiles conocimientos para sobrevivir en esas tierras. Les explicaron los secretos del fuego y los Expósitos se fascinaban, viendo la rapidez con la que sus amigos sacaban humo en poco tiempo frotando con un palo de espino sobre un cardón seco y yesca, prendiendo en llamas momentos después. Lo practicaron hasta la extenuación dejándose las manos en ello frente a las risas de los demás.

Paulatinamente en su proceso natural, esas nuevas relaciones pasaban de iniciales deferencias en amistades que se medían, hasta ir alcanzando la empatía y confianza con algunos para poderlos considerar amigos. Así se refería a ellos Expósito Entero en la lengua de los mahoh, asimilada más rápido incluso que Le Verrier.

Los chicos cristianos sabían de los asuntos del navegar, pero no conocían los peligros que entrañaba la costa. Estos los ilustraban en sus secretos. Les revelaron cómo antes de nadar había que sentarse a observar el mar y tomar contacto con los genios del lugar, moradores de esos arenales. El mar podía engañar ayudado por el viento, dirigiendo pequeñas olas en dirección contraria a la corriente. Los genios revelaban cosas si los atendías con respeto, recomendaban si se podía nadar o no y por qué lugar se debía de meter uno al agua. Según ellos, tan solo había que abrir los ojos y pedirles permiso. Así era como los genios de la costa se comunicaban, al igual que los de las montañas, pozos, manantiales y toda una lista de ellos.

Expósito iba entendiendo y afirmaba gesticulando para la comprensión de Medio Expósito, que también lo entendía a la perfección. Allí sentados, semidesnudos y descalzos como los demás, sentían la fina arena de la extensa playa de barlovento bajo sus cuerpos, a la mira de esos sabios consejos.

Les gustaba jugar con las olas que rompían en las playas, dejándose arrastrar por ellas hasta la orilla. Podían ver cómo algunos de los chicos ya estaban en ello, esperando a ser empujados por la potencia de estas rompiendo; arrastrados por su pujanza con los brazos extendidos hasta que esta perdía su fuerza al llegar a la arena. El joven nativo que les explicaba todo aquello señalaba una zona donde el agua rompía confluyendo en dos olas: una por la izquierda y otra por la derecha, y momentos después, un río de entre las aguas fluía en un tono marrón claro en arena removida arrastrada con ímpetu hacia lo profundo.

—¡Por ahí!, ¿veis, veis? —decía en su lengua, ligeramente excitado por compartir sus conocimientos con los chicos extranjeros—. Por ahí no… No nadar nunca. Igual que arrastra arena, te arrastra a ti… Muy peligroso. Morir. Muerte. Mucho peligro —sentenciaba, señalando firmemente.

Eran pequeños detalles en los que nunca se hubieran fijado los Expósitos y de los que aún no valoraban su importancia.

Una mañana, esa hermandad de jóvenes trotaban por entre riscos de barlovento recogiendo huevos de codornices y otras aves. Así disfrutaron largo rato hasta aburrirse decidiendo ir a por pulpos. Acudieron a una pequeña península cercana, un istmo de roca que sobresalía de la arena donde las olas rompían con fuerza estimulando que el salitre se notase intenso al gusto y el olfato. Según las historias que contaban sus amigos era un lugar peligroso. Habían muerto en el pasado varios hombres mariscando arrancados de los peñascos por fuertes olas dejando varias viudas. Un lugar lúgubre en el que se mostraban a salvo, confiados dentro de la temeridad propia de esa edad. Por entre esas rocas llenas de vida que daban de comer en parte al poblado se cruzaron con varias mujeres con cerones llenos de burgados y otros moluscos difíciles de encontrar con los que hacían un intenso tinte de color púrpura.

Ellos comprobaban con finas varillas de juncos o cañas el interior de agujeros entre las rocas.

—¡Aquí, aquí! —exclamó uno de ellos—. Este hueco está blando —terminó diciendo el nativo con satisfacción.

Los demás se arremolinaron en torno a él, que seguía presionando reiteradamente esa oquedad con su varilla. De repente, como si de un animal mitológico se tratase, unos tentáculos salieron del interior enroscándose con ímpetu en el brazo del chico. Por fin, tirando de los rejos, pudo sacar la enorme cabeza del pulpo que cambiaba de color a su antojo, como por arte de magia. Medio Expósito quedó alucinando, le parecía mentira que ese animal tan grande cupiese dentro de ese minúsculo agujero. Acto seguido, delante de los sorprendidos Expósitos observando con cierta repulsión la escena, el pulpo soltó un ligero chorro de agua seguido de otro de tinta negra a presión. En ese instante el chico con soltura le dio la vuelta a la cabeza, vaciándola por completo de unas entrañas de las que se deshizo. Pese a esa acción, el animal continuó retorciéndose sobre sí mismo y apretando con sus tentáculos el brazo de este al que se aferraba, y tras un diestro mordisco entre los ojos terminó con él definitivamente. En el acto, escupió con método y sin asco los restos del flujo viscoso que le reposaron en la boca separándoselo del brazo tranquilamente, dejando tras de sí en su piel redondeles sonrosados.

Uno tras otro, de esa manera tan peculiar, los fueron atrapando entre las rocas cercanas al mar de ese istmo donde batían las olas emitiendo estruendos en secos vacíos. En uno de esos intentos de sacar un pulpo de la pequeña covacha por la que no cabía ni su mano, Entero distinguió algo moverse entre las piedras: un enorme cangrejo colorado merodeaba distraído. Sin decir nada a ninguno de sus amigos para sorprenderlos por si lo capturaba, se apartó persiguiéndolo hasta una rompiente donde batía el agua con fuerza. El cangrejo se ocultó vertiginoso en una grieta cercana que el agua cubría y descubría. Expósito Entero se agarró de un saliente ofuscado en atraparlo. Colgando de esa mano con medio cuerpo ya metido en el mar, se estiró lo más que pudo y alcanzó a tentarlo. Este se defendía ferozmente. Expósito recibió un pellizco que le hizo retirar la mano instintivamente; con todo, debía atraparlo para ser como *ellos*. Después de varios intentos, finalmente lo atrapó apretujándolo con nervio.

¡Bien!, se dijo triunfante, sonriente. Menudo ejemplar… Cuando lo vean estos, ¿sabe?, masticó resoplando por el esfuerzo. La tarea lo había fatigado del todo.

Un mar traicionero remontó silencioso. De sopetón y sin esperárselo, lo cubrió hasta el cuello en un frío abrazo que lo elevó de cuerpo entero. Su alegría tornó pronto en pánico. Soltó el cangrejo al instante e intentó afianzarse a las rocas de la rompiente. Resbalaba. Tras varios intentos no pudo lograrlo. No esperaba lo que le había sucedido. Había cometido un error de novato dándole la espalda al mar. Nunca había que darle la espalda al mar, recordó con rabia las recomendaciones de esos nativos. Un error que pagaba y del que fue consiente en ese momento que lo arrastraba con la misma fuerza que lo alcanzó. El mar retomaba la forma de su naturaleza y la corriente lo engullía mar adentro. Entero braceaba perturbado malgastando su energía, intentando alcanzar esas rocas que se le alejaban a la vista. No avanzaba en ese propósito. Respiraba con dificultad nadando descontrolado y a contracorriente en dirección equivocada, rodeado en ese impás de una espesa espuma blanca tal que nieve espesa que impedía movimientos y tomar referencias. La vergüenza lo enmudecía.

Medio Expósito, enfrascado en un pulpo que se les estaba resistiendo, buscó la complicidad de su hermano. No lo veía. Se extrañó. Andorreando por esos riscos observaba sus perfiles agachándose, por si descrestaba el de su hermano por casualidad encogido, entretenido en algún orificio con su varilla. Comenzó a gritar —en la confina manera que un sordo es capaz de expresarse—, sonaba desesperante y algo angustioso a oídos sanos. Sus alarmantes y extraños sonidos llamaron la atención de los demás acercándose a toda prisa. Su mirada se perdía como loca en la rompiente y alrededores hasta atender a algo flotando en el mar. Gritó de nuevo en extraña cacofonía surgida de su interior buscando una ayuda desesperada y agarrando frenético a los que iban llegando, señalaba hacia el cuerpo de su hermano Expósito Entero vapuleado por el mar, flotando boca abajo como un muñeco de trapo, yendo y viniendo, zarandeado por olas hacia las rocas.

Intentaban alcanzarlo, pero se les escapaba de las manos una y otra vez y, con gran angustia decidieron arriesgarse creando una improvisada cadena humana en la que algunos saltaron a esas peligrosas aguas jugándose la vida, mientras se asían de los antebrazos firmemente. Tras varios intentos, al fin trincaron el cuerpo. Medio Expósito intentaba sacarlo desesperado y cayó de igual forma al mar, apartado súbitamente de las rocas cuando el golpe de agua comenzó a vaciar. Entró en pánico, braceaba delirante. Los demás quedaron observando sin remedio, exhaustos aún en el esfuerzo de haber rescatado el cadáver. Permanecieron en instantes eternos escuchando cómo las tragantadas de agua ahogaban aún más los especiales gemidos de su apreciado cristiano. Momentos angustiosos que los llevaban a rogar como última instancia a los genios del lugar. Algunos lloraban.

De pronto sus plegarias comenzaron a tener respuestas y Medio contó con su bendición. En el siguiente embate tuvo la suerte de ser acercado increíblemente al lugar perfecto para poder ser agarrado y, en automático, sacarlo de un tirón aprovechándose de la inercia del mar, en el corto espacio de tiempo antes de que comenzase a bajar y en pos llevárselo nuevamente.

Sin pensar, forzadamente jadeante en un pecho salado que le ardía por dentro como si le hubiesen introducido un balde de ascuas, saltó junto a su hermano zarandeándolo, emitiendo esos sonidos castigados que agonizaban al escucharse, igual a un animal resistiéndose a morir. Una estampa a la que asistían enmudecidos y sobrecogidos, y que arrastrarían en sus memorias aun cuando fuesen adultas. Desolados por esa situación tan dramática desvirgando sus corazones inmaduros, abrazaban a su amigo sollozando, compartiendo el sufrimiento de ese cristiano extranjero que no era tan diferente a ellos, sino uno de ellos. A sus pies quedaba Entero desnudo en una postura decente, inerte, misterioso bajo mirada vacía, conferido de una desagradable pátina de rostro mortecino y resbaladizo como uno de esos pulpos.

Allí moría el que hasta ese día había sido su hermano mayor, su compañero, su amigo y protector, el ser que más amaba por encima de todas las cosas. Medio Expósito habría dado su vida a cambio de la suya.

La mañana se mantenía entristecida en una paleta de grises oscuros. A pesar de haber amanecido hacía horas, ninguno había visto aún los rayos del sol entre esas nubes selladas. Le Verrier se mostraba reservado, concentrado en plena la oración *Requiem æternam dona ei…* Señor, concede tu eterno descanso para el alma de este siervo, nuestro querido Expósito; a quien has reclamado de esta tierra cuando la virtud de la juventud florecía en su máximo esplendor. Contigo quedan tiernas sonrisas. Una inocencia interrumpida por la crudeza misma del mar. Acógelo en tu seno con tu infinita misericordia en nuestro santificado, dulce y eterno himno a tu alabanza. Por Jesucristo, nuestro Señor, *per Christum Dominum nostrum, amen.*

Mojó sus dedos de un recipiente de barro y la salpicó en forma de cruz sobre la tierra recién removida en esa la tumba rezando su nombre, Expósito E., sobre un impreciso RIP —epítome de *requiescat in pace* o descanse en paz—. Allí presente se encontraba casi la totalidad del poblado asistiendo a ese extraño ritual que el hechicero cristiano estaba ejecutando, del que sentían formar parte en homenaje y respeto a la muerte de ese inocente chico de raza extranjera.

Isabel lloraba desconsolada arrodillada a los pies de Le Verrier. Con el tiempo, había tomado tanto cariño a esos chicos que, sin tener motivos, se sentía responsable de ese terrible accidente.

Quien no estaba allí era Medio Expósito, que no soportaba imaginarse una vida sin él. La imagen constante y presente de su hermano inerte en una mirada ida de cuerpo presente, lo llevaba de la mano a un estado apático y ausente de voluntad; recluyéndose en el lecho donde habían dormido juntos hasta aquel día.

Isabel —empujada por esa emoción que le mordía las tripas—, comenzó a entonar en su lengua heredada —como si de un triste lamento se tratara—, una toná especial para ella. Se trataba de una endecha que cantaba su madre cuando ocurría la muerte de algún ser querido. Todos los presentes escuchaban en silencio esa desconocida canción en su lengua. De gran emoción, suave, esplendente, puro era el sentimiento con el que la cantaba. Sus particulares quejidos envolvían el ambiente de ese lugar sagrado con un halo místico, doloroso, pero con todo reconfortante. Los efectos que Isabel transmitía con esa melódica endecha eran la más pura demostración de dolor en la esencia de quien había perdido a alguien amado.

Cuando terminó, un demoledor silencio devolvió a todos a la realidad. El padre Le Verrier se secó las lágrimas afligido de un rostro palpitante de sufrimiento, e inspirando profundo retomó el rito con la solemnidad que le permitía su emoción.

—Atiende, Señor, nuestras oraciones y seca con tu amor las lágrimas de este vacío que sentimos por la inesperada marcha del joven Expósito. Abrázalo con tu inmensa misericordia, brille para siempre con la luz de tu reino, ese en el que no hay sufrimiento ni dolor. Por Jesucristo nuestro Señor, descanse en paz… *Per Christum Dominum nostrum, requiescat in pace. Amen.*

Colocó al finalizar una improvisada cruz de madera sobre la tumba. Un desconocido símbolo para esos indígenas que no tardarían en reconocer.

Entretanto el párroco realizaba esa labor, comenzó a abrirse un pasaje humano y un rumor arrancaba del respetuoso silencio a los presentes. De entre la multitud apareció un hombre de cabellos plateados. Un joven de la edad de los Expósitos lo acompañaba. Se aproximaron a la tumba saludando cortésmente al rey Ayose. Por la sinceridad con la que se cumplieron entre ellos, le dio la impresión de ser viejos conocidos o respetados entre sí. Ese anciano de pelo blanco susurró alguna confidencia al rey, Ayose la depositó en el oído de Di Giute y a continuación este al de Le Verrier. La presencia de esa pareja surgida en último momento impregnaba de algo especial el lugar.

—Es un afamado hechicero de la isla, su nombre es Buypano y quiere realizar una oración por el chico. ¿Tiene su bendición?

Le Verrier asintió enfático a ese hechicero, y en mismo gesto y seña agradeció el detalle. Buypano tomó dos piedras del suelo y comenzó a chocarlas entre sí bajo un compás de lento tempo, entretanto recitaba enternecedor una oración en su lengua. Los presentes gradualmente se fueron postrando de rodillas alrededor de la tumba y de Buypano.

Advirtiendo que incluso el rey había tomado esa postura, Le Verrier los imitó. Por hacer aquello podía ser acusado de herejía en foros católicos. Con todo, su juicio cristiano le dictaba estar participando de un acto tan espiritual como el suyo que habían respetado esos indígenas momentos antes. Todos somos iguales ante los ojos de Dios, admitía, asistiendo con admiración la devoción sentida por ese pueblo en sus ceremonias.

Sentado sobre su trono lo saludó, junto a él, se encontraban el hechicero que había dado ese hermoso responso en el entierro de Expósito y el joven que lo acompañaba. El fraile cristiano había acudido a la vivienda del rey algo contrariado, le habían mandado llamar por alguna razón que se le escapaba. Tan extraño a ojos nativos como siempre, el cristiano se acomodaba vistiendo su atuendo incómodo y luciendo su media cabeza extrañamente rasurada por la coronilla.

—Cura de almas cristiano… Este hombre que nos ha honrado con su visita es el respetable hechicero Buypano y, junto a él el joven Maday, honorable discípulo. Dos eminencias que curan almas como tú, además de dolencias, con sus dones y conocimientos de plantas medicinales.

—Yo tan solo soy un siervo de Dios —apuntó Le Verrier, manejándose suelto en su lengua y restándose importancia humildemente ante esos supuestos sabios.

Buypano atendía serio y prudente y Maday imitaba a su maestro, poco acostumbrados o nada a tratar con extranjeros en persona.

—Sea bienvenido a nuestra tierra y sepa que para nosotros es un presente de los dioses conocerlo y tenerlo con nosotros. ¿Podemos mi discípulo y yo hacer algo por el cura de almas cristiano?

Agradeciendo la humildad con la que se expresaba ese extranjero, Buypano compartía aquello alejado de presunciones.

El motivo de haberlo llamado era la presentación formal entre hombres espirituales de mundos diferentes. El rey facilitaba ese encuentro tan formal en equilibrio en tanto a la importancia que les daba. Tras esas presentaciones, sin entrar en conversaciones densas, ligeras de ritos o creencias, terminaron brindando cuernos llenos de su preciado charcequén para despedirse momentos después.

A Le Verrier le vino a la cabeza una preocupación y pensó en pedir favor o consejo al respecto. Un punto de vista diferente al suyo. Dubitativo, no quería pecar de poco instruido frente a ese hechicero. El rey se lo percibió, lo iba conociendo: ese cristiano le era especialmente cristalino como el agua.

—¿Ocurre algo, cura de almas?

Cuestión tras la que al fin se decidió a formular la suya. Por qué no… Se dijo.

—Eh… Sí, Alteza ¿Recuerda el otro chico, el que no escucha? —Ayose atestiguó en leve gesto—. Eh… Desde la muerte de su hermano no veo que se recupere. —El rey quiso indagar permutando su mirada—. Sueña y grita por las noches. Y por el día dormita y dormita. Apenas prueba bocado. Isabel, ya sabe… Cree que pronto enfermará. Yo rezo con fuerza, Excelencia, para encontrar el modo de ayudarlo, pero… No encuentro… Al chico le tengo aprecio y no sé… Quizás eso me esté nublando el juicio al ayudarlo.

—Entiendo…

Relativizó el rey a la vez que miraba a Buypano por el rabillo del ojo. El hechicero asintió dándose por enterado e incluyéndose en esa conversación.

—Cura de almas cristiano, todos necesitamos una época de duelo cuando nos asalta una gran pena —reflexionó claro en su mensaje—. Cada uno tenemos nuestros tiempos, de la misma manera que cada cuerpo toma en digerir lo que come de diferente manera. No hay que tener prisa en nada sobre estos asuntos, si no traen problemas con el tiempo. Ese joven padece de pena —sentenció seguro en lo que expresaba.

Buypano dirigió unas palabras al rey, demasiado rápidas para que Le Verrier pudiese entenderlas.

—El respetable hechicero lo invita a recolectar plantas mañana al comenzar el día —dijo.

Quedó el fraile confuso en si ese desconsuelo compartido por él se daba por contestado o no en esa propuesta.

—Gustoso acepto la invitación.

Parecía zanjado el asunto para ellos, pese a no haber aliviado la congoja del religioso respecto a Medio Expósito.

Buypano con aquella invitación pretendía conocer mejor a ese hombre cristiano espiritual y, si la ocasión lo propiciaba, estrechar lazos con él. Por su parte el fraile, llevado por la curiosidad, intentaría lo mismo.

Los ojos de Expósito se perdían en la pared de piedra frente a él, recostado sobre las pieles en las que dormía día y noche desde que perdió a su hermano mayor. Respiraba su pena con la cabeza apoyada sobre un pellejo relleno de paja. En esos momentos agradecía no escuchar. De esa manera se aislaba de todos a su alrededor. Se fijó en que algo se movía delante suya en el borde de ese lecho. Extrañado, primero pensó que podría tratarse de un ratón o un perenquén, pero pronto descubrió que se trataba de otra cosa: un pequeño muñeco de madera que asomaba y que intentaba trajinar por esas pieles tropezando adrede cómicamente. No pudo evitar sorprenderse. Frente a ese muñeco apareció otro parecido y comenzaron a sacudirse y tropezarse entre sí juguetones, con burla sobre las pieles, manejados por unas manos que no reconocía, y no pudo reprimir su sonrisa.

Cuando Maday lo vio sonreír, asomó la cabeza del todo devolviendo el rictus. Ya estaba avisado de que no podía escuchar ni tan siquiera hablar, así que intentó no comunicarse con él salvo por gestos fáciles de comprender y le ofreció uno de los muñecos, tallados junto a Buypano la tarde anterior tras salir de departir con ese cura de almas cristiano.

A los pocos días del entierro y tras la cruz que colocó Le Verrier sobre la tumba, había aparecido erigido un pequeño altar de piedras amontonadas en su honor al que llamaban *kerkú*, costumbre cuando fallecía algún ser querido y que consumaba Isabel aportando su piedra en ese instante. Continuaba muy afectada por la muerte de Expósito Entero y visitaba ese túmulo casi a diario; si cabía, estaba algo más recuperada al ver los progresos de Medio Expósito. El chico había vivido una traumática situación que le marcaría para toda la vida y que condicionaría su personalidad a todas luces. Sentía la obligación de forzarlo a salir de ese estado de aflicción antes de que enfermase de pena. Era fuerte, sin embargo, no quería que perdiese su esencia, era un buen chico y no se merecía más sufrimiento, se refrendaba.

Para su tranquilidad, a Expósito se le iban notando cambios en el ánimo, lentos pero apreciables. Comenzaba a comer y a moverse. Algo más sonriente cada vez que sabía que iba a reunirse con su nuevo amigo llamado Maday, al único que deseaba ver.

El chico vivía en un lugar insólito, el mejor lugar del mundo antes de la muerte de su hermano y, aunque él no lo pusiera en firme en esos días, se encontraba a salvo bajo el cuidado de buenas personas. A pesar de todo, hubiese preferido seguir viviendo toda una vida embarcado en aquella sucia nave que remontaba el río Guadalquivir, a cambio de que su hermano del alma siguiera vivo. Pese a los ánimos de Le Verrier para que se levantase y le diese el aire, Expósito prefería quedarse tumbado hasta la esperada llegada de su amigo nativo, al que aguardaba con inquietud todos los días.

Maday acudía una de esas tardes a visitarlo con un regalo especial de parte del rey Ayose. Expósito preguntó extrañado interpretando con sus manos las tres plumas del ornamento del monarca, a la vez que se encogía de hombros frunciendo una ceja tan solo, incrédulo de que el rey mismo le hubiese tenido en cuenta. Maday asintió y sonrió, confirmando que verdaderamente ese presente venía directamente del monarca. Hurgó en su pequeño zurrón de piel sacando de él los dos cuchillos envueltos en cueros, los mismos que les habían confiscado a su hermano y a él cuando fueron capturados por los altahay aquel día en el barranco. Dos sencillas hojas forjadas de una pieza —mango y filo en conjunto—, que para Maday eran objetos peculiares nunca vistos, confeccionados en ese material insólito que no había sentido su tacto hasta ese momento: el metal.

De camino a la casa de los forasteros —como la llamaban en el poblado de Jorós—, se había parado a analizarlos detenidamente. Sacó uno de ellos de la funda de piel donde venían envueltos, con curiosidad y cierto temblor en sus manos. Lo apretó, valoró su peso y le pasó la lengua tímidamente notando un sabor que le resultó intenso pero familiar: tenía el mismo gusto que la sangre y eso lo impresionó. Armas muy diferentes a las que había en su isla.

Expósito se sorprendió con alegría al ver de qué se trataba ese presente. Volver a ver aquellos cuchillos le insufló una pizca más de moral, un ánimo que necesitaba. No solo armas, también herramientas que utilizaban a diario para muchos usos, incluso comer. Lo echaba en falta. Al ver el cuchillo de su hermano, su recuerdo le vino con amargura, no obstante, tornó en placidez cuando recreó a Maday lo bien que se manejaba Entero con él en las manos. Quedó observándolo por unos momentos y, sin pensarlo, se lo ofreció a Maday con una mano mientras con la otra se tocaba el pecho a la altura del corazón. Con ese gesto le obsequiaba el cuchillo de su querido hermano. Medio Expósito estaba seguro de que le hubiese gustado que pasara a manos de un amigo como ese. Una pena que no lo hubiese conocido, pensaba.

Para Maday fue el mejor regalo que hubiese pensado recibir. Observó el cuchillo aún sin creerse que era para él. Llevado por esa alegría agarró a Expósito de la mano tirando de ella y sacándolo de la casa a toda prisa. Isabel, allí presente perforando unas conchas de lapas para hacerse un colgante, no pudo más que sonreír feliz cuando los vio salir corriendo bajo el firme dintel hecho con un viejo tronco de árbol.

No tardaron en juntarse con su grupo de sus amigos —ya hacía tiempo, no había estado preparado para verlos desde la muerte de Entero—. Maday enseñó con orgullo esa preciada herramienta obsequiada como gesto de hermandad por el extranjero y dedicaron el resto de la tarde a jugar. Lo importante no era a qué jugaba Expósito, sino que volvía a hacerlo. Pese a su corta edad, no recordaba el haberlo hecho antes de llegar a aquel poblado. Había pasado su existencia entre adultos, trabajando por comida y alojamiento. Una dura vida para un niño. No dejaba de pensar en la suerte de esos chicos indígenas quienes, tras finalizar sus labores con el ganado y otros mandados, pasaban largo tiempo jugando libremente por aquellos parajes a todo lo que se les ocurría y más: a la *tángana*, derribando a pedradas desde cierta distancia túmulos de cantos puestos en equilibrio, a las guerras, a la puntería con hondas, a la esquiva de bolas de barro y en esos días a la pina, un juego con sus normas que habían traído de su reino extranjero los Expósitos y que practicaban empujando una bola de madera con tallos de palmera hasta la raya de anotación. Jugaban entre niños, jóvenes y adultos, organizando tales revuelos que terminaban con numeroso público animando a las partes.

Acababa de amasar gofio tostado mezclado con un delicioso queso blanco aderezado con un pellizco de menta. En ese momento Isabel apretujaba el resultado en pellas para que sirviesen como cena para esa noche. Semanas después de la muerte de Expósito Entero, por mucho que le doliese, se iba haciendo a su falta en el hogar. Por muy triste que pareciese, parecía ir acostumbrándose a esa nueva situación. Medio Expósito se encontraba más tranquilo a su vez entre esas gentes, hasta tal punto que ya gesticulaba semejante a ellos, usaba a diario el taparrabos y llegaba a la vivienda por las tardes con extrañas pinturas decorando su cuerpo. Poco a poco, el tiempo cicatrizaba las heridas del corazón.

A ella apenas se la veía por el poblado, como siempre desde que llegó. Pasaba casi todo el tiempo en la choza sin salir, tal y como esa tarde se encontraba. Expósito no estaba y Le Verrier había tomado el hábito de ir a pasear o a visitar enfermos con el respetado hechicero Buypano.

Isabel estaba sola, tranquila y en silencio, cuando se oscureció de repente: alguien se ocultaba tras la luz de fuera en la misma entrada de la estancia. Era una silueta gruesa y femenina que la observaba callada. De pronto, otra figura apareció tras esa a la que no reconocía: eran dos. Entonces otra se sumó asomándose del mismo modo. Isabel, asustada en un principio, se aclaró con prontitud que eran tres mujeres y no hombres. Calculó la distancia al palo que tenía para mover las ascuas por si necesitaba defenderse, pero apaciguó ligeramente su ánimo al observar que, al ir entrando sin su permiso, la actitud de estas se mostraba pacífica.

Aquellas mujeres invitaron a Isabel a que las acompañase. Temerosa de sus intenciones titubeó por un momento, sin embargo, aceptó. Desde su llegada al poblado había recibido rechazo y numerosos desaires por parte de casi todas por ser indígena y verla colaborar con cristianos, e incluso por vestir semejante a ellos, tal y como iba en ese momento, la criticaban. Arrimó las ascuas encendidas para evitar accidentes en su ausencia y decidió marcharse con ellas voluntariamente, aun desconfiando de las intenciones que pudiesen tener.

A Expósito lo había vencido el sueño, cansado del ajetreado día que había tenido con Maday y los otros chicos. Que estuviese saliendo en esos días tanto, además de alegrarlo, al religioso le venía bien: así disponía de más tiempo solo y para estar con Isabel. Una mujer callada que en su reserva y durante sus silencios, transmitía una sensualidad especial que la hacía aún más atractiva. En las conversaciones con ella aún se ruborizaba como un niño apartándole la mirada.

Sin noticias de ella, Le Verrier andaba preocupado. Ya había caído la noche. Algo extraño. Inusual. Siempre estaba en la casa. Era la primera vez que ocurría. Hacía rato que ya habían cenado unas pellas de gofio que habría dejado preparadas sobre la pequeña mesa de piedra lisa donde solían comer. Salió varias veces afuera mirando los alrededores y todo estaba en calma. Con el fin de dejar pasar el tiempo entretenido, tomó la pluma de gaviota que utilizaba para escribir, la mojó en la tinta de pulpo traída por Expósito y se puso a dibujar sobre una fina piel de baifo curtida en sal y leche. El fraile llevaba tiempo trabajando con pasión en la elaboración de un sencillo catecismo, ideado por él mismo tras la conquista de Lanzarote, con la finalidad de ayudar a la salvación de las almas de esos indígenas. Intentaba plasmar La Palabra de Dios en sencillos y comprensibles bosquejos. Dedicarle esos ratos de concentración, lo ayudaba al recogimiento y en cierta manera a calmar su espíritu. Distraía de esa manera la preocupación que se le presentaba en pellizcos a cada momento de pensar en ella, de dónde podría estar, de si le habría pasado algo. Pensó en alertar de su situación a los altahay, pero pese a ello, prefirió dejar pasar un poco más de tiempo. Repasando uno de sus dibujos a la luz de una lamparilla de manteca, se sobresaltó con el sonido del esparto al descorrerse en el acceso. Era una indígena la que entraba despacio, con cautela, oscilando su silueta con la elegancia de una gata. Estaba oscuro y no la distinguía con claridad, pero pronto cayó en la cuenta de que era ella: Isabel. Para su sorpresa, habiendo mudado sus aires cristianos, no llevaba puesta ni la camisa ni el pantalón —la ropa de hombre que acostumbraba a llevar—. En su lugar, vestía a lo nativo de pelo pardo cogido al hombro que la cubría hasta las corvas, ceñido como una segunda piel.

Apartó su mirada adoptando un semblante serio. Quiso demostrar con ese gesto que estaba contrariado por esa tardanza sin haberlo avisado. Con todo, en el fondo de su ser no podía evitar pensar en lo exótica e irresistiblemente femenina que se mostraba. Una faceta de ella de la que no había disfrutado nunca. Isabel se sentó junto a él.

—*Suref,* Padre… *Suref* —susurró.

Le Verrier conocía perfectamente su significado: solicitaba su disculpa. Isabel, desgajó delicadamente dos trozos de una de las pellas de gofio que aún permanecían sin recoger en la piedra lisa. Con uno de ellos entre sus dedos, se lo dio a probar con gesto sensual jugueteando en los labios del religioso. Le Verrier abrumado con esa inesperada actitud y cohibido del todo en esa situación que vivía por primera vez en su vida, lo aceptó en su boca y a regañadientes con un rictus infantil. Le volvió de inmediato la cara fingiendo con ello el continuar molesto por su tardanza. No más que apariencias.

Comenzó entonces suave, sensorial, a relatar lo sucedido jugando con otro pedazo de pella entre sus dedos en desinhibidos movimientos sin llegar a introducírselo en la boca, algo que distraía la atención del religioso. Compartía el motivo de desaparecer esa tarde y de lo contenta que estaba por ello: su estancia en el poblado desde ese día se había tornado en dicha, desquitándose una losa que le pesaba y abriéndose a una despreocupación merecida, al fin, expresaba.

Le Verrier aprovechaba esa explicación para recuperar aliento y bajar sus pulsaciones. Surgía el fraile, el de siempre. No del todo, eso sí: frente a ella se encontraba ante un abismo en el que deseaba desnudarse de sus complejos en cada inspiración.

Al parecer, esas mismas mujeres que la rechazaron en un principio, se compadecieron tras atender su pena y el respetuoso duelo para con los chicos cristianos a los que protegía, actos propios de una buena matriarca. Y más, tras la trágica pérdida de Expósito Entero, suceso que afectó a todos —nativos incluidos— al estar bajo el amparo del poblado. Al mismo tiempo, valoraron la corrección, buenas maneras y respeto a las tradiciones ancestrales pese a ser cristiana. Todas estas razones las habían llevado a decidir aceptarla. Disfrutó de cuidados especiales para ese día en una ceremonia en su honor, lavándola con mimo, permitiendo escuchar sus historias en la cristiandad; entretanto le confeccionaban a su medida ese tamarco estrenado frente a él.

Mientras se lo describía, Le Verrier observaba sus labios carnosos vocalizando teñidos en tono violáceo, las veces humedecidos al finalizar una frase y retomar otra; el mismo tono con el que tenía perfilados los contornos de esos expresivos ojos que lo atravesaban. Único lugar, por lo curtido de su carácter, en el que Le Verrier había aprendido a adivinarla. Menos en esa noche en forma de dama indígena por la que podría perder la cordura cualquier hombre, fructificaba incómodo tan solo en pensar en ese *cualquier otro hombre* que no fuese él. Percibía olores nuevos, atrayentes, recién estrenados en una mezcolanza a cuero recién curtido y piel de mujer con fresca fragancia de flores silvestres. Ver su hombro descubierto le introducía un hormigueo por su estómago por el que se veía obligado a retomar aire.

A pesar de su actitud, el sentir del religioso era otro totalmente diferente, mostrado a través de una novedosa amalgama de vívidos colores en forma de agradecimiento, reconocimiento, inmerecido trato, pellizco de culpa, simple vergüenza o estar pecando. En ese caso, por inexperiencia, en dar rienda suelta a una masculinidad afeminada en años de estudio y oración. En determinados trances parecidos que otros hombres resolvían expeditivos, él quedaba atrapado bajo cierta parálisis en obra y pensamiento: acalorado, temblón y visiblemente ruborizado, como en ese impás ante Isabel. Inexperiencia no más. Sin embargo, algunos de esos nudos se iban desatando en él desde su llegada al poblado. Una parte que en ese instante tomaba las riendas de su razón siéndole imposible apartar ni de soslayo, una ávida mirada frente a sus torneadas piernas de mujer mostradas esplendorosas, prietas, aceitadas, morenas. Surgiendo femeniles de ese atuendo exótico y precario en cubrir lo suficiente una piel irresistible desde esa postura en la que se recostaba a propósito. Intentó reprimir su ímpetu ante sensaciones carnales surgidas bajo esa mirada irresistiblemente lasciva que ella mantenía peligrosamente firme y letárgica. Anulaba voluntades en una respiración cada vez más profunda entretanto Isabel lo acariciaba serenándolo. La imaginó desnuda. Con miedo a caer bajo el precipicio de ese vestido, comenzó a notar dilatarse incontrolablemente su sexo al compás de pujantes latidos del corazón. Isabel ganaba esa batalla en la que se había metido con gusto con él por primera vez. Disfrutaba.

Esta se apartó lo justo en práctica de esa nueva cualidad. Picardías que ejercitaba sin perder su objetivo en esa noche: derrotar esa parte del religioso que lo retenía y bautizarlo como hombre en lo mundano, en lo humano, en una naturaleza originaria.

Isabel quitó con suavidad la pluma de entre los dedos acercándose a él y extendiendo su cuerpo sobre la losa en la que se apoyaba este. Se alargaba bella acompañando su mano para recorrer juntos y despacio sus muslos. Le Verrier los sentía ardientes, abrasándole las yemas de unos dedos virginales en cuerpo femenino; aventurándose por primera vez en desconocidos y salvajes territorios.

—No esperaba esto de mí, ¿verdad? Me gusta que me miréis así… Sé que me deseáis y deseo que me deseéis como sé que nos sucede.

Tras esas palabras, una explosión en los sentidos de Le Verrier lo nublaron en irrefrenables ganas de convertirse en un animal irracional y dejarse llevar por sus instintos. La piel de Isabel se erizaba bajo sus dedos. Sensaciones que él la provocaba, nadie más, ningún otro, solo él. Aquellas luces y sombras dejaban entrever curvas, rincones y detalles sensuales hasta ese momento ignorados, atractivos e inexplorados. Isabel condujo su mano a lo largo de ese muslo que tentaba, hasta que esos finos vellos terminaron en otros gruesos y aguosos donde terminaban sus piernas. Un lugar al que nunca imaginó llegar.

En una instintiva mirada comprobó que Expósito dormía de espaldas a ellos, inmóvil. Además, era sordo, recapacitó para su tranquilidad. Retiró la piel que cubría a Isabel dejando al descubierto unos pechos curvos y apetecibles de pezones áureos ensombrecidos a lo nativo; que se presentaban ante él sin que nada le impidiese disponer de ellos a su antojo. Isabel le tomó por la nuca decidida y lo apretó contra sus turgentes volúmenes. Le Verrier disfrutó hasta saciarse del todo con ellos. A continuación, la tomó en brazos, tumbándola desnuda sobre las pieles del lecho donde él había pasado eternas noches de soledad, hasta esa en concreto, despojándolo del hábito que vestía.

—*Tamarawa*, Padre —expresó divertida, en una sonrisa cómplice que no fue devuelta de la misma manera.
—Buenos días, Isabel.

No solo sonó áspera esa contestación por el tono —al ser esas las primeras palabras emitidas por su garganta al despertar—, al mismo tiempo eran densas en modulación.

Evitando sentir lo que debería, confinado en lo que creía que debía de sentir, Le Verrier buscaba refugiarse en él por un motivo que no ponía en firme. Se apreciaba contrariado, culpable quizá.

Su caricia, un delicado gesto confidente con las yemas de sus dedos a través de la nuca del fraile en el instante que pasó tras él lo llevó a sentir lo que debía, devolviéndole ese dulce arrumaco con una expresión apretada y torpe, en una mirada humilde que se postraba ante ella disculpándose por su brusquedad.

Adormecido todavía, Expósito lucía el rostro hinchado sin poder evitar bostezar y emitía aullidos que no llegaban a identificarse con vocal alguna. En esa mañana el sexto sentido desarrollado por su discapacidad estimaba señales atípicas en el ambiente según se iba espabilando: Padre e Isabel registraban un brillo especial en sus rostros, inusual, una amabilidad que fluía en todas sus manifestaciones. Suspicaz, cayó en la cuenta de que el Padre vestía la camisa y los pantalones de Isabel y ella unas pieles típicas de mujer nativa. Reparó en todo aquello algo extrañado sin molestarse en indagar. Si todo va bien, para qué darle vueltas, rumiaba calmoso restregándose los parpados abultados propios del despertar, despegándose mocos y legañas para catapultarlos lejos con los dedos.

Después de llenar el estómago con un buen tazón de manteca, sal y gofio y un trago de leche fresca de cabra del tabajoste de barro cocido, salió a echar el día, tal y como había tomado por costumbre. La pareja de tutores se sonreían cómplices al verlo con ese ánimo que, poco a poco, le iba poniendo en su sitio. El chico iba sanando.

En el silencio resultante tras la marcha de Expósito surgieron miradas contenidas de complicidad y sonrisas encogidas entre los dos por lo ocurrido durante la noche. Culminando esa evocación, Le Verrier tomó la mano a Isabel y la besó bonito. Un nuevo periodo se abría en ese día para los dos, así lo evaluaba él, aunque ella había dejado entreabierta aquella puerta tiempo atrás. Simplemente y mediante sutilezas de mujer, había ido proveyéndolo de los espacios necesarios sin forzar. Su condición de esclava le coartaba tomarse ciertas licencias. Sin embargo, allí, en esa primera mañana aceptada oficialmente entre las demás mujeres del poblado simultáneamente a estar experimentando una inusual intimidad con él, se sentía liberada de poder ejecutarlas.

Le Verrier sintió curiosidad por un detalle de seguro importante para Isabel. Avergonzado por no habérselo preguntado nunca, decidió entrar en ello. Llegaba tarde, pero era de justicia.

—Isabel, quiero pediros perdón por no haberme interesado antes… No tengo disculpa alguna que daros, salvo haber estado dedicado por entero a asuntos a los que he dado erróneamente más peso que a vos.

A ella le encantó ese comienzo y abrió los ojos sorprendida de estar escuchando un reconocimiento a su persona, a ser atendida conforme a su condición de mujer, de algo más que una esclava; en su descargo era cierto que jamás él la trató como tal.

—Nunca os he preguntado cuál es vuestro nombre originario.

Ella arqueó las cejas, sorprendida. Con todo, el advertirlo vulnerable en ese momento le atraía aún más.

—Cuando Dios me dio la vida en Europa, madre me llamó Fayna en mi lengua materna. Así me llamaba madre.

—*Fayna* —coreó Le Verrier.

—Ya casi había olvidado cómo sonaba mi nombre en boca de otro: Fayna… —Se emocionó—: *Mujer Entre Luz y Fuego*, es su significado y así es como me veo tras el paso de los años, siempre en contradicciones, entre lucideces y fuegos de mi interior.

Terminó de emocionarse del todo rompiendo sus acuosos ojos en una descarga de lágrimas que pronto empaparon su rostro. Le Verrier se levantó y, haciendo gala de su más tierna y novedosa compasión, la abarcó del todo con los brazos, reposadamente. Se mostraba varonil y a gusto en esa nueva faceta. Ella buscó refugio a sus mejillas junto a su pecho abierto en esa camisa que olía a ella. Y los dos atesoraron el momento, disfrutando de ese abrazo en los particulares modos que su género les indicaba.

El cura de almas cristiano no podía tener mejor maestro para sus fines que ese hombre que conocía fielmente las costumbres y creencias nativas. Los dos cultos para sorpresa del fraile —salvando distancias—, coincidían en unas hermosas similitudes de las que Le Verrier iba a sacar partido para hacerse entender.

Ese día hacía más calor de lo normal por una extraña ausencia de vientos y agradecía llevar esa fina camisa abierta. Tenue pero fresca, la brisa marina aireaba sus axilas en una sensación que no solía sentir con sus hábitos religiosos y en esa parte en concreto del cuerpo. Se había despedido de Isabel con un casto beso en la frente y ella se quedó en el hogar elaborando un tinte anaranjado con azafrán silvestre que le había traído Le Verrier, como presente de una anterior caminata con el hechicero nativo, con el que estaba de nuevo en ese momento.

Buypano lo observaba con la curiosidad de un niño. Un sentir con el que Le Verrier lo espejaba. El indígena respetaba a ese hombre que curaba el alma a los suyos, sin entenderse del todo en sus tan diferentes ritos y creencias, pretendiendo aprender todo lo posible el uno del otro. Buypano sintió al conocerlo que ese hombre no tenía el don y si lo tenía, nadie se lo había reforzado. Le resultaba curioso que en las tierras allende los mares de donde venía, el no disponer de esa cualidad no resultase inconveniente para que se dedicasen a curar almas, que lo hiciesen tan solo por sus conocimientos y no por sus facultades. Pero, tras el paso de los días y al conocerlo más a fondo, su intuición le decía que, pese a carecer de ese don, disponía de un halo de misticismo en una gran dosis de espiritualidad que potenciaba sus erudiciones. El cristiano convencía con razonamientos y, sin él descubrírselo, desprendía una energía especial.

—Respetable Buypano —llamaba la atención del hechicero, arañando en ese impás algo de tiempo para reflexionar bien cómo formular la pregunta que le iba a exponer a continuación.

—Dime, cura de almas.

Contestaba el hechicero distraído, sin quitar ojo de la tierra por si aparecía alguna planta a recolectar durante ese agradable paseo por las praderas cercanas al poblado de Jorós. La jornada se mostraba extraordinaria y disfrutaban de una temperatura apacible.

—El otro día quedé sorprendido de cómo, con movimientos con sus manos sobre el cuerpo de aquel hombre, este pasó de sufrir grandes dolores que le impedían caminar, a dar pasos sin dolor al terminar.

Buypano había tratado a una persona doliente días atrás acompañado de Le Verrier. El hechicero quedó asimismo satisfecho de su actitud respetuosa durante su tratamiento y disfrutó escuchando las extrañas oraciones en lengua extranjera que ese cura de almas recitaba a la vez que Buypano lo hacía en la suya al manipularlo.

—No, hermano Le Verrier —se refirió a él como a un igual—: Es conocimiento, experiencia, intuición; escuchar lo que dice el cuerpo al tocarlo. Alma enferma, hombre enfermo. El dolor es inevitable. El sufrimiento va en la naturaleza de los hombres, y cada uno debe valorar cuánto está dispuesto a sufrir.

Continuó comentándole que había personas que trascendían el sufrimiento siendo valientes y otras que no sabían vivir sin él. Víctimas de su propia cobardía que no afrontaban con valor la causa de este. No quieren cambiar, sentenció. A esos no se les puede curar, quedan en manos de los dioses.

Continuaron unos pasos más.

—Yo no trato el sufrimiento, sus cuerpos me indican la causa y se la muestro, trascender el sufrimiento es cosa de ellos. Del mismo modo que si a una planta le falta agua, enferma y puede morir, al hombre le sucede igual: nos regamos con amor y nos secamos sin él.

—El amor de Dios. «El amor todo lo soporta», dijo el Santo Pablo. Un hombre venerable.

El párroco matizaba con argumentos cristianos lo que el hechicero comentaba, mensajes que él mismo había predicado en alguna ocasión.

—Una vez que caemos enfermos, alguien nos tiene que guiar y ponernos en comunión de nuevo con los dioses. Hacernos ver que esa enfermedad es consecuencia. Para ello existen dos caminos: uno fácil y otro difícil. El primero es dejarse marchitar, el segundo dejar de luchar contra uno, buscar las razones de la lucha y aceptarlas —aseveraba—. La misión de hombres como nosotros es alumbrar el camino —dispuso.

Le Verrier se detuvo, provocando con ello que Buypano también. Tocándose la barbilla en un gesto inconsciente, recapacitaba esas palabras que acababa de escuchar: estar al lado de ese hombre lo llenaba de dicha.

—Nuestras plegarias van a dioses distintos en una misma religión: hacer el bien… No más que hacer el bien —sentenció el hechicero dilapidando cualquier argumento del cristiano.

Le costaba admitir, tras el paso por la escuela escolástica, catedralicia y varios monasterios, que estaba ante uno de los mejores maestros que había tenido en su vida. Un hombre de fe digno de admiración. Consabido en respuestas sencillas para toda duda o temor humano. El verdadero maestro transmitía, no ilustraba, y Buypano era el vivo ejemplo de ello. Simplificaba con su humildad cualquier tipo de cuestión.

Le Verrier disertó sobre sus palabras, en que era cierto que tenían el mismo Dios, salvo que lo llamaban de diferentes maneras según se manifieste en el cielo, el mar, o en la naturaleza. Pero Dios estaba en todas partes. Ciertas eran sus palabras: entre ellos tenían ese algo en común que era hacer el bien. Y terminaron con la reflexión de otro sabio: «Obra divina es aliviar el dolor».

El hechicero se secó el sudor de la frente con el brazo.

—Vayamos allí. Podremos seguir charlando tranquilos.

Señaló unas palmeras cercanas hasta las que se aproximaron. Allí se acomodaron bajo su sombra, sobre unas piedras lisas en esa calurosa tarde a la que habían llegado sin darse cuenta, mediante una conversación tan sublime de la que Le Verrier hubiese escrito un verdadero tratado de nuevos conocimientos y reveladoras reflexiones de boca de ese hechicero. Esperaba tener el tiempo suficiente para volver a tratar todo aquello con él, antes de poder ponerlo por escrito para que se no le pasase ningún detalle por alto. Cada palabra suya era un tesoro.

El día se alargó cercano a su fin, las horas habían pasado apenas sin ser conscientes. El sol caía por poniente irremediablemente luciendo con menos fuerza, pretendiendo por su naturaleza alargar todas las sombras a su paso. La brisa marina retomaba su fuerza habitual, intensa en ese lugar agradable cercano a la costa. Seguían disfrutando de unas majestuosas vistas a la infinita creación desde ese sencillo trono de piedras. Buypano miró a su alrededor, cerciorándose de que nadie cercano se enterase de lo que iba a compartir.

—Quiero enseñarte algo, hermano Le Verrier. Para mí es un objeto preciado que he procurado no mostrar en el pasado para no contaminar de miedo al que lo viese. Tal y como le ocurrió al que me lo procuró.

Buypano sacó un pequeño objeto anacarado guardado en su tehuete. Le Verrier se sorprendió de lo que le estaba mostrando. Era, con toda seguridad, una moneda, pero ¿qué moneda?, tasó. No la reconocía a simple vista, no era castellana, ni francesa, ni veneciana, ni de ningún otro ducado o república que él conociese.

—¿Puedo? —pidió permiso a Buypano para tomarla en su mano, y acto seguido la mordió con sutileza para comprobarla.

—Es plata —ratificó seguro.

—¿Plata? —preguntó sin saber a lo que se refería.

—Sí, es un objeto preciado en mi tierra. Es un metal tan duro como el de nuestras armas, pero de más valor.

Buypano manifestaba no entender cómo un mismo material idéntico para sí, podía tener más valor que otro. Sin embargo, reflexionó unos instantes y se refutó él mismo.

—Creo que lo entiendo, es como la madera de un almácigo y la de una palmera, las dos son madera, aun así, tienen nobleza diferente.

—Sea…con estos objetos —dijo señalando la moneda— se recompensa a las personas.

—¿Por?

—Sí, a cambio de trabajo o de comida, por ejemplo.

—Entiendo… ¿Un trueque de comida por ese metal? Curioso.

—Si no es molestia, lo hablaremos en otra ocasión cuando tenga una explicación lógica que aportar —recomendó el fraile, viendo lo absurdo que le resultaba a un indígena que le pagasen con dinero.

Observando minuciosamente la moneda, se podía distinguir el busto de un hombre del perfil coronado de laureles perfectamente visible, y en el reverso se reconocían las figuras de dos guerreros vistiendo togas y portando escudos y lanzas. Le Verrier leyó en alto lo que ponía en la inscripción.

—Cesar Augusto, hijo del divino y padre de la patria. Es latín. —Asumió retenido—. ¡Gloria bendita! se trata de… ¡Madre del Señor!: ¡es una moneda romana! Pero ¿de dónde…? —preguntó sorprendido al hechicero.

—De manos de un anciano del norte que no quería tener ese objeto junto a él. Mal augurio tenerlo, mal augurio tirarlo, me dijo. Lo encontró entre vasijas rotas en la isla de los Perros del Mar, la que llamáis de Lobos —reveló así Buypano de dónde provenía ese trozo de metal.

—Esta moneda es de una civilización muy, pero que muy antigua, sabio Buypano. Ellos fueron los reyes del mundo conocido durante muchos siglos. Esto que está aquí estampado está escrito en latín, la lengua en la que están escritos nuestros textos sagrados. Podría tener los mismos años que la fecha en la que estamos: unos mil cuatrocientos dos ciclos de solsticios.

Le Verrier le puso ese ejemplo de su antigüedad por el cercano fenómeno que iban a celebrar en los próximos días y que, para ellos, era el fin de un año y el comienzo del siguiente.

El fraile normando, que se creía parte de la historia de su época al ser de los primeros europeos en pisar aquella remota isla, permanecía incrédulo ante un objeto que atestiguaba que habían llegado hasta allí los mismísimos romanos. Los mismos de La Biblia y en otros libros releídos por él. ¿Habrían llegado hasta esas islas salvajes en su época o a algún pirata la perdió allí de próximo?, dudaba. ¿Habría sido en los tiempos de esa antigua civilización cuando llegó hasta allí?, pensaba. ¡Qué gran osadía para esos hombres antiguos!, se decía. ¿Habría sido elaborada esa moneda en los mismos tiempos en los que se llevaron a Jesús a la cruz?, sabe Dios, zanjó dubitativo. Confuso con aquellas reflexiones que le venían, esa moneda no solo tenía el valor de su peso en plata, sino que se trataba de algo mucho más especial y revelador.

Chascó un palo que había cercano a él, allanó nervioso con la mano la fina arena del suelo y trazó, torpemente y desdibujado, el mapa del mundo conocido. Perfiló los reinos de la cristiandad, las costas africanas y las islas Afortunadas y comenzó a explicar a Buypano el lugar de Erbania en ese mundo, dónde estaban las tierras normandas y de cuán lejos vinieron aquellos romanos en tiempos remotos. A Buypano le embargó una sensación amarga, siendo consciente con asombro y cierta pena, de lo grande que era ese mundo. Erbania se mostraba en forma de punto insignificante. Su mundo era tan diminuto como un grano de arena.

—El mundo es enorme, hermano Buypano.

Compadeciéndose de lo que ignoraban sus ojos en ese instante, se vio obligado a aliviar algo de peso en el ánimo del hechicero.

—Honorable Buypano, que estos tamaños no le abrumen. Todos los hombres, tanto los que viven aquí —dijo señalando la cristiandad—, como los de estas islas, somos iguales ante Él —terminó señalando al cielo—. No son más que hombres todos, tan iguales como nosotros pese a los colores con los que Dios nos tiñó. Yo mismo lo he comprobado tierra por tierra que pisé.

Maday y Expósito se acercaron sentándose en silencio junto a ellos. Le Verrier devolvió la moneda a Buypano sin que los chicos se percatasen de ello.

—¿Cómo has llamado a esa lengua? —preguntó el hechicero, aún juicioso.

—Latín… Es latín —enfatizando la pronunciación—. Es otra lengua diferente a la de mi reino, reservada a religiosos cristianos como yo. Una lengua muy antigua que utilizaba esa civilización tan remota de la que te he hablado.

—¿Latín, dices que se llama esa lengua tan antigua?

—Así es.

—¿Y dices que solo la utilizan los religiosos como tú? —reflexionó— ¿Entonces las gentes que habitan tus tierras no saben latín?

—No, lo desconocen —refutó seco Le Verrier, esperando que llegara inevitablemente la siguiente deliberación de aquel hombre tan inteligente. Y no se hizo esperar.

—Si por los que imploras no entienden lo que dices, no entenderán el mensaje, ¿no es así? ¿Cómo pueden creer en tus palabras si no las entienden? Tenéis cosas extrañas los de tu raza que aún me cuesta entender.

Le Verrier quedó enmudecido, titubeó al intentar iniciar varias frases para contestar, pero no tenía argumento convincente que esgrimirle. Era tal cual ese sabio reflexionaba, por desgracia.

El hechicero se dio cuenta que había incomodado al cristiano al verle apretar la boca subiendo una ceja y desvió la conversación hacia un lugar más cómodo para para los dos.

—Cuéntame algo más sobre esos antiguos hombres.

Le Verrier aceptó la pregunta con alivio. Hasta ese momento no había querido apabullar al hechicero con conocimientos de un mundo civilizado o similitudes que él consideraba que tenían en común las dos culturas. Se ciñó a modo de alegoría a comentar que en la época de esos hombres vivió un tal Juan, un sabio que anunció la llegada de ese otro gran sabio que se llamaba Jesús, del que ya le había hablado en alguna que otra ocasión. Coincidía que ese Juan realizaba bautismos en el agua como símbolo de purificación para comenzar una nueva vida haciendo el bien creyendo en su mensaje. En ese fragmento de la disertación no pudo retener una parte evangelizadora.

—¿Te das cuenta, Buypano, de que el día que celebramos al Santo Juan y sus bautismos coincide con el mismo en el que vosotros celebráis vuestra fiesta grande del solsticio? ¿Te das cuenta de que vosotros os sumergís en el mar ese día con los mismos fines? Curioso, ¿verdad?

Buypano atendía a esos argumentos al igual que Maday en ceños fruncidos de incertidumbre.

—Pero la historia viene de más antiguo. De cómo Dios, creador único de todas las cosas, creó todo lo que conocemos. Tú mismo me relataste cómo vuestro dios, Achamán, era el único que existía en la oscuridad. Me narraste cómo creó en su divina misericordia el cielo, la tierra, el mar y a las criaturas que lo habitan, observando satisfecho toda su creación desde las alturas.

»Y cómo un día, desde la cima de la gran montaña del horizonte, su obra le pareció tan hermosa que sintió que debía compartirla con otros y creó al hombre para que disfrutase de todo aquello. Todo coincide, Buypano. Es el mismo dios el que hizo todo eso y al séptimo día descansó, el que hizo al hombre a su imagen y semejanza. Hablamos del mismo Dios, Buypano —razonaba emocionado en su alocución.

Esas hipótesis que exponía al hechicero eran en las que se apoyaba para el catecismo en forma de dibujos que elaboraba para los indígenas de esas islas. Del mismo modo, era la primera vez que lo verbalizaba y disfrutaba de ello. Sobre todo, porque que veía que, si sus palabras hacían reflexionar a un sabio respetado, qué efecto no harían con los demás nativos. Su mensaje llegaba. Y siguió relatando cómo ese mesías anunciado por Juan apareció en el mundo y comenzó a ser seguido por los demás, por la única razón de hacer el bien y no combatir el mal.

—Era parecido a ti, Buypano, curaba con las manos. En el lugar de donde procedo se llaman milagros, como los que tú haces con otros hombres.

Maday atendía taciturno con la boca medio abierta. Mientras, Expósito, junto a él, hacía muescas a un palo con el cuchillo sin tener en cuenta la conversación que se mantenía a su alrededor. El fraile siguió contando a ambos cómo Jesús finalmente fue traicionado por los suyos y los romanos le crucificaron. Buypano en ese momento entendió el significado de ese símbolo que puso en la tumba del chico al enterrarlo. Le sorprendió que esos palos cruzados que utilizaban para adorar su dios fueran un símbolo de tortura en lugar de representar amor. Le Verrier nunca se había planteado aquella reflexión, tan justa y profunda, que le hacía una mente ajena a haber nacido y criado cristianamente. Sitiado y en silencio por unos instantes, rebuscó en su interior algo con lo que contestar.

—Representamos gloriosamente a Dios como un sol resplandeciente, como tu dios Magec, sobre las imágenes de los hombres que han tenido el don, a los que nosotros llamamos santos —prosiguiendo con su comparativa—: Las almas de nuestros difuntos van a parar al cielo, los espíritus de vuestros antepasados ascienden también al cielo y cada mañana os saludan desde allí por su lugar naciente y se despiden por el de poniente junto con el sol, tu Magec. Demasiadas coincidencias.

»A vuestro infierno va quien no es merecedor de alzarse al cielo, al igual que los cristianos. Incluso representamos a la Virgen María con el niño, de la misma manera que vosotros a la diosa Madre Tierra y su hijo, así lo he visto con mis propios ojos con asombro en las pinturas de la sala del rey; son idénticas imágenes en razas distintas. Existen similitudes…

Buypano recapacitaba las sorprendentes semejanzas que el curandero de almas extranjero estaba describiendo. Y le asaltó una pregunta cuya respuesta podría hacerle entender mejor todo aquello.

—Dime, amigo Le Verrier, ¿por qué los de tu raza ya bautizados que han venido hasta aquí y que creen en esa historia tan bella que tú cuentas, han llegado hasta nuestra tierra para hacer tanto daño, tan alejados de querer hacer el bien como tú nos quieres enseñar?

Dejó un silencio incómodo tras esa reflexión en forma de pregunta, en el que contestó la desolación del fraile.

—En las tierras de donde procedo, sabio Buypano, por desgracia el hombre se ha apartado de Dios. Ha sustituido compasión y respeto por codicia y envidia, arrinconando un sano amor a Dios.

El fraile sintió una presión repentina en sus sienes, su corazón había dado un vuelco al escucharse. No podía creer que de su boca hubiese salido semejante menaje. Parecía que uno de esos que se hacían llamar protestantes y que tanto se le indigestaban, estuviese hablando por él. Demasiadas reflexiones, conversaciones y emociones nuevas en esos días lo estaban llevando de la mano a asomarse a un posible vacío de su interior que durante su vida había llenado de teorías ajenas, por no tener el valor de haber entrado a llenarlo con las suyas propias.

Los ladridos de unos perros comenzaron a escucharse, provocando la espantada de una bandada de avutardas que de entre la maleza intentaban alzar el vuelo torpemente. Al poco, los ladridos sonaban persistentes, subiendo la intensidad junto a los de otros perros que se iban uniendo. Resultaban molestos y distrajeron su atención en esa conversación. Maday se levantó y señaló a un grupo de guerreros que se acercaba a lo lejos hacia el poblado. Eran de los suyos y asustaban apartando con sus lanzas a varios de los perros que les ladraban alrededor. Pronto se marcharon serviles con el rabo entre las piernas, dando por cumplido su lugar entre los hombres. El grupo de guerreros traía con ellos a un desconocido al que parecían haber capturado, motivo de excitación en cualquier poblado, una novedad por la que la gente solía dejar lo que estuviera haciendo para presenciar aquel acontecimiento. Y así sucedió: todos querían ser los primeros en saber de quién se trataba.

Buypano y Le Verrier se fijaron bien en esa patrulla que avanzaba desplegada sobre la pradera a la luz de la tarde. En el centro de ellos, cautivo, un hombre que tenía sus piernas cubiertas con calzas cristianas y un capote de piel inequívocamente indígena. Llevados por la curiosidad, y antes de que la gente comenzara a arremolinarse en torno a ellos en la entrada del poblado, se acercaron a su encuentro, a cierta distancia para que los guerreros no los sintieran como una intromisión en sus funciones.

Ese atardecer avivaba tonos y hacía que la sombra de la montaña avanzase apresuradamente a su encuentro. Los pastos secos se mostraban crecidos en ámbar, meciéndose bajo el efecto del viento que los agitaba cosquilleando pantorrillas.

Buypano mostró sus respetos a los jóvenes altahay de la patrulla y estos le correspondieron igualmente. A prudente distancia para no entrometerse, tuvo una sensación extraña: creyó reconocer a ese prisionero de mirada penetrante, que no hacía nada para evitarla, manteniéndosela sin bajarla un ápice en todo momento. En sus ojos, una tupida argamasa de dureza y desafiante coraje lo dotaban de tal libertad interior que daba aspecto de no ser el prisionero.

Llevados por la curiosidad y por ese acercamiento inicial de Buypano, Le Verrier y los chicos aguardaron unos pasos tras él. El fraile cristiano agudizó la mirada repasando el perfil de ese hombre que habían apresado sin dar crédito a esa aparición.

—Por la gracia de Dios. ¡No puede ser! —dijo en francés— ¡Amuley! —sentenció.

Era él sin duda alguna, incluso llevaba puesto el pañuelo en su frente para taparse la escarificación de esclavo. Buypano oyó su voz echando un vistazo a Le Verrier.

—¡Amuley! —volvió a repetir—. ¡Virgen santísima!

—A la paz de Dios, Padre —respondió calmoso en un insólito humor pese a las circunstancias.

Despreocupado, parecía marcar sus pasos perezoso y provocador frente a todo lo que le iba ocurriendo. Amuley, en una extraña mueca irónica —como si todo fuese superfluo alrededor suya—, levantó sus manos atadas con naturalidad, saludando aparentemente alegre en el reencuentro con ese apreciado cristiano al que reconoció al instante.

El rostro de Buypano mostraba una palpable incredulidad. Le cogió desprevenido que se conociesen. En respuesta a su semblante, Le Verrier se vio obligado a servirle con una escueta aclaración en lengua nativa.

—Este hombre es de Erbania. Hace ciclos que se lo llevaron como esclavo. Lo conocí en tierras cristianas. Lo trajimos nosotros y vino acompañándome durante todo el viaje. Es un hombre de paz. Su nombre es Amuley.

Dando oídos, con los sentidos en su máxima alerta y sumido en el sentir de estar inmerso en una revelación, el hechicero masticaba cada frase escuchada, tamizando cada dato con pericia, intercalando miradas entre el cura de almas y el prisionero en un instintivo ceño plegado sobre sus pobladas cejas. Sondeaba con finura recuerdos de sus experiencias, ponderando vertiginosos unos y otros ante su mirada, y esa destreza le provocó un nudo en la garganta. No podía ser lo que allí estaba ocurriendo. Inverosímil. Una falla en la simetría de los destinos de todos ellos o, por el contrario, el mayor designio divino del cual era testigo en su vida. Intentando aclararse y viéndose en la necesidad de averiguar algo más sobre ese hombre al que reconocía de alguna manera y en aras de confirmar la locura de teoría que su razón elaboraba en ese corto soplo de conversación, preguntó:

—Por la luz eterna de Magec, ¿serás tú acaso el joven Amuley de la aldea de la Montaña de los Saltos? ¿El mismo que se llevaron los demonios del mar junto a otros en el día en el que apareció aquel gran pez en la costa del reino de Maxorata doce ciclos atrás?

—No tan joven, respetable. Doce largos ciclos ya pasaron de aquello, cierto —confirmaba.

Amuley se postró ante ese hechicero reverenciándolo; convertido en anciano por el paso del tiempo, su fisionomía se había alterado lo justo para que lo reconociese a primera vista.

Le Verrier, ingenuamente, se adelantó a Buypano acercándose al reo y preguntándole por su estado. Fue entonces cuando uno de los altahay dio un paso al frente y terció la lanza amenazando al párroco. Buypano lo sostuvo.

—Yo me encargo —ordenó con su mirada al altahay—. Ya hablarás en otra ocasión con el prisionero —dirigiéndose esta vez al párroco.

Le Verrier se sorprendió de la brusca reacción de ese guerrero y del mismo modo, de la del hechicero. No obstante, acató ese consejo de buen grado.

Al acercarse prudente Expósito junto a Maday, el primero gritó a su manera su nombre en voz alta con la espontaneidad propia de esa edad y en la dicha de sus recuerdos desde el mismo día en que lo conoció embarcando en Sevilla por medio de una estacha en la barcaza dónde él estaba de marinero. Amuley contestó a ese chiquillo que reconoció, alzando sonriente sus manos atadas. A pesar de la natural actitud de su amigo cristiano, Maday quedó mudo ante él, abrumado al verse objeto de la intensa mirada que ese extraño le estaba dirigiendo. El joven aprendiz de hechicero se la mantuvo con coraje, pretendiendo adivinar cuáles eran esas sensaciones que le provocaba. Había algo enigmático y familiar en ese hombre desconocido que lo revolvía en ese momento.

Buypano era el único consciente de la importancia que tenía y tendría ese encuentro para las vidas de ambos.

Amuley no podía apartar sus ojos de ese joven de los mahoh que, osado, no apartaba la vista de él. De pronto atendió un presagio que le embargó. Recordó aquellas palabras de Atenery: «A tu hijo lo encontrarás junto a Buypano… Es su discípulo». Una extraña emoción le apretó el corazón y tragó saliva mientras sus iris se dilataban frente al joven, escamando sus pupilas en un innato brillo de sus ojos que miraban con ternura. A pesar de todo, en ese momento Amuley dudó.

—¡Valientes altahay de Jandía!, ¿qué ha hecho este hombre capturado?

—Respetable —respondió con voz ronca uno de los indígenas, huesudo de facciones y nervudo de brazos adornados con brazaletes—: Lo encontramos en la frontera con voluntad de pedir refugio en el reino. Dice que el rey Guize lo ha desterrado. Nosotros ya no decidimos en estas causas, su majestad Ayose dio orden de no matar sin motivo a los extranjeros.

—Si no os ocasiono molestia, os acompañaré hasta él para que lo reciba en audiencia —consultó Buypano.

Los guerreros no pusieron ninguna objeción, el hechicero era tan respetado entre ellos como el mismo rey.

Las gentes de Jorós comentaban que el rey Ayose y su Consejo de Ancianos escucharon la petición de asilo de ese medio extranjero, traidor a su raza para muchos. Que gracias a la intermediación de Buypano —dando la cara por el honor de su familia y el de él cuando era joven—, valoraron la petición. La marca de su piel tintada en forma de flor de tajinaste azul que tenía en el cuello, cicatrices propias de martirios, y el conocer la interpretación de la inscripción grabada a fuego en la carne de su frente, descartaron que tuviese intenciones diferentes a las que aseguraba tener. Por esas razones le concedieron el permiso para vivir en el reino de Jandía, no sin ponerlo a prueba con una escolta de altahay día y noche y, en tareas que llevaba a cabo sin vacilar para tantear su temperamento tales como limpiar pocilgas, degollar cerdos y desollarlos para los festejos por suceder. Labores desagradables o indignas para otros, por lo contrario, livianas para un hombre como Amuley.

Días después llegaron las celebraciones del comienzo de año para los mahoh, que coincidían con el solsticio de verano. Para Le Verrier y los pocos cristianos como Isabel —bautizada y practicante—, Expósito y Di Giute, eran las vísperas de San Juan Bautista. La celebración era en común, así lo había dispuesto el rey Ayose, teniendo ese gesto de respeto para con los cristianos. Por esas fechas, Le Verrier, con la anuencia de Buypano, predicaba las enseñanzas de Jesús entre los indígenas con los dibujos de su recién elaborado catecismo. Muchas de sus gentes escuchaban embelesadas las historias y explicaciones sobre la salvación, la redención al liberarse del dolor, las acciones de Dios con las que mostraba su amor, la creación del Mundo, el Paraíso, las tentaciones de Adán y Eva, quién era Noé y el diluvio para el que se preparó; sobre el pueblo de Israel y el Éxodo, Abraham y la tierra prometida. A modo de fabulas explicaba los diez mandamientos, los beneficios de la confesión y el pecado, los profetas, las bondades de ese forastero errante llamado Jesús que había vivido hacía tanto tiempo y que curaba almas, su traición por un pueblo llamado judío y romano, y otros asuntos que retenían en el sitio a cualquiera de ellos, jóvenes y adultos, relatado todo con tanta pasión que quedaban convencidos de su veracidad.

Le Verrier acompañaba a Buypano en las numerosas actividades que tenía este último en esos días y, a cambio de que Buypano aprendiese el padrenuestro en esa confina lengua llamada latín, Le Verrier se había esforzado en aprender oraciones indígenas. Era la época del año en la que se aprovecha para realizar diversos rituales como los casamientos, enlaces que dirigía el hechicero y que extraordinariamente permitía bendecir a Le Verrier. Una alegría especial envolvía a sus gentes en las jornadas festivas de las que todos los que vivían en el reino participaban de una manera activa, acudiendo al poblado de Jorós desde lejanas aldeas del reino de Jandía, y congregándose cientos de personas participando de bailes, juegos de lucha y habilidades de inteligencia parecidas al alquerque. Se realizaban multitudinarias comidas y homenajes durante esas festividades, tan importantes para ellos que, incluso en tiempos de la pasada guerra entre los dos reinos, se pactaron treguas para sus celebraciones.

Iba tarde para realizar con calma el rito principal de esa noche, el que todos esperaban. Buypano marchaba en unos andares forzados por las prisas: era el sacrificio del carnero sagrado en honor a Achamán y Magec. Un animal criado durante todo el año con las mejores atenciones, para después echar su cuerpo a la hoguera hasta consumirse en cenizas.

Pasarían toda la noche de celebraciones alrededor de ese enorme fuego en el poblado, que pese a estar en alerta —el enemigo invasor podría llegar a dar con su ubicación en la oscuridad de la noche—, se permitió festejar en esa ocasión tan especial. Tras aquello, al amanecer, esos cientos de personas se trasladarían en peregrinación hasta la playa de barlovento para terminar las festividades de la noche con un rito de limpieza que consistía en sumergirse en el mar. Le Verrier pidió la conformidad del rey y de Buypano para fructificarlo con bautizos cristianos. Para mayor gloria de Dios y satisfacción como sacerdote, les dijo, confirmándose satisfecho de que su labor evangelizadora en esas islas iba viento en popa, el Señor facilitaba su camino y él con su propósito. Evitaba los fracasos, se alentaba.

Jamás olvidaría el fraile normando, como litografía en su memoria, aquella estampa sobrecogedora a su alrededor tras el sacrificio sagrado: cientos de nativos exultantes con sus palmas, haciendo sonar ensordecedores los tímpanos con sus tambores, en excitados saltos y bailes colmados de supersticiones, embebidos todos de pleno júbilo —inclusive Expósito e Isabel que danzaban frente a él sin caer en su presencia, o Di Giute y Daifa solicitándosela en aspavientos— en esa noche de solsticio y san Juan, bañados por las refulgencias encarnadas de esa enorme hoguera. Una iluminaria que se consumía como el tiempo pagano que le quedaba irremediablemente a esa bella isla. La nostalgia por lo vivido con ese pueblo sin civilizar lo entristeció al hacer esa última reflexión y su mirada se apartó involuntariamente de aquel escenario de felicidad. Se avergonzaba de que, por su condición de cristiano, pudiese participar en hacer daño a esas gentes en un futuro. En ese instante y a cierta distancia se fijó en el hechicero. Lo admiraba. Era un hombre que equilibraba la voluntad del que tuviese la suerte de cruzarse con él en su camino —como había sido la suya—. Qué buen pastor cristiano hubiese sido, imaginó. Qué suerte la mía, sentenció entonces en agradecimiento a Dios, recuperando una pizca de alegría perdida en el anterior impás de su razón. Alegría por estar ahí en ese momento auténtico, seguro, rodeado de gentes puras, sin miedo de esos a los que ya ni en pensamiento denominaba *salvajes* y cumpliendo la sagrada misión que se había impuesto desde el instante en que su señor de Betancourt se la propuso desde el adarve de su castillo, en la ya lejana villa de Grainville-la-Teinturière. Qué tan lejos queda para mí en todos los aspectos. Se esclareció el sentimiento por la villa de la que era, o más bien fue, su párroco.

Buypano hablaba con Amuley, se mostraba paternal y amistoso en sus modos. Amuley, de la misma forma que los demás cristianos o nativos cristianizados llevados a Jorós, había sido acogido por su rey y esa noche disfrutaba de libertad de movimientos sin escoltas. Le Verrier había sido cauto y aún no se había interesado por el aprecio que parecían tenerse; esperaba que la información le llegase en el momento y de las formas más adecuadas por parte de Buypano. Entretanto, no perdía de vista a aquellos dos hombres charlando.

En esa conversación que presenciaba, Amuley y Buypano hablaban sobre Atenery y Maday. Este agradecía al respetable hechicero el haber cuidado de ella en aquellos días en los que estaba perdida espiritualmente y sin esperanza. Buypano apoyaba la mano en su hombro, descargando en esa mirada un agradecimiento que consideraba inmerecido en humana comprensión de la vida. Complaciente, Amuley le daba las gracias por la formidable labor desempeñada en la formación de su hijo.

Durante esos adecuados razonamientos con el hechicero solicitó su favor: que no confesase al chico —al que había evitado encontrarse por el poblado— el noble y esencial parentesco que les unía en sangre. Amuley necesitaba encontrar el momento y las palabras para hablar cara a cara con su hijo.

—Te comprendo, Amuley. Eres su padre y en ti está esa complicada decisión. Te advierto de algo buen hombre: Maday es un chico espabilado con sus doce ciclos ya a sus espaldas. No sabe nada de tu presencia en Jorós aún, pero sí que su padre se llamaba *El Libre con Coraje*, de qué poblado era y que se lo llevaron los demonios del mar. Demasiadas coincidencias contigo.

Al mismo tiempo le hizo saber que tenía una buena y profunda amistad con el chico extranjero y este le podía hablar sobre él con el engreimiento que disponen los jóvenes.

—Tienes anécdotas junto a ese joven cristiano. Ten en cuenta todo esto y adelántate, Amuley… Siempre fuiste libre y con coraje, fiel hijo de esta isla. Encuentra tu momento y hazlo pronto. Maday lo necesita. Los dioses se han confabulado para que sea aquí y ahora. Créeme.

- 297 -

Continuará.

Este libro se terminó
de escribir en Lanzarote
(Islas Canarias)
en el mes de octubre del año 2024